快乐读中外文学故事
KUAILEDUZHONGWAIWENXUEGUSHI

U0614665

【元文学故事】

雨秋歌——秋夜梧桐雨

范中华◎编著

湖南人民出版社

图书在版编目（CIP）数据

风雨秋歌：秋夜梧桐雨：辽金元文学故事 / 范中华编著 . —长沙：湖南人民
出版社，2013.1（2024.09 重印）
　（快乐读中外文学故事）
　ISBN 978-7-5438-8639-1

　Ⅰ.①风… Ⅱ .①范… Ⅲ .①故事—作品集—中国—当代 Ⅳ . ① I247.8

中国版本图书馆 CIP 数据核字（2012）第 192830 号

快乐读中外文学故事：风雨秋歌——秋夜梧桐雨（辽金元文学故事）

编 著 者	范中华
责任编辑	骆荣顺
装帧设计	君和设计

出版发行	湖南人民出版社［http://www.hnppp.com］
地　　址	长沙市营盘东路3号
邮　　编	410005
经　　销	湖南省新华书店

印　　刷	永清县晔盛亚胶印有限公司
版　　次	2013 年 1 月第 1 版 2024 年 9 月第 4 次印刷
开　　本	710×1000　1/16
印　　张	15
字　　数	250千字
书　　号	ISBN 978-7-5438-8639-1
定　　价	25.00元

营销电话：0731-82683348　　（如发现印装质量问题请与出版社调换）

目　录

1. 文采出众、好学博古的辽圣宗
wén cǎi chū zhòng、hǎo xué bó gǔ de liáo shèng zōng

辽圣宗耶律隆绪（971年—1031年），契丹名文殊奴，是辽朝一位著名的皇帝。他自幼喜爱书法、文章，十岁能作诗，擅长绘画，通晓音律，曾经制作歌曲一百余首，是一位多才多艺的皇帝，对于辽代文学的发展和繁荣起过重要的作用。

耶律隆绪以前，辽朝皇帝及宗室中能写作诗文的人已大有人在，如他的曾祖父东丹王耶律倍、叔曾祖父耶律德光，祖父行辈的则有耶律隆先、耶律琮和、耶律只没等，他们写作的诗文对少年时代的辽圣宗产生很大影响。契丹贵族自幼多经受良好的传统汉文化教育，深受唐代社会风气濡染和历代文学名著熏陶，除受到本族中年长辈尊人物的影响外，还多有汉族文士为其师傅。契丹贵族儿童学习汉文化，当然要以修齐治平之道为主，但也包括学习汉语、汉文和诗文写作。耶律隆绪有一位老师，名叫马得臣，南京（今北京）人，他好学博古，善写文章，特别是作诗更好。马得臣长期辅导耶律隆绪，对耶律隆绪的成长和文学方面的发展予以很大的影响。

辽代文学，特别是其中的契丹族作者的文学写作，在圣宗耶律隆绪时期已发展到相当高的水平，进入了繁盛时期。耶律隆绪和同时代的一些作者经常吟诗作赋，写作了大量诗文，文学活动在社会上已蔚成风气。如：

> 统和十五年，萧挞凛率轻骑追敌烈部人，乘势征服阻卜余部，使诸蕃部每年进贡方物，从此往来如同一家。辽圣宗亲自作诗嘉奖，并且令林牙（即翰林学士）耶律昭作赋，记述赞颂萧挞凛的大功。
>
> 开泰五年秋天，在一次大规模狩猎活动中，陈昭衮杀虎救圣宗耶律隆绪，圣宗赐陈昭衮国姓耶律，令张俭、吕德懋作赋

赞美。

太平五年，十一月的一天，耶律隆绪亲临内果园宴，命新进士七十二人赋诗，一一予以品评。

前面载于史书的耶律隆绪所作的《赐诗嘉奖萧挞凛》，已经失传。现在仍流传的《传国玺诗》，是宋朝人孔平仲记载于他所著《珩璜新论》卷四中的：

神宗朝（或作"仁宗朝"），有出使辽国者，见辽朝国主《传国玺诗》，云："一时制美宝，千载助兴王。中原既失守，此宝归北方。子孙宜慎守，世业当永昌。"

这是一首咏传国玉玺的诗，这玉玺乃是后晋高祖石敬瑭时制作的，称皇帝受命宝，上刻八个字："受天明命，唯德允昌。"契丹灭了后晋，晋少帝石重贵令其儿子送给辽太宗耶律德光。辽圣宗开泰十年，曾派人骑马取这玉玺于中京，兴宗重熙七年，曾以《有传国宝者为正统赋》为题考试进士。这首《传国玺诗》，过去都认为是耶律隆绪的作品，也有人提出疑议，因为缺乏更多的史料，难以确考，无法作出定论。

《诗话总龟》前集卷十七引《古今诗话》说：

雄州安抚都监称宣事说：辽国喜爱白乐天诗，听说辽国人有诗说："乐天诗集是吾师。"

这一残句也未确切指明是耶律隆绪作的，但历来大都认为是他的作品。白居易的诗歌作品，因为有关政事，而且通俗易懂，很受辽朝人士的喜爱，东丹王耶律倍来到中原后便自称黄居难，字乐地。耶律隆绪还曾经用契丹文字翻译了白居易的《讽谏集》，令契丹官员诵读，这不正是"乐天诗集是吾师"吗！

又据《添修缙阳寺功德碑记》说：辽圣宗耶律隆绪曾经到过这个寺院，于登临观眺之际，欣然命笔题壁。所题只残留九个字，研究者考证认为这是一联五言诗："野寺残僧少，山院细路高。"碑上缺其中"野"字，这是刻在石碑上的记载，最可靠。杜甫有两首《山寺》诗，其中一首为：

> 野寺残僧少，山园细路高。麝香眠石竹，鹦鹉啄金桃，乱水
> 通人过，悬崖置屋牢。上方重阁晚，百里见秋毫。

这首诗首联便是："野寺残僧少，山园细路高。"耶律隆绪题壁残句与杜甫此诗首联，只差一个字，而意思全合。如果耶律隆绪所题是他自己的作品，竟能与伟大诗人杜甫诗句暗合，足以表明他写诗艺术水平之高超；如果所题正是杜甫这首《山寺》诗，则足见其对杜诗的谙熟，文学造诣之精深，因为这首杜诗并不是很著名的作品。

耶律隆绪的文章也写得好，其中有一篇《赐吉慈尼之素丹马合木书》，是1024年写给包括阿富汗和旁遮普在内的加兹尼帝国著名君主麦哈茂德的一封信，很有价值。信中说：

> 上天赐地上诸王国于朕，故得统有各族所居之地。朕在京都
> 长享太平，无不如意。世上凡能视听，无不求与朕为友。附近诸
> 国主朕之侄辈皆时遣使来，表奏贡礼不绝于途，唯卿迄今未曾朝
> 贡。朕久闻卿英武卓越，统制有方，国内乂安，藩镇慑服，卿享
> 尊荣，理应奉告。普天之下唯朕最尊，卿当事朕以礼也。今派使
> 臣，以道途遥远，久需时日，故使者所赍不丰，且不欲派官爵高
> 者，恐有逼卿之嫌也。今有贵主下嫁于加的尔汗之子察格利特
> 勤，故命加的尔汗开通道路，庶几此后聘使往还无碍。遣使当选
> 聪睿解事者，能宣畅朕意，并晓以此间情况。今遣卡利通加，即
> 是此旨，欲以肇启邦交，永敦邻好也。

圣宗耶律隆绪有位芳仪是南唐中主李璟的女儿，后主李煜的妹妹，她少年时代生活于文风极盛的环境中，父兄都是著名词人，受此影响，李芳仪亦当娴于文墨，善于诗词，对耶律隆绪写作诗词有所影响，耶律隆绪的一百多首曲词中可能就包含着她的创作。可惜这些曲词都已失传。《金史

·乐志》载辽代《鼓吹曲·导引》一首：

> 五年一巡狩，仙仗到人间，问稼穑艰难。苍生洗眼秋光里，
> 今日见天颜。
> 金戈玉斧临香火，驰道六龙闲。歌谣到处皆相似，天子寿
> 南山。

这首词是否为圣宗耶律隆绪所作，无法确考，但是我们今天却可以从其中窥见辽词之一斑。

2. 喜欢结交诗友的辽兴宗
xǐ huān jié jiāo shī yǒu de liáo xìng zōng

辽兴宗耶律宗真（1016—1055年），字夷不堇，小名只骨，他是圣宗耶律隆绪的长子，母亲是钦哀皇后萧耨斤。耶律宗真幼年时就很聪慧，年长后身材魁伟，豁达大度。擅长骑射，喜好儒术，通晓音律，太平十一年（1231年）即位。

耶律宗真喜欢作诗，并且有几个诗友之臣。他在位期间，亲自写作诗文和参与文学活动都很多，如：

> 重熙五年四月，一天，耶律宗真到皇后弟萧无曲宅第，曲水
> 泛觞赋诗。
> 重熙六年六月，一天，耶律宗真饮酒酣畅，即席作诗，吴国
> 王萧孝穆，北府宰相萧撒八等皆赋诗属和，至半夜方才结束。
> 同月的又一天，耶律宗真赐南院大王耶律胡睹衮命，亲自作
> 诰词，同时写诗赐与，表示宠幸爱重。
> 同年七月，皇太弟重元生子，耶律宗真赐诗及宝玩器物。
> 魏国王萧惠生日，耶律宗真亲自写诗祝贺，表示尊崇。
> 重熙二十四年，二月，召宋朝来使钓鱼赋诗。

萧韩家奴是耶律宗真最著名的诗友之臣，《辽史·文学传》首列的第一人。萧韩家奴，字休坚。少年好学，入南山读书，博览经史，通晓辽、汉文字。耶律宗真与他谈话，认为他很有才学，便命为自己的诗友。一次，耶律宗真随便问萧韩家奴说："你听到过什么奇闻轶事吗？"萧韩家奴回答说："我只知道炒栗子，小的栗子熟了，大的栗子一定生；大的熟了，小的一定炒焦了。使大小栗子均熟，才算尽善尽美、炒得好，除此以外，不知其他。"因为萧韩家奴当过南京（现在的北京）栗园令，所以他假托炒栗子来进行讽谏。兴宗耶律宗真听了哈哈大笑。耶律宗真令萧韩家奴作《四时逸乐赋》，作后献给耶律宗真看，耶律宗真称道他这篇赋写得很好。萧韩家奴后来官任翰林都林牙（大学士），兼修国史。耶律宗真诏谕萧韩家奴说："写作文章的官职，是国家的光华，非有才学之人不能任用。你的学识文章，为当今的大儒，所以授你翰林学士之官职。我的起居，应详细完全予以实录。"萧韩家奴自此日见亲信，每当入侍，皆赐坐。遇佳日良辰，耶律宗真与他饮酒赋诗，君臣唱和，相得无比。萧韩家奴著有《六义集》十二卷、《礼书》三卷，并曾翻译《通历》、《贞观政要》、《五代史》等。

耶律宗真还有一位著名诗友之臣是郎思孝。郎思孝早年考中进士，当过地方官，后来出家成为僧人，长期居住于觉华岛（现在的辽宁省兴城菊花岛）海云寺。他行业超群，名动天下，时值尊崇佛教，自皇帝以下，亲王贵戚等都尊奉他为师。耶律宗真赐郎思孝崇禄大夫守辅国大师尊号，礼如平安，二人相处甚是融洽，郎思孝上章表书奏只须署名而不必称臣。郎思孝因为自己已遁入空门出家为僧，平常不肯轻易作诗。一次，耶律宗真与郎思孝对榻交谈，甚是欢畅，诗兴大发，想与郎思孝唱和，便先作一首七言绝句，诗说：

为避绮吟不肯吟，既吟何必昧真心。

吾师如此过形外，弟子怎能识浅深。

郎思孝在这种情况下，也不好推辞，只好和作二首：

为愧荒疏不敢吟，不吟恐忤帝王心。

本吟出世不吟意，以此来批见过深。

天子天才已善吟，那堪二相更同心。

直饶万国犹难敌，一智宁当三智深。

郎思孝自重熙十七年离开觉华岛，住持缙云山，耶律宗真特派使者张世英前去问候，并且亲自写信，信中说：

冬寒，司空大师法候安乐。比及来冬，差人请去，幸望不赐违阻。方属祁寒，顺时善加保摄。

金朝著名文人王寂评论耶律宗真和郎思孝的特殊关系说："（郎思孝）如果不是在当时道行大大超越同辈，怎么能使当朝皇帝如此推崇钦慕呢！然而这也是千载中的一遇呀，难道不是偶然吗？"郎思孝的《海山文集》，就是王寂多年后在觉华岛海云寺发现的。

这里也要顺便提一下，辽代有许多僧人很有文学天才，写作不少诗文佳作，如了洙，他的《范阳丰山章庆禅院实录》、《白继琳幢记》都有较高的可读性。现存于辽宁省博物馆的玉石观音唱和诗碑，作者有多位释子，首唱就是僧人智化。而行均上人更写出了《龙龛手镜》这部文字学重要著作。

耶律宗真的诗作绝大部分已经失传，流传到现在的除上面讲的与郎思孝的唱和诗外，在《耶律仁先墓志》中还存有他写的赐仁先诗一联："自古贤臣耳所闻，今来良佐眼亲见。"

耶律宗真的文章也写得很好，《全辽文》收录署他名字的文章四十多篇，其中有些肯定经过文臣润色或出自臣僚之手，但也代表了辽代文章的风格和水平。如《致宋帝书》：

弟大契丹皇帝谨致书于兄大宋皇弟。粤自世修欢契，时遣使辂。封圻殊两国之名，方册纪一家之美。盖欲洽于绵永，固将有以披陈。窃缘瓦桥关南，是石晋所割，迄至柴氏，以代郭周，兴一旦之狂谋，掠十县之故垠。人神共怒，庙社不延。至于贵国祖先，肇创基业，寻于敝境继为善邻，及乎太宗，绍登宝位，于有征之地，才定并汾；以无名之师，直抵燕蓟。炎淳屡易，胜负未闻。

又云：

已举残民之伐，曾无忌器之嫌。营筑长堤，填塞临路。开决塘水，添置边军。既潜稔于猜嫌，虑难敦于信睦。傥思久好，共遣疑怀，曷若以晋阳旧附之区，关南元割之县，俱归当国，用康黎人。如此则益深兄弟之怀，长守子孙之计。

这篇文章同耶律琮的《与知雄州孙全兴书》一样，为一篇出色的骈体外交文书，理明言辩，气度容达，文笔洒脱，对仗工稳。其中警句，为宋朝人士所传诵。

辽兴宗耶律宗真爱好写诗，诗写得不算很好，但其"既吟何必昧真心"的诗歌主张，颇可注意，它既反映了契丹民族朴素的文学观念，又与汉文学中"诗言志"的诗歌理论一脉相承，不但有所继承，而且有所发展，诗歌写作要咏"真心"这个新颖的表述形式、新的提法，在文艺批评史的研究中应受到应有的重视。

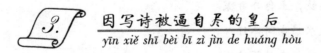

3. 因写诗被逼自尽的皇后
yīn xiě shī bèi bī zì jìn de huáng hòu

辽代文学中有个现象很引人注目，就是契丹的妇女作家和她们的独具特色的优秀作品。契丹人以鞍马为家，军旅田猎，后妃等经常随从前往，她们多数人也善于射御，甚至能够亲自率领军队征战。但是，这些女性中也有不少人才情兼具、能诗善赋，这种情况与契丹妇女尤其是贵族妇女的社会地位较高、有较多的自由有关。吴梅在他所著的《辽金元文学史》中说"辽邦闺阁多才",是符合历史事实的。

在众多女性作家中,萧观音（1040—1075 年）是后人最熟悉的辽代女作家。萧观音,是钦哀皇后弟萧孝惠之女,幼年能诵诗书。年龄稍长,姿容端丽,姣美超群,在萧氏家族中首屈一指,萧家视她为观音,所以小名就叫观音。重熙二十二年,耶律洪基作为皇太子,又进封为燕赵国王,爱慕萧观音贤淑美丽,聘纳为妃子。萧观音性格婉顺,又能歌诗,而且会弹奏筝、琵琶,更为当时第一,因此宠爱非常。耶律洪基即位后,册立为皇后。

清宁二年八月,耶律洪基狩猎于秋山,萧观音率领后宫嫔妃随同前往。到伏虎林,耶律洪基命她作诗,萧观音应声作出《伏虎林应制诗》:

> 威风万里压南邦,东去能翻鸭绿江。
>
> 灵怪大千俱破胆,那教猛虎不投降。

耶律洪基特别高兴,把诗展示给群臣,说:"皇后可称得上女中才子。"第二天会猎,耶律洪基亲执弓矢,突然有只猛虎从密林中跃出,耶律洪基对众人说:"我一定要射得此虎,才可不愧皇后的诗作。"说罢,一发就射死那猛虎,群臣都高声欢呼,万岁声响彻山野。

清宁三年秋天,耶律洪基写了一首《君臣同志华夷同风诗》,令萧观音属和,萧观音和诗如下:

> 虞廷开盛轨,王会合奇琛。
>
> 到处承天意,皆同捧日心。
>
> 文章通谷蠡,声教薄鸡林。
>
> 大宇看交泰,应知无古今。

这首五言律诗写得典雅工致,是辽代诗歌中的优秀之作。

萧观音素来仰慕唐代贤妃徐惠,以她为自己效法的楷模,经常乘机进谏得失。辽朝君臣崇尚狩猎,辽道宗耶律洪基本来就擅长骑马射箭,狩猎时，经常身穿契丹服装乘马驱驰在众人的前面。他乘坐的马号称飞电，奔走如飞，瞬息万里经常驰入密林深谷，护从将士在后面追赶不上，寻求不得。萧观音为此很是担心，便上疏进谏，指出这种迷恋狩猎的危险。耶律洪基虽表示接受她的意见，但内心还是很不高兴，逐渐疏远了她。萧观音因此作《回心院词》十首，抒发幽怨望幸的心情。"回心院"，这故事也出自唐朝。唐高宗李治的王皇后，被废为庶人，一次李治随便走到她幽囚的地方，看见门户禁锢森严，从窗户洞口中送进饮食，心中恻然伤感，便呼喊："王皇后在哪里？身体可好？"王皇后痛哭流涕，表示希望李治能回心转意，把她现在的住处题名为回心院。李治答应放她出来。这消息传入武则天耳中，恐怕留此后患，便派人把王皇后害死。《回心院词》十首，堪称辽代文学中之绝唱：

扫深殿，闭久金铺暗。游丝络网尘作堆，积岁青苔厚阶面。
扫深殿，待君宴。

拂象床，凭梦偕高唐。敲坏半边知妾卧，恰当天处少辉光。
拂象床，待君王。

换香枕，一半无云锦。为是秋来转展多，更有双双泪痕渗。
换香枕，待君寝。

铺翠被，羞杀鸳鸯对。犹忆当时叫合欢，而今独覆相思块。
铺翠袂，待君睡。

装绣帐，金钩未敢上。解却四角夜光珠，不教照见愁模样。
装绣帐，待君贶。

叠锦茵，重重空自陈。只愿身当白玉体，不愿伊当薄命人。
叠锦茵，待君临。

展瑶席，花笑三韩碧。笑妾新铺玉一床，从来妇欢不终夕。
展瑶席，待君息。

剔银灯，须知一样明。偏是君来生彩晕，对妾故作青荧荧。
剔银灯，待君行。

蒸熏炉，能将孤闷苏。若道妾身多秽贱，自沾御香香彻肤。

蒸熏炉，待君娱。

张鸣筝，恰恰语娇莺。一从弹作房中曲，常和窗前风雨声。

张鸣筝，待君听。

《回心院词》寓意凄婉，辞藻华丽，颇为后世称道。清代文人徐釚《词苑丛谈》就说："怨而不怒，深得词家含蓄之意。这时柳永之调尚未流行于北国，所以萧观音的《回心院词》大有唐人遗意也。"

萧观音本来就喜好音乐，她作的《回心院词》一般的伶人都不能演奏，只有伶官赵唯一会演奏，很受恩宠。教坊朱顶鹤、外直别院宫婢单登在奸臣耶律乙辛暗中主使下诬告萧观音私通赵唯一，耶律乙辛并且命人伪造了《十香词》，令单登欺骗萧观音说是宋朝皇后所作，请萧观音亲笔抄写。萧观音信以为实，便为之抄写，写后在《十香词》后又题《怀古史》诗一首，抒发自己的感慨：

宫中只数赵家妆，败雨残云误汉王。

唯有知情一片月，曾窥飞燕入昭阳。

她亲笔所抄写的《十香词》和这首《怀古诗》更成了诬陷者难得的证据，道宗耶律洪基看过耶律乙辛的奏文大怒，马上召萧观音对质。萧观音痛哭辩解说："我嫁与皇帝，身为皇后，地位已达到女人之顶点。况且生儿已立为太子，不久就可以抱孙，儿女满堂，怎么作淫奔失行之人呢？"耶律洪基拿出《十香词》，问道："这不是你亲笔写的吗，还有什么可说？"萧观音说："这是宋朝皇后所作，宫婢单登拿来请我抄写赏赐给她，说是可称二绝。况且我们辽国根本没有亲蚕之事，如果是我作的，《十香词》中怎么有亲桑的话呢？"耶律洪基说："写作诗词正不妨以无为有，词中所写的合缝靴难道也不是你穿的，是宋国人穿的吗？"耶律洪基特别生气，便用铁骨朵（一种兵器，一端形似蒜头的铁棒）打萧观音，萧观音几乎昏死过去。后来命耶律乙辛、张孝杰二人审理。二人想方设法，费尽心思，坐实此假案。审理结果呈报给耶律洪基，洪基尚且有些犹豫不决，指着《怀古诗》说："这本是皇后骂赵飞燕的意思，她怎么能又作《十香词》这样的淫荡作品呢？"张孝杰回答说："这首诗正表明皇后怀念赵唯一。"耶律洪基问道："怎么看得出呢？"张孝杰说："'宫中只数赵家妆'，'唯有知情一片月'，二句中就包含着'赵唯一'三个字。"耶律洪基听了张孝杰的话才下了决心，于是下令命萧观音自尽、诛赵唯一九族。萧观音自尽前，希望能再见耶律洪基一面，不许，便朝道宗居处遥拜，并且作了一首《绝命词》：

> 岂祸生兮无朕，蒙恶兮宫闱。将剖心兮自陈，冀回照兮白日。宁庶女兮多惭，遇飞霜兮下击。顾子女兮哀顿，对左右兮摧伤。其西曜兮将坠，忽吾去兮椒房。呼天地兮惨悴，恨今古兮安极？知吾生兮必死，又焉爱兮旦夕？

此词作后，萧观音便关闭所居寝宫，以白练自缢而死。时为太康元年（1075年），萧观音三十六岁。

萧观音死后，太子耶律浚无比忧伤与悲愤，耶律乙辛等人心中也甚是不安，于太康三年诬陷皇太子阴谋结党篡夺帝位。耶律洪基听信谗言，废太子为庶人，囚禁于上京。耶律乙辛暗中派人前往杀害了耶律浚和她的妃子，谎报病死。

耶律洪基听信奸臣的谗言，杀害了自己的贤妻和爱子，晚年也有些后悔之意。他死后，孙子耶律仲禧即位，不久便为祖母和父亲恢复了名誉，平反了冤狱，并且将萧观音与耶律洪基合葬在庆陵，追谥萧观音为宣懿皇后。

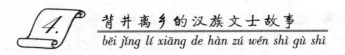

4. 背井离乡的汉族文士故事
bēi jǐng lí xiāng de hàn zú wén shì gù shì

在辽代文坛上，有一些汉族文士。从唐代末年开始，一直到五代十国

韩延徽画像

时期，中原地区因政权更迭频繁，社会很不安定，经常发生战乱，人民生活很是艰难，这时的文人，有些就流入较为安定的东北地区，转入辽国。同时辽军南下，也裹挟掳掠来一些文人。这些人以燕蓟地区为多。他们文化水平较高，或者怀有一技之长，有些人甚至有治国治民的经验，所以普遍受到契丹统治者的重视，得以充分发挥才干，多有建树，对辽朝社会的发展，对东北地区的开发，做出了很大贡献。他们之中有些人虽已身居显要，但也不可能没有喜怒哀乐之情，不可能没有去国怀乡之思，不可能没有唱和应酬之事，他们触景生情，吟诗作赋，成为辽代文学中一个重要组成部分。

较早来到北国的一位著名文人是韩延徽（882—959 年），他字藏明，幽州安次人，早年在燕帅刘仁恭父子手下当官，曾任出都府文学、平州录事参军、幽州观察度支使。后来，韩延徽出使辽国，因为不屈服，触怒了辽太祖耶律阿保机，不放他回去。皇后萧平劝阿保机说："韩延徽能持节不屈，是个贤人，怎么能困辱他呢?"阿保机召来韩延徽，与他谈话，很是投合，马上命他参谋军事。在对党项、室韦等部落的战争中，韩延徽献了许多计谋，并且建议建筑城郭，划分市里，让到辽国的汉族人居住。又给这些汉人定配偶，教他们耕种田地，有安定的生活条件。韩延徽长时间在辽国生活，不禁怀念故乡，在写了一首表现思乡心情的诗后，便逃归后唐。在后唐和别人发生矛盾，于是回到家乡探望母亲，藏匿在老朋友家。老朋友问他还想到哪里去，他说还要回辽国去，朋友不以为然。韩延徽说："辽国皇帝失去我，好像失去左右手，见我回去必定高兴。"果然如他所料，辽太祖耶律阿保机在韩延徽逃走时，梦见白鹤从帐中飞出，后来又飞回，阿保机对身边的侍臣说："韩延徽又回来了。"韩延徽回来后，阿保机问他逃走又归来的原因，他回答说："人不能忘亲，忘亲非孝；人也不能弃君，弃君非忠。我虽挺身逃归探亲，但我的心还在陛下这里，因此又归来了。"阿保机听了这番话大喜，不但没有责罚，反而升他官为守政事令、崇文馆大学士，国家大事都令他参与决定。同时，赐韩延徽名为"匣列"，"匣列"，契丹话就是"复来"的意思。有的学者认为韩延徽逃归探亲的故事，就是京剧《四郎探母》的原型。

后来也想逃走的李浣的命运就差多了。李浣（？—962年），字日新，是唐朝皇帝的后代。他幼年时就聪敏异常，才学超群，以初唐四杰王、杨、卢、骆为榜样学习写作文章，写作时，笔不停辍，词采遒丽，文华俊秀，在当时知名度很高。他中进士在和凝榜下，后来同和凝一起任翰林学士。和凝拜相后，李浣任承旨。一天，恰巧赶上李浣批诏，第二天他在玉堂打开和凝旧阁，把和凝的图书和器玩席卷而去，并留诗一首说：

座主登庸归凤阁，门生批诏立鳌头。

玉堂旧阁多珍玩，可作西斋润笔否？

可见他是位不拘小节、玩世不恭的文人。辽太宗耶律德光灭后晋，李浣与许多官员、文士都被俘往辽国，他先仍然任翰林学士，后任工部侍郎。这时，李浣的哥哥李涛在南朝，暗中派人来找李浣，让他回去。李浣就假托到南京（现在的北京）求医，换了衣着，乘夜深时逃走。到了涿州，被巡逻的辽兵查获，送回下狱。李浣乘狱吏睡熟，用衣带自缢，未死，在押赴上京途中，又自投潢河（现在名西拉木伦河）中，却被铁索牵掣，也未死了。到了上京，辽穆宗想杀掉他，枢密使高勋说："李浣原本不是负恩，因家有八十老母，急于回去探亲犯了法。他文学才能很高，当今少有伦比，若留下他写作文书，可以为国增光。"过了几年，适值建太宗功德碑，高勋又上疏说："太宗功德碑文除李浣无人能写。"这才把他放

出来，写好碑文，辽穆宗很高兴，不久任礼部尚书、宣政殿学士。著作有
《应历小集》、《丁年集》。

　　韩延徽和李浣在辽国的诗文没有流传下来，流传到现在的有赵延寿的
一首诗作。赵延寿随同他养父赵德钧一起投降辽国，很受宠幸，官至大丞
相，封魏王。他虽然是将家之子，自幼年起学习兵法武略，但在行军作战
的余暇时间，也很爱写作诗文。他在辽国写的《佚题诗》说：

> 黄沙风卷半空抛，云重阴山雪满郊。
>
> 探水人回移帐就，射雕箭落着弓抄。
>
> 鸟逢霜果饥还啄，马渡冰河渴自跑。
>
> 占得高原肥草地，夜深生火折林梢。

　　这首诗写北国景色、习俗和军旅生活，颇具朴拙生动的特色。活跃在
辽代文坛上的其他汉族文士，如杨佶、马尧俊、刘经、虞仲文、王枢、左
企弓、马贤亮等，也大都有诗作流传，像虞仲文作于四岁（一说七岁）的
《雪花》诗："琼英与玉蕊，纷纷落前池。问著花来处，东君也不知。"便
是一首脱口而出的小诗，称为天籁当之无愧。

5. 身处关外、乡思不改的诗人张斛
shēn chù guān wài、xiāng sī bù gǎi de shī rén zhāng hú

　　金源诗史发轫的初期，诗坛上活跃的汉族诗人多是由宋入金的所谓
"借才异代"者。这些诗人由宋入金的情形大致说来又有两类：一类是因
种种原因不得不羁留北地，一类则对金朝这个新兴王朝表现出较为主动的
认可姿态。前一类诗人中以宇文虚中、吴激、高士谈等为代表；后一类北
归诗人为数也不少，张斛就是其中经历和心态都很特殊的一位。

　　说张斛经历特殊，是因为在他由宋"北归"金朝之前，另有一段由辽
入宋的"南游"经历。张斛本来就是北方人。斛字德容，渔阳（今天津蓟
县）人。在北宋末年天下大乱、干戈纷起之际由辽入宋，在北宋为官多

年，足迹甚至到过四川，而且一直做到武陵——也就是今天的湖南常德的太守。这是张斛的"南游"。他的南迁当属不得已而为之的，因此客居江南时，也就愈加怀念蓟北故园了。

一天雨后，这位羁旅宦游的常德太守，拄着拐杖，来到沙堤边，极目苍天，正巧飞过的一列北归之雁触动他无限乡关之思："晚雨涨平堤，沙边独杖藜。长风催雁北，众水避潮西。楚客相逢少，吴天入望低。故园无路到，春草自萋萋。"（《沙边》）春去秋来，令诗人魂牵梦绕的乡思不但没有些许的减弱，反而更加浓烈了。

张斛家乡渔阳有峒阳山，此山亦成乡愁的负载，"故诗中多及之"（元好问《中州集》）："高秋客未还，何处望乡关？乔木苍烟外，孤亭落照间。雨晴山觉近，潮满水如闲。目断峒阳路，归云不可攀。"（《卢台峭帆亭》）

应当说张斛的乡关之思，其内在情愫已不仅仅是叶落难以归根的怅惘，令其如此刻骨铭心的乡关之思中更饱含他南游以来的人生忧患。因此，诗人毫不犹豫地"北归"了：

> 无数飞花委路尘，不堪重醉楚城春。
>
> 明朝回首江南岸，烟阴昏昏不见人。

这首《将渡江》作于北归之际。"飞花委路尘"，无论有无比兴，这个意象无疑都契合着诗人此时身遭战乱、"不堪重醉"的特定心态，而客居已久的江南也实在没有什么地方值得他留恋了。

张斛北归以后，再到辽时的南京（今北京），遇见了老友、也是前辈的马朝美。两位白发老人执手相对，回忆起二十年前的那次聚首，真是感慨万千："浮云久与故山违，茅栋虽存尚可依。行路相逢初似梦，旧游重到复疑非。沧江万里悲南渡，白发几人能北归？二十年前河上月，樽前还共惜清辉。"（《南京遇马丈朝美》）

诗人备尝辛苦，历尽劫波，但毕竟回到了久别的家乡！他还是按捺不住此时心中的欣喜："云林无俗姿，相对可终老。如何尘中人，不见青山好。"（《还家》）他也急着寻访故交："风雨无时浪蹴天，南浮舟楫信多艰。半生梦破寒江月，万里春回故国山。归客自伤青鬓改，高僧长共白云闲。诛茅借我溪西地，未厌相从水石间。"（《访香林老》）这位故人是个得道的高僧。诗人虽然自伤"青鬓改"，但心境与南迁之"沧江万里悲南渡"已是截然不同，北归之后自然生起的是这种"万里春回故国山"的欣喜之情，诗人在相知故交的陪伴下，游历、忘情于故乡的山水之间。

张斛是一位苦吟的诗人。传说他作诗也像北宋诗人陈师道那样，需要"吟榻"，即以被蒙头，躺在床上打腹稿，诗成之前不容别人打扰——只是还没到陈师道连妻儿、鸡犬都要统统赶走的程度。张斛诗艺精纯，律、绝并擅，五律、七律写景状物尤有唐人风调，在众声喧哗的金初诗坛独树一帜。当时主文柄的宇文虚中对张斛诗也甚为欣赏。其名篇佳句多被传诵时人之口，如前所举的"沧江万里悲南渡，白发几人能北归"、"半生梦破寒江月，万里春回故国山。"又如："月色四时好，人心此夜偏"（《中秋》）、"雨晴山觉近，潮满水如闲"（《卢台峭帆亭》）、"春木有秀色，野云天俗姿。"（《松门峡》）、"石峻留声急，月高松影圆"（《高寺》）、"云开千里月，风动一天星"（《巫山对月》）、"绿涨他山雨，青浮近市烟"（《寓中江县楼》）、"晴光摇碧海，远色带沧州"（《赋礼部侍郎张浩然辽海亭》）、"雨声喧暮岛，水色借秋空"（《赋临漪亭》）、"碣石晚风催雁急，昭祁寒涨与云平"（《秋兴楼》）。

张斛的生活经历和创作道路有着如此紧密的内在联系，诗人索性就把自己的诗集命名为《南游》和《北归》。只是可惜我们今天已见不到了。元好问《中州集》辑录其诗十八首。张斛现存诗虽然不算多，但南游、北归的行迹还是依稀可辨的。

张斛北归金朝后被授予秘书省著作郎的职位，这是一个文臣清贵之选的官职。本来诗人北归意即不在仕途，诗人也自以诗名家。

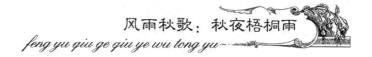

6. 不爱做官喜作诗的蔡珪
bù ài zuò guān xǐ zuò shī de cài guī

到金世宗完颜雍大定年间（1161—1189年）中期，金建国已经半个多世纪，以由宋入金之文人为主体的文坛格局，发生了根本的变化。老一代的文学家不断谢世，新人不断涌现。由金国自己培养的第一代文学新人开始走上文坛，矫首高歌，成为这一时期文坛的生力军，而其中的盟主则是蔡珪。金后期文坛领袖赵秉文在党怀英《神道碑》中说，大定文章，首推无可蔡公。元好问说："国初文士，如宇文太学、蔡丞相、吴深州之等，不可不谓之豪杰之士。然皆宋儒，难以国朝文派论之。故断自正甫为正传之宗，党竹溪次之，礼部闲闲公又次之。自萧户部真卿倡此论，天下迄今无异议云。"（《中州集》卷一）据此，可知蔡珪是金朝本国培养的第一代文坛领袖，在金源文学发展史上有极其重要的地位。

蔡珪（1129—1174年），字正甫，号无可。祖籍余杭。他祖父蔡靖在北宋宣和五年（1123年）出任燕山府（今北京市）知府。宣和七年被部下守将郭药师胁迫降金，其父蔡松年也随之入金。从时间上可以推断，蔡珪是在其父蔡松年降金以后出生的，可谓是地地道道的金国生人。他自幼聪敏好学，传说他"七岁赋菊诗，语意惊人，日授数千言"，为时人所重。金海陵王天德三年（1151年），进士及第，时年二十三岁。但他并未赴吏部参加铨选，而是继续学习，访求未见之书苦读。其辨博考古之学，为天下第一。历任澄州军事判官、三河簿。他精于古代典章制度，长于文字考证，著述很多。

正隆三年（1158年），朝廷禁止私人收藏铜器，收缴民间三代以来钟鼎彝器千余件。礼部主管官员因蔡珪精于辨别文物，又识古文奇字，聘请他为编类官。大定九年（1169年），诏迁中都（今北京市）城内的两座燕王墓于城外。时人都传说是战国燕王及太子丹的墓葬，待开棺后，才知是西汉初期所封的两个燕王之墓。蔡珪对之考证最为详赅，显示出极高的考

古学的功底。他历任翰林修撰、同知制诰、户部员外郎、太常丞等职。大定十四年，由礼部郎中出任潍州太守，死在途中。

从蔡珪现存的诗来看，艺术技巧比较圆熟，功力较深，但内容不够丰富，反映社会生活的面不够宽广。其主要内容是表现对仕宦羁旅生活的厌倦、对隐居生活的向往以及对自然风光的赞美。他有一首《雪谷早行图》诗道："冰风刮面雪埋屋，客子晨征有底忙。我欲题诗还自笑，东华待漏满靴霜。"看到雪谷早行的图画，诗人便想到自己起早在待漏院等待上早朝时的艰辛情景，字里行间流露出对官场生活的厌倦情绪。在《和曹景萧暮春即事》诗中写道：

> 瓮头春色开重酎，
> 门外春风改夹衣。
> 灼灼向来花又笑，
> 翩翩几处燕于飞。
> 山阴未辨羲之集，
> 沂上聊从点也归。
> 节物惊心遽如许，
> 却因观化识天机。

虽是和诗，表现的也是作者自己的主体心境。前四句描写暮春时节的物候特点和优美的自然景色。五、六两句用王羲之《兰亭集序》和《论语·先进》中孔子"吾与点也"的赞叹，委婉地抒发了对无拘无束生活的向往之情，也含有淡淡的对仕宦羁旅生活的厌倦情绪。

诗人曾经游览过今辽宁境内的医巫闾山，写了一首七古和两首七绝，表现其对医巫闾山的喜爱和赞美之情。今并录下以共赏之：

医 巫 闾

幽州北镇高且雄，倚天万仞蟠天东。

祖龙力驱不肯去，至今鞭血余殷红。

崩崖暗谷森云树，萧寺门横入山路。

谁道营丘笔有神，只得峰峦两三处。

我方万里来天涯，坡陁缭绕昏风沙。

直教眼界增明秀，好在岚光日夕佳。

封龙山边生处乐，此山之间也不恶。

他年南北两生涯，不妨世有扬州鹤。

闾 山

西风绝境抚孤松，千里川原四望通。

但怪林梢看鸟背，不知身到碧云中。

十三山下村落

闾山尽处十三山，溪曲人家画幅间。

何日秋风半篙水，小舟容我一蓑闲。

七言古风描绘医巫闾山的雄伟气势，其间融进了有关其形成的神话传说，具有浪漫主义色彩；后半首写登临时的主体感受。两首七绝描写登山时所见到的美妙景色和无比喜悦的心情。语言清新，意境优美。

蔡珪也能填词，《中州乐府》中收《江城子》一词，词牌下有小注曰："王温季自北都归，过予三河，坐中赋此。"全词是：

鹊声迎客到庭除，问谁欤？故人车。千里归来，尘色半征裙。珍重主人留客意，奴白饭，马青刍。东城入眼杏千株。雪模糊，俯平湖。与子花间，随分倒金壶。归报东垣诗社友，曾念我，醉狂无？

以欢快的笔调描写了迎客、待客、与客人尽兴饮酒的欢乐场面与喜悦心情。意到笔随，毫无滞碍，表现出很高的驾驭语言的能力与技巧。

以上诗词可见蔡珪作品之概貌，作为金源文学的"正传之宗"，是当之无愧的。

梦中喜得"方寸白笔"的马定国
mèng zhōng xǐ dé fāng cùn bái bǐ de mǎ dìng guó

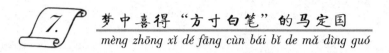

　　中国文学史上，有许多非常风趣耐人寻味的故事。南北朝时的著名文士江淹，本来是个才华横溢的大手笔，可就因为一天晚上做个奇怪的梦，梦见西晋文士郭璞向他讨要一支五色笔，说是当初借给江淹的，如今要收回去。江淹就从衣袖中拿出一支五色笔，还给了郭璞，待醒来方知是南柯一梦。可不知什么原因，江淹以后就感到才思枯竭，再也写不出辞采绚丽的华章，留下"江郎才尽"这个典故。当然，江郎才尽的真正原因，不可能是因为郭璞把五色笔收回去的缘故，其中原因当是多方面的。

　　江淹的命运不太好，偏偏做了一个那样的梦。北宋末年的马定国也曾做过一个与笔有关的梦，但结果却恰恰相反，使文才大增，文章精进。可见梦之于人，也有不公平之处。原来，马定国非常勤奋，爱好文学，尤其是喜欢诗词创作，可就是缺乏才思，怎么也不入门，搜索枯肠也写不出好句子来。一天，他也做了一个梦，梦见他的父亲给他一支"方寸白笔"，醒后一下子来了灵感，从此便才思敏捷，文章进步神速。看来还得是父亲对儿子全心全意，舍得把自己的方寸白笔无私地交给儿子，而他人不行，中途还要把"五色笔"收回去。"方寸白笔"可能是指适合于书写方寸大小之字的白毫的毛笔，总之是一支好笔。当然，马定国的文采也决不会是一个梦做出来的，是他长期努力积累的结果。梦见其父亲给笔，当是心中时刻牢记其父亲之教诲，一心要为父祖争光的心理积淀所致。

　　马定国生卒年不详，大体生活在两宋之交。字子卿，茌平（今属山东）人。少年时志节不凡，宋徽宗政和、宣和时期，正是蔡京、童贯掌权，他酒后题饭店之壁道："苏黄不作文章伯，童蔡翻为社稷臣。三十年来无定论，到头奸党是何人？"因直斥奸党而获罪，同时也获取很高的社会名声。足见其是位不拘小节，风流倜傥之人。伪齐刘豫阜昌（1130—1137 年）初，马定国游历到历下（今山东历城），又作诗表现对刘豫政治的不满，诗题为《登历下亭有感》：

> 男子当为四海游，又携书剑客东州。
> 烟横北渚菱荷晚，木落南山鸿雁秋。
> 富国桑麻连鲁甸，用兵形势接营丘。
> 伤哉不见桓公业，千古绕城空水流。

刘豫见后大惊，马上召见他，一晤倾心，起用为监察御史，累官至翰林学士。当时有一出土石鼓，究竟是何年之物，自唐代以来始终没有定论。马定国以石鼓上的文字及笔画详加考证，认定是宇文周时所造。因其出入传记，引经据典甚明，写辩证文章一万余字，为学术界所公认。当时学者将他的这项科研成果和蔡珪的《燕王墓辨》相提并论，可见推崇的程度。

马定国的诗内容比较充实，有一部分反映国破家亡的悲愤，是靖康之耻后不久所作。在田舍借宿的时候，与朋友谈论的也是这个话题。《宿田舍》一诗写道：

> 狂风作帟扫春阴，投宿田庐话古今。
> 尊俎只如平日事，干戈方识故人心。
> 凄凉一树梅花发，逶迤千门柳树深。
> 天子蒙尘终不返，酒酣相对泪沾襟。

徽钦二帝被金兵掳走，不得返归，这在中国历史上也是少有的奇耻大辱。所以，诗人和田舍翁边饮酒边谈起此事的时候，不由得都流下了热泪。可见当时的人民百姓都是十分关心国家命运的，只是因为朝廷腐败不堪，才会造成国土沦陷的千古遗恨。也正因为中原动荡，才使作者长期在外奔波，故表现羁旅行役之苦和思念故乡也成为其诗歌中的主要题材。《清平道中》写道："棘林苦苣野花黄，一马侵侵渡累阳。别墅酒旗依古柳，点溪花片落新香。伏波事业空归汉，都护田园不记唐。今日清明过寒食，又将书剑客他乡。"清明时节，一个人骑着马在外奔波，而想要像东汉的伏波将军马援那样干一番功业又不可能，怎不令人苦闷彷徨？《四月

十日遇周永昌》二首其二写道:

> 幼时种木已巢鸢,犹向花前作酒颠。
>
> 郭外青山招晓出,圃中明月照春眠。
>
> 世无苏黄六七子,天断文章三十年。
>
> 今日逢君如旧识,醉持杯杓望青天。

前四句回忆少年时故乡生活的欢乐悠闲,五、六句写文坛寂寞、文风衰败的现实。最后两句表现他乡遇故知的喜悦和对故乡的思念之情,感情真挚深沉。他还有一首《怀高图南》的诗道:"刘叉一狂士,尚得韩愈知。君才百刘叉,知者果是谁?三随计吏贡,蹑足游京师。文章善变化,不以一律持。碧海涵万类,青天行四时。去年高唐别,河柳摇风枝。今年清明饮,高花见辛夷。兹来又几日,军檄忽四驰。尺书无处寄,相见果何期。白日斗龙蛇,黄尘笳鼓悲。春风独无忧,吹花发江湄。一杯送归燕,万里寄相思。"对高图南的才能给予很高的评价,对其怀才不遇的处境寄以深深的同情。诗人还有一首诗曰《送图南》:"壶觞送客柳亭东,回首三齐落照中。老去厌陪新客醉,兴来多与古人同。戍楼藤角垂新绿,山店桎花落细红。他日诗名满江海,茅堂相见两衰翁。"抒写彼此高尚的志趣和过人的才气。

马定国还创作了一些田园诗,清新自然,颇有意境,以自然风光的和谐优美来反衬世俗生活的污浊。

马定国生活在动荡不安的时代,虽有大志,但并没有成就什么功业。他的父亲在梦中把"方寸白笔"给了他,或许激发了他在文学方面的不懈追求和大胆探索吧!

8. "操笔文章学古风"的祝简

cāo bǐ wén zhāng xué gǔ fēng de zhù jiǎn

金国是由文化比较落后的女真贵族建立的国家。完颜阿骨打在创建政权的时候，主要靠强大的军事力量。但当政权建立起来之后，则必须建立一定的典章制度，要用文化来维系人心。于是，有头脑的几位领袖人物便采取"借才异代"的手段，不惜任何代价，采用各种手段从辽和宋大量引进人才，尤其是从宋引进的人才更多。金建国初年的第一代学者和文学家基本上是由这批人组成的。祝简即属于其中的一员。

祝简，生卒年不详，字廉夫，单父（今属山东）人，北宋末年登科。金国初年曾任某州佐吏。累官至朝奉郎太常丞。曾著《呜呜集》，金末尚流行于世，今佚。祝简对杜甫的诗有一定研究，关于宋金时流行的一个杜诗注本的作者问题在他的诗说中曾提出与众不同的看法，其说后来被元好问所证实。

他对北宋末年流行的江西诗派的诗风很不满意，在《和常祖命》二首其二中说："操笔文章学古风，生平羞与腐儒同。相如虽有凌云赋，不及东方射守宫。"对形式主义的空洞无物的诗风和脱离社会实际的迂腐学问表示强烈的不满。他的诗歌内容确实比较充实，在表现生活感受和描写自然景色方面颇有独到之处。如《舟次丹阳》一诗：

船头东下趁晨钟，船外清霜气暗通。
断雁声归烟霭里，孤帆影落月明中。
隋河波浪千年急，梁苑池台一旦空。
试问碧堤无限柳，败条衰叶几秋风。

前四句叙事写景，简明扼要，节令气候时间均交代出来，为后面的抒情做好了铺垫。五、六句借景物咏史，暗示出隋朝和北宋都因荒淫腐败而灭亡。尾联以景收，意蕴悠长，有无限伤感寄寓其间，当作于靖康之后。

在表现生活感受方面，他往往借助对自然景色的精确描绘委婉地传达自己寄居异地的缕缕情思。如：

杂　诗　（二首）

雨后清寒满袖风，雁声南去暮云浓。

秋来杞菊能多少，欲助盘飧自不供。

榴花娇欲斗罗裙，石竹开成碎缬文。
更有戎葵亦堪爱，日烘红脸酒初醺。

虚极斋独坐

虚斋长铗短灯檠，明月当窗夜气清。
却掩尘编时闭目，胡床独坐听秋声。

《杂诗》其一写黄昏时秋雨乍停后的凄清景色，声情并茂。雨后清寒，霜风凄紧，嘹唳的雁叫声被雨后浓重的暮云所遮掩，只闻其声未见其形，更增神韵，诗人的淡淡愁思也融进这寥廓凄清的景色之中。《虚极斋独坐》表现夜不成寐的孤独与寂寞的情怀。他是在阅读书籍吗？恐怕不是，"尘编"表明是久不翻阅之书，还要掩上，可见他无心读书。故本诗所表达的是百无聊赖，十分落寞的情怀。他的风景诗也极清新可爱，颇有真情实感，能带给人一种艺术享受，如：

春　日

莺语相喧浩荡春，落花细点禁街尘。
游丝飞絮狂随马，迟日和风欲醉人。

夏　雨

电掣雷鸣雨覆盆，晚来枕簟颇宜人。
小沟一夜水三尺，便有蛙声喧四邻。

两首小诗所写虽是人们生活中常见的自然景色，却能给人一种新鲜的感受。从作者愉悦悠闲的心情来看，似为靖康之变以前的作品。"小沟"两句设想雨后蛙声四起的景象，与后来陆游"小楼一夜听春雨，明朝深巷卖杏花"（《临安春雨初霁》）有异曲同工之妙。陆游或许是受本诗之启发。

祝简的《相国寺钟》则有一定的寓意，诗道："寒鸡缩颈未鸣晨，已听春容入梦频。未必佛徒知警悟，只能唤起利名人。"鸡还没叫，寺庙里的钟声就响了，悠扬的钟声打破了作者的梦境，他想道：这钟声恐怕未必能唤醒那些吃斋念佛的僧人，只能唤起追求功名利禄的读书人而已，委婉地表现出对求取功名艰辛的厌倦情绪，有一定的哲理韵味。此诗当是作者年轻时到北宋京师汴梁投考时听到大相国寺钟声时的即兴之作。

9. 刘汲：不爱名利爱山水
liú jǐ: bù ài míng lì ài shān shuǐ

在金代初叶的诗坛上，有一位独树一帜、备受称道的诗人。屏山先生称赞他的诗道："质而不野，清而不寒，简而有理，澹而有味。盖学乐天而酷似之。观其为人，必傲世而自重者。颇喜浮屠，邃于性理之说，凡一篇一咏，必有深意。能道退居之乐。皆诗人之自得，不为后世论议所夺，真豪杰之士也。"这个人就是刘汲。

刘汲字伯深，金海陵王天德三年（1151 年）进士。释褐为庆州（故治在今甘肃庆阳）军事判官，入为翰林供奉，自号为西岩老人，有《西岩集》传于家。屏山先生在为此集所作的序中，对当时弥漫于诗坛的形式主义诗风进行了批驳，对他的诗推崇备至，说了上面的那些话，认为他的诗酷似白居易，是个豪杰之士。当我们仔细阅读分析刘汲传世的作品时，就会知道这种评价并非溢美之词。

他有两首《题西岩》的诗，是描写西岩环境之清幽和表现隐居生活情趣的：

> 人爱名与利，我爱水与山。
>
> 人乐纷而竞，我乐静而闲。
>
> 所以西岩地，千古无人看。
>
> 虽看亦不爱，虽赏亦不欢。
>
> 欣然会予心，卜筑于其间。

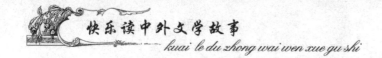

有石极峭兀，有泉极清寒，

流觞与被禊，终日堪盘桓。

此乐为我设，信哉居之安。

卜筑西岩最可人，青山为屋水为邻。

身将隐矣文何用，人不知之味更真。

自古交游少同志，到头声利不关身。

清泉便当如渑酒，浇尽胸中累劫尘。

从诗中可知，西岩是个被世俗所冷落"千古无人看"的偏僻的地方，但作者却恰恰喜欢这里的凄清冷峭，所以卜居其间，以此为乐，并以这种生活态度来表示对世俗生活中"名与利"、"纷而竞"现象的鄙视和不满。其实，作者并非是对社会现实毫不关心消极避世的人，而是由于当时社会政治的黑暗和动荡不安，人与人之间的竞争处在一个不平等、不公平的境况中，这才使他对现实失去信心，而要在自然环境和宗教中去寻找灵魂的避难所。这是封建专制制度下许多文人士大夫所走的生活道路，具有共性。

为加深对刘汲诗作思想意义的理解，我们有必要了解一下他所生活的社会政治背景。在他考中进士的前二年，也就是天德元年（1149 年），金海陵王完颜亮谋杀了原来的皇帝金熙宗完颜亶。其后，完颜亮为打击政敌，大肆杀戮异己，进行十分残酷的恐怖统治。当时的政治情况也就可想而知。在这样的政治背景下，一切善于察言观色的奸佞小人，政治投机分子都会青云直上，而忠正耿直之士则往往会遭受压抑，郁闷难伸。刘汲的《不如意》一诗就是表达这种心情的：

朝亦不如意，暮亦不如意。

今日只如此，来日复何异。

一欢强欲谋，百忧已先至。

乃知尘网苦，动辄心万计。

高轩与华冕，傥来亦如寄。

规规必欲求，愈劳终不遂。

善哉荣启期，自宽以遣累。

全诗表现在现实生活中太累的感觉，总是处在不得意之中。篇末两句用典，以自我宽慰来排遣心情的过分劳累，实在是一种无可奈何的办法。荣启期是春秋时期的一个高人。孔子游泰山，遇见荣启期。他穿着鹿皮衣服，系条绳索，鼓琴而歌，十分快乐。孔子问道："先生为什么如此快乐？"答曰："吾乐最多，天生万物，人为贵。吾得为人，一乐也；男女之别，男尊女卑，吾得为男，二乐也；人生有不见日月不免襁褓者，吾行年九十矣，三乐也。贫者士之常，死者士之终，居常以待终。何不乐也？"安贫乐道，一直是中国古代文人所津津乐道的好品质，这正足以表现古代文人的可怜心态，是自我解脱，带有自欺欺人性质的一种办法。

由于社会政治的黑暗和不公平，故园和家乡便成为诗人精神生活的避风港湾，他在外地做官时，便经常思念家园。《家童报西岩栽植滋茂，喜而成咏》一诗道："孤云出岫本无心，何用微名挂士林。近日故园消息好，西岩花木已成阴。"在官任上一听到家园中自己所亲手栽植的花木长势良好，便喜不自胜，可见其对家园的依恋情怀。《到家》一诗抒发久别返乡到家时的喜悦："三载尘劳虑，翻然尽一除。园林未摇落，庭菊正扶疏。绕屋看新树，开箱拣旧书。依然故山色，潇洒入吾庐。"在外地当了三年官，初秋季节回到家乡，绕着房屋看新生长的树木，翻箱查找旧的书籍，在这些日常生活细节中表现出极其轻松欢乐的情怀。

刘汲的风景诗写得也不错，如《高阳道中》："杏花开过野桃红，榆柳中间一径通。禽鸟不呼村坞静，满川烟雨淡蒙蒙。"色彩鲜明，意境清新。《庆州回过盘岭宿义园》写旅途中的感受："随马雨不急，催人日欲晡。山从林杪出，路到水边无。拘缚嗟微官，崎岖走畏途。村家应最乐，鸡酒夜相呼。"全诗有一种时间的流动感，"山从"两句状难写之景如在目前，非有亲身体验和善于观察者无法写出。

但刘汲的诗题材太窄，内容不够丰富，只是在表现隐逸思想和语言浅显通俗等方面与白居易的诗风有相近之处，如果从总的方面来看，和白居易还是不可同日而语的。

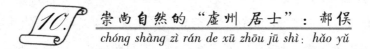

10. 崇尚自然的"虚州居士"：郝俣
chóng shàng zì rán de xū zhōu jū shì : hǎo yǔ

在金代正隆大定年间，诗坛上有一位号"虚州居士"的诗人，不但他本人有相当的诗名，他的两个儿子也都是名噪一方的诗人。这个人就是郝俣。

郝俣字子玉，太原（今属山西）人。正隆二年（1157年）进士，仕至河东北路（地界大体相当于今山西省，治今太原北阳曲）转运使。自号为虚州居士，有诗集流行于当世。子郝居简，字仲宽，举进士不第，但在太原平阳一带很有诗名，可惜未见有作品传世。另一个儿子名郝居中，字仲纯，任枢密院令使，曾经出任过坊州（今陕西中部县治）刺史，正大末年曾在凤翔做过官。正大最后一年为1231年，可知郝居中生活到金代末期。

郝俣的诗主要可概括为三类：一、抒写生活感受，表现对现实政治的不满；二、描写自然风光，表现对祖国大好河山的喜爱之情；三、应酬赠答之作，思想感受比较复杂。《郝吉甫蜗室》属第一类，以自嘲的方式来表现自己的生活态度：

草草生涯付短椽，身随到处即安然。
功名角上无多地，风月壶中自一天。
世路久谙甘缩首，蜗车才值便流涎。
一生笑我林鸠拙，辛苦营巢二十年。

字里行间流露出随缘自适的生活态度，我们似乎可以感觉到那张无可奈何的苦笑的脸。辛辛苦苦二十年，才勉强营造一个蜗牛大的短椽的居室。正直的知识分子必然清苦，这便是封建专制制度的弊端。中间两联是故作旷达之语，实际是内心极为痛苦的自我解嘲。

《听雪轩》诗表达清静闲适生活的快乐，有很深的哲理韵味：

> 扶疏窗外竹，岁暮亦可爱。萧散轩中人，高节凛相对。清寒
> 入梦境，风雨号万籁。觉来闻雪落，渐沥珠玑碎。饥肠出佳句，
> 叠叠入三昧。华堂沸丝竹，此乐付儿辈。

在屋中听到雪落竹丛的细碎轻微的声音，衬托出夜的静谧。而这样的声音都能清楚地听到，说明作者的心静如水。这种神韵，给人一种落寞感。但诗人对此有独特的理解，认为这种来自天籁的声音，比华屋中的音乐声还沁人心脾。这种欣赏自然、崇尚自然的态度有道家思想的因素。《魏处士野故庄》一诗是用咏史为题材抒发自己对人生意义的理解。诗道：

> 郊原冷落霜风后，桑梓萧条兵火余。
> 试问当世卿与相，几家犹有旧田庐。

魏野字仲先，是北宋中叶的一个著名隐士。好诗词吟咏，不求闻达，在陕州（今河南陕县）东郊自筑草堂，弹琴赋诗于其中，自号为"草堂居士"，著有《草堂集》，后来流传到辽国。辽国大使来朝，说他们国家得到了《草堂集》上编，请求看到全集并校对刊行。这才引起朝廷的重视，要起用其为官，魏野坚决推辞，隐居而终。但朝廷也明确指示当地地方官员要按照季节给予一定的经济补助。魏野的情况在中国古代有典型性，也就是我们今天所说的"墙内开花墙外红"。如果没有辽国大使的要求，魏野根本不会引起朝廷的重视，就更不要说什么当官照顾了。本诗以此人的故居为题材，表示对功名富贵的鄙视，对清静隐居生活的肯定。几经战火，那些富贵卿相的豪华宅第都化为灰烬，而魏野的故庄依旧。到底哪种人生更有意义呢？这一现象是富有启发性的。

郝俣描写自然风景的诗比较精彩，今举二首以见一斑。《上巳前后数日皆大雪，新晴游临漪亭上》描写暮春之雪景：

十日阴风料峭寒，试从花柳问平安。

野庭寂历春将晚，山径萦纡雪未干。

足踏东流方纵酒，手遮西日悔投竿。

渊明正草归来赋，莫作山中令尹看。

　　"野庭"两句写暮春雪化而未净的情景颇有特点，生动形象。《寺楼晴望》则是表现阵雨初晴时之景的。颔联道："雨侵斜日明边过，云望山前缺处归。"写出了带着太阳下雨时的特殊景象，雨朝着天边斜射的日光处而去，带雨的云向着山洼处飘飞，有一种流动感。郝俣的诗也很注意练字，"草树醒朝雨，乌鸢快晚晴"（《题温容村寺壁》），在倒装的前提下，"醒"、"快"二字用得很新巧。这两句的意思是说：朝雨淋湿了草树，草树马上显得精神起来，仿佛从昏睡中醒来。而在晚晴的天空，乌鸦和鹞鹰飞得也特别快。这样的诗句确实给人以新鲜感，表现出作者遣词造句的深厚功力。

　　《应制状元红》则是应制所作的咏物诗，虽没有什么思想意义，但紧扣题目，艺术技巧还是很娴熟的。"仙苑奇葩别晓丛，绯衣香拂御炉风。巧移倾国无双艳，应费司花第一功。天上异恩深雨露，世间凡卉谩铅红。情知不逐春归去，常在君王顾盼中。"

　　郝俣之子郝居中也留下一首诗，录下供观赏。《题五丈原武侯庙》："筹笔无功事可哀，长星飞堕蜀山摧。三分岂是平生志，十倍宁论盖世才。坏壁丹青仍白羽，断碑文字只苍苔。夜深老木风声恶，尚想褒斜万马来。"笔势老到，气势完足，是一首很有力度的咏史诗。

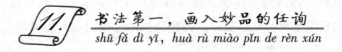

11. 书法第一，画入妙品的任询
shū fǎ dì yī, huà rù miào pǐn de rèn xún

　　在金代正隆、大定时期，出现了一位诗文、书法、绘画俱精的艺术天才，他就是任询。任询字君谟，易州（今河北易县）军市人。父亲名任贵，很有才干，擅长书法，喜欢谈论军事。北宋末年政和、宣和年间游历江浙一带，任询出生在处州（故治在今浙江丽水县）。正隆二年（1157年）进士及第，时已三十多岁。历任省掾、大名府总幕、益都都司判官、北京盐使、泰州节厅等。因为朝廷中没有得力的人可以帮助，故一生困顿下僚。六十四岁时退休，在家乡优哉游哉，过着闲适的生活。家中收藏著名的书画作品几百轴，每日流连徜徉于其间，自得其乐。七十岁死，当在明昌年间。

任询为人慷慨有气节，书法为当时第一，画入妙品，亦能诗文。时人评价他说："画高于书，书高于诗，诗高于文。"翰林修撰王庭筠则认为他是个全才。王庭筠是明昌年间的文坛领袖，也是诗、书、画俱精的艺术全才。他的评价当不会是溢美之词。但任询的书法、绘画作品我们已经很难看到，故无从论及。只能就所见到的诗作来作一简单的介绍与评述。

据元好问说，任询一生作诗几千首，但到金末大部分都散失了。元好问从流传之间保存了他的九首诗，收在《中州集》中，这是很宝贵的资料。其中有两首七古，较值得重视。其一是：

浙江亭观潮

海门东向沧溟阔，潮来怒卷千寻雪。

浙江亭下击飞霆，蛟蜃争驰奋鬐鬣。

钜鹿之战百万集，呼声响震坤轴立。

昆阳夜出雨悬河，剑戟奔冲溃寻邑。

吴侬稚时学弄潮，形色沮懦心胆豪。

青旗出没波涛里，一掷性命轻鸿毛。

须臾风送潮头息，乱山稠叠伤心碧。

西兴浦口又斜晖，相望会稽云半赤。

诗家谁有坡仙笔，称与江山作劲敌。

援毫三叫句不成，但觉云涛满胸臆。

从"西兴浦口"二句来看，此诗当作于杭州。但从他的生平来看，似

乎没有出使到南宋首都临安的资格，而且诗中也读不出使臣身份的信息。但从其他作品中也可看出他在出仕后肯定到过杭州，所写乃是登浙江亭观潮时所见所闻无疑。

前八句描写海潮奔涌的非凡气势和赫赫声威，由远及近，形声兼备。"吴侬"四句写弄潮儿敢于迎风斗浪的勇武精神和灵敏矫健的身影。"形色沮懦心胆豪"一句概括力很强，句中有对比，看这些弄潮儿们，一个个表情严肃，非常谨慎，甚至有怯懦之脸色，但他们的胆量是非常豪壮的，否则就不敢下水弄潮了。当白浪滔天，狂潮汹涌时，只见青色的旗帜在浪里出没，都看不清那些弄潮儿的身影。"须臾"以下则写海潮平静后的景象，以静衬动。

另一首七古是《庚辰十二月十九日雪》，这是任询诗中可以编年的诗。"庚辰"是正隆五年（1160年），是作者考中进士后的第三年，从"西园"这一地名来推测，可能是作在当时的南京汴梁开封府（今属河南）：

> 冯夷揃水翻银玑，北风浩浩如兵威。
>
> 琼台玉榭压金碧，三十六宫明月辉。
>
> 五更待月鸡人唱，近卫胪传九天上。
>
> 须臾龙驭踏飞瑶，万户千门寂相向。
>
> 皓齿才人宫袖窄，巧画长眉梅半额。
>
> 含犀一笑竞春妍，绣勒锦鞯生羽翮。
>
> 城外雪深回马首，别殿传觞灯作昼。
>
> 欢声一曲借春谣，半夜西园满花柳。
>
> 沾濡已见盈阡陌，况是隆冬见三白。
>
> 帝力如天人得知，今庆明年好春泽。

诗的大意是说：北风凄紧，大雪纷纷，宫廷建筑都被白茫茫的雪所覆盖，成为琼楼玉宇。当鸡人唱鸣报晓后，近卫一声声向深宫里传。不一会儿，皇帝的车驾踏着雪道出行，带着花枝招展的美人，要到城外去踏雪游览。而百姓都躲在家中，紧闭门户。可到了城外，因为雪太深而又回转马头，到别殿中去饮酒歌舞，多多点上蜡烛，使这阴暗的雪天和白昼一样。"西园"是北宋汴梁西郊的一个著名园林，北宋许多文人在作品中都曾写到过这个地方。这里的西园可能就是此处。"满花柳"比喻满室的美人。这一时期，正是海陵王完颜亮执政的晚期。完颜亮有雄才大略，同时也酷嗜美色，身旁总是美人成群。完颜亮也喜欢雪景，从他所留下的作品中就可看出这一点。或者，任询还当过皇帝的近侍，否则是写不出这样的诗篇的。

任询还有一首《苏州宴》诗，抒发其在宴席上见到两名美丽女子时暗自喜欢留恋的心情。"苏州女儿嫩如水，髻耸花笼青凤尾。十二红装酽梳洗，植立唱歌烟雾里。一人丰秾玉手指，袖挽翠云弹绿绮。落花一片天上来，似欲随人渡江水。曲终宴阕歌一觞，行人南游道路长。明日松江千万顷，烟波云树春茫茫。"从诗意来体会，当是作者南行途中在苏州做短暂停留时所作。"行人南游道路长"一句说明作者明天将要继续南行，而且还有很长的道路。可能是要到南宋首都临安去。能够享受如此规模的宴席，席面上既有歌女唱歌，还有一个美女弹琴伴奏，可知作者是有一定身份的。可以推测，这是任询入仕以后的作品。若此，他在当官后一定到过南宋。那么，前面提到的《浙江亭观潮》一诗的写作也有了着落。

作者还有一首怀念故乡的短诗《忆郎山》："万壑溪流合，千峰木叶黄。郎山五千丈，独立见苍苍。"郎山在作者故乡易县的西南，小诗只写郎山的雄伟气势和独立不群的品格，表现出对故乡的思念。此外，元好问还记录一些当时流传的断句，确实是比较精彩的诗句。如《山居》云："种竹六七个，结茅三四间。稍通溪上路，不碍屋头山。黄叶水清浅，白云风往还。"《戊申春晚》云："水边圆月翻歌扇，风里垂杨学舞腰。""戊申"是金大定二十八年（1188年），可知这时诗人还健康在世。

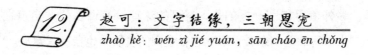

12. 赵可：文字结缘，三朝恩宠
zhào kě: wén zì jié yuán, sān cháo ēn chǒng

金初从太祖开始就以文教立国，实施"文治"的同时，通过"借才异代"收罗人才。为了进一步笼络士心，太宗朝又开始设立科举制度，开科取士；以后经熙宗、海陵、世宗、章宗朝，不断完善，"终金之代，科目得人为盛"（《金史·选举志序》）。

所以到了金代中叶，诗坛上活跃的诗人，大多已不是"借才异代"由辽、宋入金的文人，而是由科举出身的北方士人了。

赵可就是这其中的一位，他一生中又三次因为"文字缘"受到海陵、世宗及章宗三朝君主的恩宠。赵可，字献之，高平人。他第一次以文字知遇于海陵完颜亮是在少年参加科举的时候。金代的科举制度因袭辽、宋，有词赋、经义、策试、律科、经童等制，也要经过乡试、省试、御试三级。完颜亮这位金朝的第四位君主，虽然是经过弑篡得位，却雅好文事，史传说他"一吟一咏，冠绝当时"。

贞元二年（1154 年）他亲自主持文明殿的御试，按照规定，凡词赋进士，试赋、诗、策、论各一道。御试中的赋的题目是《王业艰难赋》，赵可过关斩将，也在其中，交完考卷他在席屋上题了一首小词：

赵可可，肚里文章可可。三场捱了两场过，只有这番解火。

恰如合眼跳黄河，知他是过也不过。试官道王世艰难，好交你知我。

这个年轻人的此种举动被海陵看在眼里，他吩咐左右把赵可的这首"留言词"抄录过来。小词语言虽然鄙俚，却也都是心里话，读罢"王业艰难，好交你知我"，这个年轻人的直率和卓荦给海陵留下了好感，他诏谕主考官："不管这个人中不中，都要把情况告诉我。"

金代科举阅卷也像宋人一样要有"糊名"、"誊录"等一套"加密"程序，待到放榜，赵可的名字高居榜上。海陵的意思，万一赵可不中，就赐他进士出身了。另外值得特别一提的是，赵可的这首没有调名的"自度曲"，也可作金代文人俗词的范例来看，因此它在金词的发展中也自有其意义。

正隆六年（1161 年）以"中原天子"自命的完颜亮死于南侵的战火，完颜雍即位，是为世宗，此后三十多年间，金宋偃武修文，北南和平相处，金代社会也由动乱走向治世。赵可在世宗朝时已被擢升为翰林修撰，负责起草文诰、诏命。赵可文笔典雅，流辈叹服。颂扬太祖完颜阿骨打赫赫武功的《大金得胜陀颂碑》也出自赵可之手，由大书法家党怀英撰写，此碑至今犹存。

世宗继续提倡文治，他从中央到地方府州、建立起完整的一套官学的教育体系，他甚至还诏命宰臣，只要签卷优秀、符合标准，就要录取为进士，不要人为限制人数。

世宗也是一个雅好文事的君主，他经常与群臣们在皇宫大内赏花赋诗。在一次皇家宴会上，他对着宗室子弟慨然自歌，历述祖先创业艰难，歌毕泣下，令群臣宗戚也为之动容。世宗在金代历位君主中是最强调祖先和民族传统的，在礼乐方面的宗社朝会之礼也在世宗朝开始被固定下来，定期举行。在这种大背景下，赵可再次以文字知遇于世宗。

一天世宗亲自禴祭宗庙完毕和群臣来到太宗神射碑旁，他要翰林院的文士给大家朗读碑文。赵可应声而出，清清嗓音，开始朗读。歌颂太宗丰功伟绩的碑文从赵可口中朗朗而出，声音洪亮流畅，顿挫有致，听起来好像早已成熟在胸似的。众人屏息以听，世宗也感到赵可有些不同凡响，其实赵可在头一天就把碑文诵熟了。几天后，赵可也由翰林修撰升迁为待制了。

赵可为人卓荦不羁，因此才有此"出奇制胜"之举。他不但是文章高手，也兼擅诗词，又精通书画，博学多才，这才是赵可能以文字知遇君主的根本原因，也是他在翰林供职，以备皇上顾问的必备条件。

金世宗大定二十五年（1185 年），皇太子允恭突然病逝，第二年世宗赐允恭子十八岁的麻达葛名"璟"，立为皇太孙，确定了皇位的新继承人，这就是以后的章宗。这同时也为赵可带来以文字知遇君主的第三次机遇，册立完颜璟为皇太孙的诰命正出自赵可之手。诰命中说"念天下大器可不正其本欤？而世嫡皇孙所谓无以易者"。二年后，章宗即位，这位二十出头的新皇上向左右问起当年册封之文出自何人手笔，不久，赵可就被擢为翰林直学士，达到他仕历的顶峰。这是赵可第三次以文字遇知君主。

赵可诗风健举，如"春来天气不全好，夜久雪花如许深。暖老正思燕地玉，辟寒谁有魏台金。"（《来远驿雪夕》）"双旌晚泊云兴馆，对面高峰绝可人。一夜山云飞作雪，要夸千树玉嶙峋。"（《云兴馆晓起》）。赵可乐府亦多雄健之音，〔雨中花慢〕《代州南楼》是代表作：

> 云朔南陲，全赵宝符。河山襟带名藩。有朱楼缥纱，千雉回旋。云度飞狐绝险，天围紫塞高寒。吊兴亡遗迹，咫尺西陵，烟树苍然。　时移事改，极目春心，不堪独倚危栏。唯是年年飞雁，霜雪知还。楼上四时长好，人生一世谁闲？故人有酒，一尊高兴，不减东山。

赵可在当时即是乐府名家，词名还要在诗名之上，他能豪能婉，如这首〔望海潮〕是出使高丽的赠妓之作，可代表赵可的另一种风格：

> 云垂余发，霞拖广袂，人间自有飞琼。三馆俊游，百衙高选，翩翩老阮才名。银汉会双星。尚相看脉脉，似隔盈盈。醉玉添春，梦云同夜惜卿卿。离觞草草同倾，记灵犀旧曲，晓枕余醒。海外九州，邮亭一别，此生未卜他生。江上数峰青，怅断云残雨，不见高城。二月辽阳芳草，千里路旁情。

金灭辽以后，高丽以事辽旧礼臣册于金，是金的藩属国。赵可升为翰林直学士后不久即出使高丽。按照当时的惯例，对上国的来使，高丽方面要安排侍姬"伴馆"，这首香艳的〔望海潮〕就是赠给这位貌似天仙的高丽侍姬的。词人走在还朝归途上，路旁的芳草还不断惹起词人的千里情丝，"此生未卜他生"，看来今生今世无法再续这段海外情缘了。赵可还朝不久即下世了，大概也中了这一句"此生未卜他生"之谶了吧。

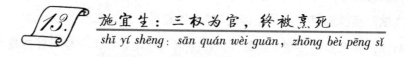

13. 施宜生：三权为官，终被烹死
shī yí shēng: sān quán wèi guān, zhōng bèi pēng sǐ

在金初诗坛上，施宜生算得上是个踪迹为人都很奇特的诗人。施宜生

（1091—1159 年）字明望，福建建宁人。他生于北宋哲宗元祐六年，遭逢宋季乱世，在其不长的一生中先后仕于北宋、齐、金三个政权，最后又因出使南宋时泄露完颜亮南侵的密谋而被烹死，一生颇为矛盾、奇特。

施宜生年轻游乡校时就被断为有奇相。一天他遇到不知从哪里来的一位云游僧人，两人对视片刻，僧人把他引到鼍堂，风帘呆日，云游僧人拿起施宜生的手，把施看了个遍，说："我善看相，你有奇相，以后我会告诉你。"

少年施宜生博闻强记，还不到二十岁就由乡贡入太学。北宋神宗年间作为王安石改革内容之一，曾建立了"太学生三舍法"：即将生员分为三等，始入太学为外舍，限额七百人，月考试业最优者升为内舍，限二百人，内舍升上舍，员一百人。优等以次升上舍，免发解及礼部试，召试赐第。这项制度一直保持到北宋末。北宋徽宗政和四年（1114 年），施宜生因为成绩优异擢为上舍第，试学官授颍州教授。这时离金人南下、北宋灭亡已不远了。

施宜生在颍州学官上做了多年，不免有些厌倦，颇恨自己碌碌无为，甚至动了投笔从戎的念头。这时那个神秘的云游僧人又出现了，和尚拿出一壶酒，两人就坐在一个草堆上喝起来。"从面相上看你有权骨，可公可卿"，和尚又拿起施宜生的手，指着手臂上的汗毛，"但看你手臂上的毛，又都是向上逆生，而且过了手腕，因此你虽会位至公卿，但不会是大宋的公卿。"施宜生被和尚的一番话说得心动了。

北宋徽宗宣和七年（1125 年），也就是金太宗天会三年的冬十月，金人长师南下开始大举侵宋，钦宗靖康二年（1127 年），汴京被攻陷，徽、钦二帝当了俘虏，北宋灭亡了。同年钦宗异母弟、徽宗九子康王赵构称帝登基，改元建炎，建立南宋政权。金人北返后，留下了"楚"和"齐"两个傀儡政权，张邦昌的"楚"很快垮台，刘豫的"齐"则成了金宋的缓冲地带。

汴京陷落后，施宜生跟大多士人一样避乱南下江南。这时候，一个算得上是施宜生同乡的福建建瓯人范汝为于建炎四年（1130 年）七月率众起事，施宜生没有像其他读书人那样跟着高宗赵构做难民，而是投奔了范汝为。范本来是个武装走私贩盐的首领，他招收了饥民数万，一举攻破了建阳城。当年十二月他受到镇压而招安受降，但第二年绍兴元年（1131 年）的十月又起兵。施宜生杖策径谒范汝为，干以秘策，范汝为大有相见恨晚之感，对施尊用有加，施宜生从此成了军师、智囊人物。范汝为的队伍发展到十余万人，势力支撑到绍兴二年，南宋派韩世忠亲自督剿，范汝为城破自焚死。施宜生在城破前化装成百姓逃遁，他一口气跑到泰州，隐名埋姓，从此做起了在这里经营鱼盐买卖的一家姓吴的大户人家的家佣。

春去秋来，施宜生混迹于吴家的数十名家童中间，不觉已三年了。一天，吴家主人把施单独招来，对他说："现在天下大乱，英雄敛迹也属常理。我看你不是什么卖身为佣的人，你要实话告诉我，不然我让官府来捕你！"施宜生心里一阵发紧，但自揣这三年里没露出过什么破绽，就说："三年来自从做了您家的家佣，我事事恭谨，没做过什么分外之事，主人却这么怀疑我，那我就此告辞了吧。"吴翁哪里肯放，坚持说施宜生不是个普通人，施说："那您有什么根据呢？"吴翁笑着说："其实我早就注意你了。从外表上看，你举止动作都是一个佣人，但比较起来，在细微之处和其他的佣人就不一样了。前些天，我设宴招待客人，别的佣人都很恭敬，唯独你好像把他们当成孙子一辈的人似的，拿放器皿时，嘴里有不屑的噫声，好像很不痛快的样子，你被我由此看破了。我这么问你，原本就是想成全你的，你还要掩饰下去吗？"不听则已，施宜生听了老翁这一番话，惊得出了一身汗，急忙跪倒在地，说："主人您一定救我，我定不敢相瞒。"接着，就把自己隐名埋姓的由来，如此这般说了一番。说罢，又叩首道："主人救我！"吴翁想了想，说："官府捕你正急，画像城里城外都贴遍了，你往哪里逃呢？我现在若放你走，定会害了你，也连累了我。在龟山有一个僧人，是我可以托心的至友。由他带你逃到北边的齐国去，这倒是个好主意。"

施宜生把吴翁赠予的银两缝在衣服中，到了龟山寺，又换上缁童干粗活的衣服，求寺主接纳。寺主出来，不知怎的施宜生觉得很是面熟，好像就是先前那个云游和尚似的。数句之后，一个月黑风高之夜，和尚趁着夜色把施宜生送到淮河的对岸，临别对施说："你生为富贵之命，也合当你我有此缘分，此去你定会得志，别忘了生你养你的地方，老衲有一偈相送：'天所祐，逆而顺。'"

施宜生还了一揖，转身消失在茫茫夜色中了。施宜生进入刘豫控制区后，因为没有身份证明，就在途中杀了一个人，夺其符簿。当时刘豫的齐国正大举进攻南宋，施见了刘豫上疏陈取宋之策，被委以大总管府议事官，从此开始了仕齐的生涯。没过多久，施宜生因事得罪了刘豫的儿子刘麟，改任新信军节度使。

齐属于金朝的子国，自从天会八年（1130年）金人册立刘豫为帝后，除黄河以南又把陕西划给刘豫，占有中原的齐即以南宋为敌。齐金联军进攻淮南，直接威胁南宋的临安，高宗赵构宣布亲征，张浚、韩世忠、岳飞等宋将带兵迎击，年底金太宗病危，消息传来金军连夜撤退，齐军也丢下辎重逃走，刘豫的第一次"南征"失败。两年后刘豫再次南下攻宋，又大败而还。本来刘豫当上"子皇帝"，是靠贿赂金将挞懒，由挞懒力荐而成。金熙宗即位后不久，就削夺了挞懒的兵权，刘豫又连吃败仗，就在天会十五年（1137年）这年罢废了刘豫这个傀儡。

刘豫的齐垮台了，施宜生的命运又发生了一次变化。从太常博士做起，他从此开始了仕金的生涯，很快就得到了当时还是奉国上将军的完颜亮的垂青。完颜亮与熙宗同是太祖孙，觊觎堂兄熙宗的帝位已久，终于在皇统九年（1149年）弑杀熙宗，登上皇帝宝座。一天完颜亮打猎时，猎获三十六只熊。完颜亮自小受汉文化熏染，以雅爱文事自命，今天他让群臣就以此事为题，赋诗著文。施宜生在奏赋中说："圣天子讲武功，云屯八百万骑，日射三十六熊。"当时的完颜亮就有"混同天下"的野心，"讲武功"、"云屯八百万骑"云云，很合完颜亮的口味，施宜生被擢为第一名，不久迁为礼部尚书。此后施宜生平步青云，参知政事张浩又推荐施宜生博学可备顾问，又召施为翰林直学士。完颜亮早年为奉国上将军即在宗弼（兀术）军中做事，施宜生又因撰太师宗弼墓铭，得完颜亮欢心，加官两阶。

金宋曾在皇统二年（1142年）即宋绍兴十二年议和，划淮为界。完颜亮即位后立志消灭南宋，他曾对手下人说："吾有三志：国家大事皆自我出，一也；帅师伐国，执其君长问罪于前，二也；得天下绝色而妻之，三也。"完颜亮为了耸宋人视听、收南宋士人之心，特命随父由宋降金的蔡松年为宰相。

正隆四年（1159年）宋绍兴二十九年，又任命施宜生以翰林侍讲学士的身份为贺宋国正旦使，出使南宋。本来，施宜生因为参加范汝为的起事，兵败北走齐，耻于再见宋人，极力推辞，不肯充当这个使臣。完颜亮的用意，是用施来迷惑南宋士人心理，因此施宜生的推辞没有被接受。但此番出使，施宜生却做出了与完颜亮本意不符的事情。

当时，南宋朝野大都不太相信完颜亮会南侵。正隆三年，宋使黄中使金后报告说，金人正准备迁都开封，以谋南侵，宋高宗竟不相信此事。虽然也有金境内调兵造船的谍报不断传来，高宗还是将信将疑，不肯深信。所以，南宋方面有心想试一试金使的口风，命张焘以吏部尚书侍读身份，接待施宜生。

张焘是个有心人，他趁与施同来的副使耶律辞离不注意，以暗语丘试探施。施向张焘用暗语说："今日北风甚劲！"说完，又怕张不理解，又拿起几上的毛笔敲了几面几下，说："笔来！笔来！"中州音"笔"与"北"同。施宜生向宋人透露了北方金人要进攻的意图，宋人由此开始戒备。而施宜生北返金廷，被副使告发，遭到烹死这种酷刑的惩罚，结束了其充满矛盾的一生。

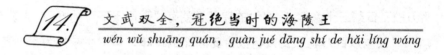

14. 文武双全，冠绝当时的海陵王

wén wǔ shuāng quán, guàn jué dāng shí de hǎi líng wáng

海陵王完颜亮（1122—1161年）字元功，本名迪古乃，为金太祖完颜阿骨打之孙，辽王宗干之子。天眷三年（1140年）十八岁时以宗室子弟为奉国上将军，在梁王宗弼（兀术）军中为行军万户，迁骠骑上将军。皇统四年（1144年），加龙虎卫上将军，为中京留守，迁光禄大夫。皇统七年（1147年）五月召为同判大宗正事，加特进，十一月，拜尚书左丞。皇统八年（1148年），为平章政事；十一月，拜右丞相。皇统九年（1149年）正月，兼都元帅；三月，拜太保，领三省事；四月，出为领行台尚书省事，复召为平章政事。皇统九年十二月，弑熙宗而被拥戴即位，成为金朝的第四代国君。贞元元年（1153年），完颜亮不顾女真贵族守旧势力的反对，把都城由上京（今黑龙江阿城南白城）迁往中都（今北京）。统治中心由北方一隅之地的上京南迁中都，将长城内外、汉民族和少数民族更加紧密地联系起来，从而促进了中华民族的融合，推动了金朝社会的发展，对于中国历史的进程产生了积极的影响。后因兴兵大举南下伐宋，在采石一战为虞允文所败，退兵扬州时，被部下射杀。完颜亮在位期间，基本上继承了金熙宗的改革政策，并有所发展。虽然兴兵伐宋一事民怨沸腾，对社会发展带来了负面影响，但是总的来看完颜亮仍不失为继金熙宗之后有作为的一位政治家。

完颜亮不仅在政治上有所建树，又是金代的第一位杰出的女真族诗人，有汉高祖、魏武帝之风。所作笔力雄健，气象恢弘，在中国文学史上形成别具一格的独特风貌。完颜亮从早年开始即好为诗词，曾经以"大柄若在手，清风满天下"的诗句为人书扇，透露出建功立业的非凡之志，令人耳目为之一新。气魄、格调与上述诗句近似的，还有《书壁述怀》：

> 蛟龙潜匿隐沧波，且与虾蟆作混合。
> 等待一朝头角就，撼摇霹雳震山河。

完颜亮久蓄问鼎之心，称帝之前曾说"国家大事皆自我出"《金史·高怀贞传》、"果不得已，舍我其谁"（《金史·本纪》）。此诗则说自己虽然居于下位，不过是像潜伏的蛟龙与虾蟆之类暂时混居同处一样，一旦头角长成、羽翼丰满，就将成就一番惊天动地的大业。诗题称作"书壁述怀"，果然直抒胸臆，坦诚真率，对于待时而动的勃勃雄心毫不掩饰，带有女真文学朴野粗犷的鲜明特色。又如《以事出使道驿有竹辄咏之》：

> 孤驿萧萧竹一丛，不闻凡卉媚东风。
> 我心正与君相似，只待云梢拂碧空。

原诗题下注称："为岐王时作。"此诗借物咏怀，说自己犹如驿站边的竹丛一般，羞于像普通花卉那样取媚东风，只一心等待云梢拂空的时机到来。还有一首《见几间有岩桂植瓶中索笔赋》：

> 绿叶枝头金缕装，秋深自有别般香。
> 一朝扬汝名天下，也学君王著赭黄。

此诗表面好像咏桂，实则分明自况，说的是一旦时机成熟，诗人就将黄袍加身，南面称王了。正隆年间完颜亮伐宋，其《南征至维扬望江左》则称：

> 万里车书尽会同，江南岂有别疆封。
> 屯兵百万西湖上，立马吴山第一峰！

此诗作于正隆六年（南京绍兴三十一年，1161年），这年九月完颜亮率领大军南犯，意在一举灭宋。完颜亮向以"中原天子"自任，万里车书趋于一统，岂容宋人偏安江左？西湖、吴山为南宋都城杭州的山水胜地，此处代指杭州。"屯兵百万西湖上，立马吴山第一峰"，灭亡南宋之意跃然纸上。

除了诗作以外，完颜亮的词作也个性鲜明，为人称道。如《鹊桥仙·待月》：

> 停杯不举，停歌不发，等候银蟾出海。不知何处片云来，做许大、通天障碍。　　虹霓捻断，星眸睁裂，唯恨剑峰不快。一挥截断紫云腰，仔细看，嫦娥体态。

这是中秋之夕待月而作。据岳珂《桯史》记载，当作于南下伐宋的前一年即正隆五年（1160 年）。篇中逼真地再现了待月不至和由此引发的内心活动，异想天开，超迈绝伦，透露出横厉恣肆、不可一世的气概。《词苑丛谈》卷三引《词统》评论道："出语崛强，真是咄咄逼人。"

至于渡江伐宋前夕撰写的词作《喜迁莺·赠大将军韩夷耶》则称：

> 旌旗初举，正驶騠力健，嘶风江渚。射虎将军，落雕都尉，绣帽锦袍翘楚。怒磔戟髯，争奋卷地，一声鼙鼓。笑谈顷，指长江齐楚，六师飞渡。此去，无自堕。金印如斗，独把功名取。断锁机谋，垂鞭方略，人事本无今古。试展卧龙韬韫，果见成功旦暮。问江左，想云霓望切，玄黄迎路。

《桯史》说，金军南伐以前，完颜亮"使御前都统骠骑卫大将军韩夷耶将射雕军二万三千围、子细军一万，先下两淮，临发赐所制〔喜迁莺〕以为宠"。词中以西汉名将"射虎将军"李广和仕于北齐为左丞相的"落雕都督"斛律光比金将韩夷耶，以"卧龙"诸葛亮的雄韬大略比喻自己南伐的决策，并设想江南的老百姓将会以"大旱之望云霓"的心情和以"筐筐盛其丝帛"的礼仪奉迎路边，盼望金军的到来，字里行间充满必胜的信心。然而谋未及身，在他即将由扬州瓜洲渡口渡江的前一夜，乃为部将射杀，其统一南北的雄心终于化为泡影。

完颜亮在霸业上虽然未能如愿以偿，在艺术上却取得了极大的成功。这些作品铲尽浮词，语语本色，不仅绝无汉族文人诗词中常见的那种绮罗香泽的脂粉气，也绝无文绉绉忸怩作态的腐儒气；俚而实豪，诡而有致，在中国文学史上独树一帜，成为中原地区的农耕文化与北方民族的游猎文化双向交流、相互融合的珍贵结晶，为多元一体的中华文化增加了新的因子，注入了新的活力。张德瀛《词征》认为："今观《桯史》及《艺苑雌黄》所载金主之词，独具雄鸷之概，非但其武功之足纪也。"

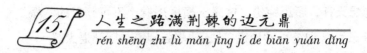
15. 人生之路满荆棘的边元鼎
rén shēng zhī lù mǎn jīng jí de biān yuán dǐng

在正隆大定诗坛上，有号称"三边"的边氏三兄弟，这就是边元勋、边元恕、边元鼎。边元鼎虽然最小，但他的名气最大，诗歌成就也最高。

边元鼎字德举，丰州（故治今内蒙古托克托）人。十岁能作诗，海陵王天德三年（1151 年）进士及第。但不知何故停止他铨选的资格。世宗完颜雍即位后，太师张浩上表举荐，他被征召为翰林供奉。后出为邢州幕僚，又被人诬告免官。从此心灰意冷，不再求仕，过起了隐居的生活。

边元鼎在政治方面两次受到打击，究竟是什么原因不好断定，但从他的诗中我们可以有个大体的推测。边元鼎爱好音乐，尤其欣赏吹奏乐，对一些歌女甚至是风尘女子也颇为钟情，很可能是这方面触犯当时的礼教制度被人弹劾所致。或云：金代是由女真贵族建立的政权，并没有很严格的封建礼教。其实不然，金代前期，礼乐未备。而经过熙宗、海陵王两代大力吸收推行汉民族的文化，封建专制制度已经建立，正隆官制的完成，更加快了女真贵族汉化的速度。故封建礼教也开始严格起来。另一方面，也可能是由于被忌妒而受到陷害。他在诗中时常抒发愤懑不平的情绪，便是佐证。

边元鼎有两首听音乐而生情的作品。《闻箫》诗道："弄玉吹箫玉管低，秋风散入满天悲。沧波夜涨龙吟细，琪树霜风凤啸迟。汉月有情如静听，萧郎无路不相知。秦楼虚负清宵意，惆怅乘鸾旧有期。"细味全诗，当是诗人听到呜咽悲哀的箫声后所产生的思想感受。其意境与《古诗十九首·西北有高楼》的意境相仿，他把吹箫的女子比做弄玉，而把自己比做萧史，表现对吹箫女子的爱慕与渴望，充满了感伤情味。《闻笛》道："雌鸾无凤怨西风，月女愁寒泪洒空。牙板急随声不断，满天敲碎玉玲珑。"把吹笛的女子想象为"雌鸾无凤"，其比兴的意义也是很明确的。《阅见》是一组爱情诗，共十首，从各个角度委婉地表现和一女子间缠绵悱恻的爱恋情愫，今选出五首（一、二、五、七、十）以见概貌：

> 君居淄右妾河阳，平白相逢惹断肠。
>
> 蜡烛已残歌欲阑，并教离恨绕飞梁。
>
> 萧史吹笙凤女台，月高霜冷风声哀。
>
> 不堪好酒沉沉醉，又遣青鸾独自来。
>
> 笑里低梅引醉波，阆风秋月一声歌。
>
> 明知画烛无情物，何是尊前泪更多。
>
> 牛女佳期岁一过，都缘迢递隔金河。
>
> 可怜马上香车畔，只隔珠帘更不多。
>
> 腻发堆云镜舞鸾，五云仙洞接清欢。
>
> 归来失却吹箫伴，肠断昆山昨夜寒。

这组诗当是作者生活体验的真实反映，所表现的或是他在烟花柳巷中的艳遇，或是他婚外的恋情，情人是位既会吹奏笛箫又会演唱的多才多艺的女子。他们的接触似乎很频繁，但在他们之间，却有一道难以逾越的障碍。有情人无法走到一起，这便是其情感缠绵忧伤的根源。而这种情况，在人类历史上是相当普遍的，故更有典型意义。

由于他的人生道路充满了荆棘，故怨愤的情绪也就非常强烈，这是他诗歌内容的另一个主要方面。《八月十四日对酒》是他现存诗歌中最长的作品。这是一首七言歌行体的抒情诗。前半部分描写月光的清澈明媚和对月宫中美好景色的向往，后半部分写道："清风飒飒四坐来，吹入羲黄醉中境。醉中起歌歌月光，月光不语空自凉。月光无情本无恨，何事对我空茫茫。我醉只知今夜月，不是人间世人月。一杯美酒蘸清光，常与边生旧交结。亦不知天地宽与窄，人事乐与哀。仰看孤月一片白，玉露泥泥从空来。直须卧此待鸡唱，身外万事徒悠哉！"与李白《对月独酌》感情极其相似，表现出世无知己的强烈的孤独意识。《村舍》二首其二曰："墙外青山半在楼，山村尽晚雨修修。旆裘臃肿无余事，尊酒飘零又一秋。学得屠龙无用处，只如画虎反成羞。回头为向渊鱼道，鸿鹄而今不愿游。"时光空逝，怀才不遇，满腹经纶不但不为时所重，反而经常受到打击，所以他已心灰意冷。"学得屠龙无用处"一句表现他对自己的才能是非常自信的。

在《春花零落》一诗中，这种急于用世的感情更加强烈。"春花零落雁秋悲，已过流年二十期。有舌能忘坐辖辱，无金莫怪下机迟。世情冷热虽予问，人事升沉未汝知。何日上方容请剑，会乘风雨断鲸鲵。"从"已过流年二十期"句来看，当是诗人二十周岁时的作品。最后两句大有终军请缨的意味，只要得到重用，就要干一番轰轰烈烈的事业。但残酷的现实教育了他，他只能叹息世道之不公和抒发孤独无援的感慨了。《客思》写道："客思逢春易感伤，不堪残泪爱家乡。离亲恍惚来千里，糊口凄凉在四方。羞向孙刘图富贵，浪从李杜学文章。官街坐对黄昏月，半屋清灯满地霜。"从最后两句可知是客游京师汴梁时的作品，从感伤忧愁的情绪来看，本诗很可能是作者登第后未能参加铨选时所作。

世态炎凉，仕途偃蹇，友情和亲情显得就特别重要。这也成为其诗内容的一个方面。《送妹夫之太原》道："山舍秋气冷参差，送客西城落日低。怨别弟兄归快快，恋乡车马去迟迟。浮萍聚散元无定，流水东西却有期。惆怅黄榆故山路，碧天回首雁南飞。"景起景收，感情真挚，颇有韵味。《别友》："从来鸡鹤不同群，泾渭何人与细分。镜里光阴谁念我，云中歧路已饶君。清觞且吸年时月，白雪休徵梦里云。别后相思不相见，水边黄叶暮山村。"以议论开头，道出社会黑白不分，泾渭不分，知己难觅，自己孤独苦闷的情景，富有哲理性和普遍的意义。《答文伯》二首其二煞尾道："万古消沉一杯酒，直须白骨点苍苔。"他简直要在醉乡中来消遣自己的一生了，可见其忧愤苦闷的程度。"却叹渊明非达道，无弦犹是未忘琴"（《闲题》）他连超凡脱俗的陶渊明也要批评，认为陶渊明弹无弦琴也不够潇洒，因为毕竟还在想着琴，而自己什么都忘了，连琴都不想，别说去弹了。心灰意冷，精神完全麻木了，可见其对现实已完全失去信心。

边元鼎还有一些断句，都很精彩，如"云钟号晓月，风絮乱春灯"

"晚照入帘如有意，春风过水略无痕""五更好梦经年事，三月残花一夜风"等，确实是对仗工稳、意境鲜明的好诗句。总之，边元鼎在当时的诗人中成就较高。

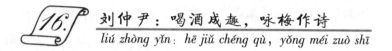

16. 刘仲尹：喝酒成趣，咏梅作诗

liú zhòng yǐn：hē jiǔ chéng qù，yǒng méi zuò shī

金代中叶进入承平时期，朝廷留意儒术，建学养士，社会风气也以潜心读书、求取功名为尚。文坛上金代北方土生土长的新一代诗人群体成长起来，构成所谓"中州文派"，金初诗坛上的那种由"借才异代"的诗人吟唱的悲凉之音也杳无踪迹了，取而代之的，是平实生活中的心身自适之趣。

盖州（今辽宁盖县）人刘仲尹是这个新才辈出时代中的一个"书海弄潮儿"。刘仲尹，字致君，他出身豪门世家，却像普通士子一样通过科举入仕。正隆二年（1157 年），年满二十岁的刘仲尹进士及第，随即做了赞皇尉。

一天早上，他因公务来到山顶寺中，发现寺壁上有几行尚润的墨迹，原来是一首诗："长梢叠叶正飕飕，枕底寒声为客留。野鹤不来山月堕，独眠滋味五更秋。"仲尹读罢，觉得很有味道，便询问山僧是谁在此题留，山僧说："有个年纪六十上下的客人，昨天晚上在我这山寺中寄宿，今早天亮时题留了这首诗后就离去了，看这墨迹还没有全干，一定还没走太远。"刘仲尹听罢马上分派手下四处追寻，不大一会儿，一个弓兵回来禀告："那位来客正在山中的一棵大树下边，他说等您去呢。"

刘仲尹带上一坛好酒前往见客，远远地果然看见一棵大树下正坐着一位老者。仲尹上前作揖致意，老者也回了一礼。仲尹请教老人的尊姓大名，老人笑了笑，没有正面回答，抬手指了一指仲尹带来的酒坛要酒喝。两人就一边在树下对饮，一边攀谈起来，仲尹见老人谈吐洒落，知道今天遇上了异人，就一个劲儿地敬酒，又将平时读经史遇到的疑难之处如数向

老人请教，老人的解答详尽仔细，尽解仲尹疑窦，而且新见迭出，令仲尹闻所未闻，茅塞大开。

一老一少谈得投缘，两人在树下你一杯我一饮，老者更是豪宕，他举杯引满，对仲尹手下的人说道："来，今儿个就忘掉主从关系，你们也来喝一杯!"不知不觉中，日头偏西，仲尹和手下吏卒都喝得酩酊大醉，醒来一看，已不见了老者的踪影。经过与老人的此番对谈、点拨，少年刘仲尹从此诗艺大进。

元好问在刘仲尹的小传中，特意指明他在诗学上是"参涪翁（指黄庭坚）而得法者"。金初诗人的审美取向，在苏黄两人中多偏重于苏，尤其推崇东坡晚年的作品；刘仲尹学黄庭坚的"学人之诗"，学江西诗派新奇瘦硬的作风，既是个人诗学趣好倾向，也是时代风会的转移。道理很简单，要学作学人之诗，就必须多读书，要有好的读书条件才行。出身豪门的刘仲尹，嗜酒更耽于书趣，径拜涪翁（黄庭坚）为师："相看绝是好交友，着眼江梅季孟中。海窟笙箫来鹤背，月林冰雪绕春风。满前玉蕊名尤重，特地梨花梦不同。安得涪翁香一瓣，种成耽供小南丰。"（《酴醾》）又如《秋日东斋》："一区寂寞子云家，便腹哪能贮五车。筋力只今如老鹤，笔头新爱缩秋蛇。树间风定叶漫径，篱外雨寒梅着花。胜日一樽能笑客，更须官鼓候晨挝。""筋力只今如老鹤，笔头新爱缩秋蛇"一联炼字炼句，瘦语盘空，称得上"得涪翁心香一瓣"了。

刘仲尹在诗中给自己的"自画像"，也是一个沉浸书堆之中的"书蠹"形象："日日南轩学蠹鱼，隐中独爱隐于书。儿痴妇笑谋生拙，不道从来与世疏。"（《自理》）"床头书册聚麻沙，病起经旬不煮茶。更为炎蒸设方略，细烹山蜜破松花。"（《夏日》）耽于书中寻得闲适之趣，自得吟诵之乐，守拙憎俗都是读书人的孤高作风，因此自然而然地，刘仲尹爱上了梅花，如前面《秋日东斋》中"树间风定叶漫径，篱外雨寒梅着花"也写到了梅花，在元好问《中州集》辑录的二十八首诗中，仲尹写到梅花的就有十四首之多，占了一半。诗人专门写有《墨梅》十首，最后一首说："妙画工意不工俗，老子见面只寻香。未应涂抹相欺得，政自不为时世妆。"

有关诗人的这十首题画的《墨梅》诗，还有一段趣话。后来爱挑黄庭坚毛病的王若虚（他说黄点化前人成句之"点铁成金"、"脱胎换骨"不过是"剽之黠者耳"——善于偷窃罢了），也把毛病挑到了这位喜爱黄庭坚、以黄为师的前辈刘仲尹头上，对刘的这几首咏梅的题画诗很不以为然。王若虚举了两首："高髻长眉满汉宫，君王图玉按春风。龙沙万里王家女，不著黄金买画工。""五换邻钟三唱鸡，云昏月淡正低迷。风帘不著阑干角，瞥见伤春背面啼。"然后批评说，他曾经把这两首诗念给许多人听，问诗中所咏何物，结果没一个人能答上是咏梅花，告诉他们诗题就是《墨梅》，人们听了还是将信将疑，回不过味儿来。他说和咏花沾不上边，又怎么能知道是咏梅花呢？更怎么能知道是咏画梅呢？王若虚认为，诗的毛病在于作者错误地理解了"赋诗不必此诗"的观点，又过分追求，即寄托太过。（见《滹南诗话》）王若虚的话自有他的道理，但也许因憎黄而苛求太过了一些。

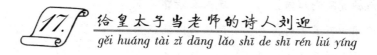

17. 给皇太子当老师的诗人刘迎

gěi huáng tài zǐ dāng lǎo shī de shī rén liú yíng

金代中叶诗坛上，有一位当过太子老师，颇受金显宗皇帝青睐的诗人。他创作丰富，有诗文乐府集传世，死后，其子尚受余荫而被赐进士及第，两代尊荣，为时所重，他就是刘迎。

刘迎字无党，东莱（故治今山东掖县）人。大定十三年因荐书对策为当时第一。次年（大定十四年，1174年）进士及第，除授豳王府记室，后改太子司经，其职责是给太子讲经读史，大体相当于太子侍讲的职务。深受显宗皇帝的信任和器重。大定二十年随驾凉陉，因病而终。章宗即位后，感念他的功劳，赐其子刘国枢进士及第。刘迎自号为无诤居士，其诗文乐府集号曰《山林长语》，章宗下诏命国学刊行，可见其在当世是颇有影响的。

刘迎是个十分关注现实的人，他关心有关国计民生的一些大事，这在

同时代诗人中是比较突出的。《修城行》是作者针对淮安城修筑质量太低劣，年年浪费人力物力而又不坚固的具体情况所生的感慨。诗道："淮安城郭真虚设，父老年前向予说。筑时但用鸡粪土，风雨即摧干更裂。只今高低如堵墙，举头四野青茫茫。不知地势实冲要，东连鄂渚西襄阳。谁能一劳谋永逸，四壁依前护砖石。免令三岁两岁间，费尽千人万人力。"原来的城墙只是用鸡粪土堆成的土墙，经不住风雨的侵蚀。而淮安又是一个"地势实冲要"的地方，应当加固城墙，在前面用砖石加固砌好，以收一劳永逸之效。免得三年两年之间，就要修一次，浪费大量的人力。可以体会出作者所关心的重点还是百姓，为了减少一些百姓的劳苦，他对一切相关的事务都非常关切。据诗末小注曰："唐州后竟用此策也。"可知后来有人采纳了他这一提议。《河防行》更能体现出这一点：

南州一雨六十日，	所至川原皆泛溢。
黄河适及秋水时，	夜来决破陈河堤。
河神凭陵雨师借，	晚未及晴昏复下。
传闻一百五十村，	荡尽田园及庐舍。
我闻禹时播河为九河，	一河既满还之他。
川平地迥势随弱，	安流是以无惊波。
只今茫茫余故迹，	未易区区议疏辟。
三山桥坏势益南，	所过泥沙若山积。
大梁今世为陪京，	财富百万资甲兵。
高谈泥古不须尔，	且要筑堤三百里。
郑为头，汴为尾，	准备他时涨河水。

诗用大部分篇幅记载了南方连续下雨六十天，造成洪灾的惨状。作者忧心如焚，建议当政者不要"高谈泥古"了，应当干点实事，赶快抓紧时间修筑黄河大堤，并具体提出了修大堤的方案，这就是从郑州修到汴梁，以防黄河发大水。

刘迎有许多题画诗，表现出他对绘画艺术的精湛理解和很高的鉴赏能力。《梁忠信平远山水》在这方面有代表性。"忆昔西游大梁苑，玉堂门闭花阴晚。壁间曾见郭熙画，江南秋山小平远。别来南北今十年，尘埃极目不见山。乌靴席帽动千里，只惯马蹄车辙间。明窗短幅来何处，乱点依稀宛寒具。焕然神明顿还我，似向白玉堂中住。蒙蒙烟霭树老苍，上方楼阁山夕阳。一千顷碧照秋色，三十六峰凝晓光。悬崖高居谁氏宅，缥缈危栏荫青樾。定知枕石高卧人，常笑骑驴远行客。当时画史安定梁，想见泉石成膏肓。独将妙意寄毫楮，我愧雨立随诸郎。此行真成几州错，区区世路风波恶。还家特作发愿文，伴我山中老猿鹤。"梁忠信是宋仁宗朝的画院祗侯，是著名的山水画家。开头以昔年在大梁看到过郭熙山水画起，为下文作铺垫。从"明窗短幅"以下十二句是对梁忠信平远山水画画面景色的描绘，生动形象，色彩鲜艳，由远及近，层次分明。我们完全可以通过画面想象出画上的情景，高明的画家可以将其再现出来。"当时画史"以下是观画后的主体感受，因为看画中的山水很美而产生归隐的想法，可见其艺术感染力很强。《蔡有邻碑》是记录碑刻书法艺术的诗作，有认识价值。作者在去山西的途中，在附近县邑看到了蔡有邻碑，笔法遒劲，是一种变化的隶体。"我为山西行，叱驭过近县。传闻蔡有邻，石刻古今冠。风流书以来，妙绝隶之变。银钩鸾凤舞，铁画蛟龙缠。凭谁致墨本，故旧诧针献。正恐赋分薄，一夕碎雷电。平生六一老，集古藏千卷。惜此方殊邻，公乎未之见。"这样精湛的作品，以集古著名的欧阳修却没有看到，作者在为其遗憾的同时，也含有对此碑的极力推崇之意。

诗人有很高的艺术才能，也有经世济民的志向，虽然曾得到显宗的信任，但显宗完颜允恭死得早，还没有活过他父亲世宗完颜雍，没有当过一天真正的皇帝就一命呜呼了。《数日冗甚，怀抱作恶，作诗自遣》写道："生涯吾亦爱吾庐，踏地从来出赋租。胸次有怀空块磊，人间无处不崎岖。扶摇安得三千里，应见真成百亿躯。直欲弃家参学去，一龛香火供斋盂。"对于政令烦苛、杂务鞅掌的现实表现强烈的不满，心中有无限的感慨和郁闷，但也无可奈何，"人间无处不崎岖"以简明的语言概括出深刻的社会问题，颇易引起读者的共鸣。《莫州道中》抒写为生计所迫不得不在外奔

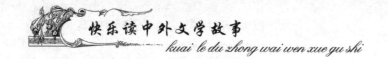

波的羁旅行役之苦，情景相生：

> 风林叶叶堕霜红，天末晴容一镜空。
>
> 野旷微闻鸟乌乐，草寒时见马牛风。
>
> 人生险阻艰难里，世事悲歌感慨中。
>
> 白发孀亲倚门处，梦魂千里付归鸿。

以暮秋清冷的自然景色衬托行役在外的思乡之苦，从"白发孀亲"四字中我们还可以知道诗人当时还有孀居的高堂老母。母亲思念儿子是刻骨铭心的，而孀居的母亲无依无靠，思念儿子的心情就更迫切了。本来是诗人思念挂怀老母亲，却偏说老母亲在思念自己，从对方写来，更增强了抒情的力度，故十分感人。

《书何维桢见赠诗后》道："尘埃握手众人中，草木从来臭味同。春夏我虽迷出处，交游君不异初终。赤黄晚岁徵奇梦，清白平生继古风。叹息蜀州人日作，伤心不觉涕无从。"在对朋友的赞佩和怀念中抒发了世无知己的淡淡的忧伤。

刘迎诗歌的内容很丰富，以上三个方面只是一个大体的概括，但也可窥测出其诗的主要风貌。

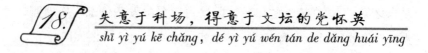

18. 失意于科场，得意于文坛的党怀英

shī yì yú kē chǎng, dé yì yú wén tán de dǎng huái yīng

金正隆六年（1161年），正当完颜亮南侵的大军对南宋展开全线进攻的时候，不料后院起火，国内发生兵变，东京留守堂兄完颜雍称帝，改元"大定"，完颜亮军心离散，不久就被部下杀死。金军从荆、襄、两淮全线撤退，一时间中原各地、黄河南北各种民众武装纷纷趁势揭竿而起。面对时代风云变幻，党怀英和辛弃疾这两个同窗好友选择了不同的人生道路。二十岁的辛弃疾在济南附近聚众两千多人投奔了山东耿京的民众武装，经过一番刀光剑影的洗礼，辛弃疾率千余人马渡过淮河投奔了南宋。二十七

岁的党怀英为什么没有走这条路，蒋一葵的《尧山堂外纪》上说，两人当时曾经以耆卜筮决定去留，辛弃疾得的是"离"卦，就投归了南宋；党怀英卜得"坎"卦，于是就留下来没走。其实这不过是附会之说，不足为信的。在此之前，辛、党两人同拜刘汲和蔡松年为师，同窗多年，并一起参加过两次金朝举行的科举考试，他们获得了乡解资格，但府试都落选了。

　　同是失意于科场，但辛父母早亡，由祖父抚养成人，而这个时候刚巧祖父也不幸病故，可以说，他实际上已没有什么亲人了。血气方刚，一无牵挂的辛弃疾应时而起，走上了一条英雄豪杰之路。党怀英要年长一些，而且已有了家室，妻子石氏是石介的后人。他为人性情也比较平和冲淡，科场失意后就放浪山水间，以诗酒自娱，诗名为人所重，过着一箪一瓢，安贫自守的生活，也就走上了一条文士之路。辛到南宋，为吏一方，成为词坛飞将；党在北方金朝则成为文坛盟主。刘祁认为"二公虽所趋不同，皆有功业宠荣，视前朝李谷、韩熙载亦相况也"（见《归潜志》卷八），比较通达实在。

　　金末元好问曾引用萧贡的说法："国初文士如宇文大学、蔡丞相、吴深州等，不可不谓豪杰之士，然皆宋儒，难以国朝文派论之，故断自正甫为正传之宗，党竹溪次之，礼部闲闲公又次之。"这段话道出了党怀英（号竹溪）在明昌间的文坛盟主地位。

　　党怀英是金代文坛上"中州文派"诞生以来，第一个在散文、诗词及史学等多方面卓有成就的全才式的作家。他能成为一代文宗，既是他如前选择了时代，也是其后的时代条件选择了他。辛、党别后十年，到大定十年（1170 年）三十六岁那年党怀英才中了进士，步入仕途应该不算早了，但到大定二十九年（1189 年）章宗即位，仅十多年间他就已逐渐成为文坛上声名日隆的中坚人物了。雅尚文辞的章宗即位后旁求文学之士以备侍从，一天他询问左右宰臣："翰林院需选拔些人来，你们看都有谁堪任？"左右有人回禀说和党怀英一起编修《辽史》的郝俣文章政绩不错。皇帝点了点头，又自问自答了一句："近日制诏唯有党怀英的文章最好。"党怀英的声名耸动章宗，文章受到高度赞扬，明昌元年（1190 年）党怀英迁国子

监祭酒，第二年又迁侍讲学士，又过一年迁翰林学士。

党怀英的仕途生涯，对他的文坛盟主地位起到促进作用。自入馆阁后，政治上的地位加强了他在文坛的声望和号召力，吸引诸公与之接游。后来，赵秉文就把党怀英和活跃在他周围的赵沨、路铎、刘昂、尹无忌、周昂等人的诗集付梓以行，命名为《明昌诗人雅制》。章宗明昌从年份上说只有六年，但明昌诗人的活动年限，实际上还包括着大定末和承安初在内，而此前的蔡珪，文学上也很有成就，也累官至翰林修撰，同知制诰，但他未能逢上章宗这样崇尚文学的君主，尽管也是一个阶段上（大定期）的代表人物，但终未能成为第一个众望所归的领袖人物。

党怀英能成文宗大匠，也自然还与他自身所具备的各种素养分不开的。党怀英早年丧父，和母亲一起过着寄人篱下、相依为命的生活，自小起磨砺了意志和安贫乐道的风节。党父是一个地方小吏，他以从仕郎的名义，举家从冯翊（今天的陕西省大荔县）迁居到山东泰安，做泰安军录事参军，没多久就死在了任上，党怀英和母亲也再无力归返故乡了。少年党怀英聪明颖悟，一天就能熟读诵记千余言，他先后拜的两位老师刘汲和蔡松年都是大名士，因此受到了良好的系统教育，以至还未中仕时就已文名远播了。

入奉翰林之后，党怀英加强了文坛领导者和倡导者的自我意识。他开始有意识地标举欧阳修的散文，以欧阳修散文为正体，使之大行于金源。党诗似陶（渊明）、谢（灵运），奄有魏晋人的古淡天然之风，尤善五言古体，体物精微，寄托深远，如这一首《西湖晚菊》："重湖汇城曲，佳菊被水涯。高寒逼素秋，无人自芳菲。鲜飚散幽馥，晴露堕余滋。蹊荒绿苔合，采采叹后时。古瓶贮清洮，芳尊湔尘霏。远怀渊明贤，独往谁与期。徘徊东篱月，岁晏有余悲。"

堪称领一代风骚的领袖人物，其造诣往往是多领域、多侧面的，由这种多侧面的多重效应，自然而然地臣服众人，俯仰其门。党怀英天资既高，辅以博学，不但文学方面高文大册，主盟一时，史学方面他也转益多师，取得令人瞩目的成就。他和郝俣一起充任《辽史》刊修官，与同事赵汹、移刺益多方收集旧辽史料，举凡民间的碑铭、墓志及诸家文集网罗殆尽，甚至连有关旧辽的口头材料也不放过。党怀英还兼擅书法，古文隶篆出神入化，独步有金一代。

党怀英具有领袖人物的人格魅力。他性情简淡，仪观秀整，风度飘逸。如同说苏轼是一僧人托生相仿佛，党怀英被说成是唐代大道士吴筠的托生。他待人宽和，具有豁达的长者风范，容众人犯而不校；文学上他呼朋引类并不自我高蹈，为政也宽简，不言而使人自服化。所有这一切使党怀英成为明昌文坛上当之无愧的盟主。元代郝经赞叹说："一代必有名世人，瑰伟特达为儒宗。……浑然更比坡仙纯，突兀又一文章公！自此始为金国文，昆仑发源大河东。"（《读党承旨集》）

大安三年（1211 年）以翰林承旨退休在家的党怀英高寿而终，享年七十有八。有人说，当天晚上看见一颗明亮的大星划过夜空，陨落在党宅的庭院内了。

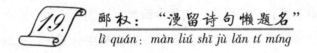

19. 郦权："漫留诗句懒题名"
lì quán: màn liú shī jù lǎn tí míng

古往今来，人们对自己的诗文都很看重，所谓"经国之大业，不朽之盛事"，主要是想借此自高身价，以期流芳百世。但也有例外，金代中期郦权就声称"漫留诗句懒题名"（《郊行》），表示不在乎生前生后的名声。为什么他会如此超脱？究其原因，是他对人生的失望和颓丧的生活意绪。

郦权出生在名臣之家。他的父亲郦琼凭着智勇，追随金国元帅完颜宗弼（兀术），建言建功，勇闯天下，由一介村野武夫升任亳州知府、武宁军节度使、泰宁军节度使、归德尹等要职。而郦权却未能将这份家业成功地继承下来，光宗耀祖，一则因为他生逢宋金妥协、相对和平的年代，他不可能建立军功，再则他未必有多大的军事或吏治才能，甚至在现存的诗中，几乎看不出他有什么像样的理想。所以，他只是靠显要的家庭出身谋得一官半职，后来一直不曾发达，晚年出任著作郎。这种失意不同于怀才

不遇的牢骚和愤激，而是一种颓丧和无奈。

所以，他看中其貌不扬、萎缩枯老的矮松，作《竹林寺矮松》诗，先描摹矮松的形状，"联拳缩爪股，气屈不得伸。卧枝老无力，支撑藉樵薪。无风自悲吟，失水固不神"，然后发一通并不新颖的议论，"安知才不才，祸福了已分……岂知无用资，千岁保其真"，此论只是庄子"散木"说的重复，以不才为才，以无用为用，其真正用意在于最后所表露出来的对矮松的钟爱之情，"我亦爱奇节，岁晏守贱贫。他时来此伴，露顶挂葛巾"，他要脱去官服，与矮松贫贱相伴，其中有以矮松自喻的意味。"露顶挂葛巾"的诗人形象与这矮松很相似。四十七岁那年除夕夜，他没有一丝一毫的节日欢乐，作诗说："殊方节物老堪惊，病怯诸邻爆竹声。梨栗异时乡国梦，琴书此夕故人情。眼看历日悲存殁，泪溅屠苏忆弟兄。白发明朝四十七，又随春草一番生。"（《除夜》）老病衰弱，漂泊他乡，如同他所写的矮松一般，蜷缩一角，畏惧爆竹声以及它所代表的热闹与欢乐，似乎心灰意冷，进入了人生的暮年。他游览唐代进士竞相题名，凝聚着名誉荣耀的慈恩寺塔，也没有羡慕，没有眼热，只是冷眼旁观，别有一番与众不同的感受，"慈恩石刻半公卿，时遇闻人为指名。龙虎榜中休着眼，一篇俚赋误平生"（《慈恩寺塔》），那种世俗的热闹显贵在他看来，恰恰是人生的误区。当然，这种认识未必根源于深厚的佛道思想，不排除失意之人以葡萄为酸的心态和矫情伪饰的成分，但是，从现存诗歌来看，郦权确实将视线从龙虎榜上、功名场上移开，投向淳朴的乡村、优美的山水，一边创作一些很不错的写景诗，一边寄寓安放他那颗未能很好地融入官场的心灵。

郦权的写景诗大致有两类。一类格调清新明快，笔法轻巧，可能是他早期所作。《郊行二首》可为代表：

十里修篁翠拂天，青田漠漠水溅溅。

高林忽断惊回首，不觉奇峰堕眼前。

溪桥纳纳马蹄轻，竹里人家犬吠声。

行尽滩光溪路黑，隔林灯火夜深明。

第一首诗人陶醉于大片翠竹拂天青田碧水的秀丽风光，而忽然竹林中断，眼前突现一座奇峰，仿佛从天而降，让诗人惊讶万端，本能地回首来路，看个究竟。这一景象与陆游"山重水复疑无路，柳暗花明又一村"恰好相反，陆诗怀疑无路时而突现豁然开朗的境界，郦诗在道路通畅时突然奇峰挡道，二者可谓异曲同工，均为佳作，都写出了途中出人意表的经历与感受，富有奇趣，可惜郦诗声名不彰，远不及陆诗显赫，诗歌的沉显、境遇之不公实在难以预料。第二首体物更加细微，极其准确地写出诗人行于阴天夜晚的真切感受。雨后河畔，溪桥濡湿柔软，所以马蹄显得很轻便。郊外宁静，只有竹林中的人家有几声犬吠。天色黑暗，只有河滩边有些河水折射的微弱光线，而走尽滩边小路，滩光消失，道路更加黑暗，只有远处树林外的灯火明亮可见。后两句很明显受到杜甫"野径云俱黑，江船火独明"的启发，用一点明亮反衬笼罩四野的黑暗，而对"滩光"的发现和描写最具匠心，值得称道。可惜这类佳作长期埋没于尘土中，鲜为人知。类似的作品还有《八渡崖》，写八渡溪水的奇丽景观，结尾两句想象优雅别致，"安得剩栽溪上竹，一庵领尽两山幽"，在溪畔再栽些翠竹，在山巅再筑一小庵，以之聚集统领两座山的风光与灵气，如此想象，既潇洒风流，又道出了人文建筑在自然山水中的妙用，人与自然的精神契合。

郦权另一类写景诗荒寒古淡，大概是他后期所作，所写景象多是断桥古道、瘦藤荒畦。

"漫留诗句懒题名"的郦权，最终还是留下了他的诗名，因为只要有诗歌存在，不论他本人重视与否，后人自有公论。

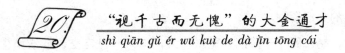

20. "视千古而无愧"的大金通才

shì qiān gǔ ér wú kuì de dà jīn tōng cái

杨云翼（1172—1228 年）在金末声名很大，地位很高，这主要得力于

他多方面的才能。当时他就被人视为"通才"。

政治上，杨云翼官运亨通，仕途显赫，章宗明昌五年（1194年）考中经义进士第一名，后又考中词赋进士，历任太学博士、礼部尚书、翰林学士等要职，晚年拜相呼声很高，只因患风疾，腿脚不便，未能入相。为政干练，处事周详，在许多重大事件方面，能从大局出发，将自己的荣辱得失置之度外，敢于明辨是非，多有建树。如宣宗贞祐年间，金朝连年南伐宋朝，伤亡惨重，朝廷上下自进士至宰相，对其他事情都能说三道四，唯独对南伐之事，避而不谈，因为一旦反对南伐，要么被说成是送土地给南宋，要么被说成是私通宋国，此等嫌疑，非同小可，谁能不怕？只有杨云翼挺身而出，上疏朝廷，力言"宋不可伐"。他先一针见血地指出金国伐宋的真实用心，不是贪求其土地，而是害怕"西北有警，而南又缀之，则三面受敌矣，故欲我师乘势先动，以阻其进"，然后分析即使南伐获胜也不能阻止招致南宋的反攻，不能实现南伐的目的，更何况今非昔比，没有必胜的把握，倘若失败，后果更不堪设想。可惜杨云翼这番精辟的见解未能让宣宗回心转意，宣宗仍然派遣时全南伐，结果不幸被杨云翼言中，时全几乎全军覆灭。这下子宣宗后悔不迭，一面斥责那些主战派的将领，一面自觉丢脸，不好意思起来："当使我何面目见杨云翼耶？"（《金史·杨云翼传》）

学问上，杨云翼于三教九流，无不通晓，上至正统儒家经传，下至天文历法、医药算术，都能名家。他兼任了二十多年的提点司天台的职务，这绝不是外行领导内行的虚衔，而是名副其实的天文专家。有史实表明，当时某些专家长期不能解决的问题，他能一语道破症结。宣宗兴定三年（1219年）夏秋间，在修筑京师子城时，很多人生病，他能亲自为人治病。算术方面，他著有《句股机要》一书。他更有一手好文章，当时与赵秉文齐名，是金末的文坛领袖。

为人方面，杨云翼严于律己，宽以待人，与人一旦定交，就不为生死祸福所动摇。加上他执掌贡举三十年，门生半天下，所以，颇得人缘，深得时人的好评。元好问盛赞其"才量之充实，道念之醇正，政术之简裁，言论之详尽"，"视千古而无愧"（《遗山集》卷十八《内相文献杨公神道碑铭》），还说他是"终始无玷缺"的"完人"（《中州集》卷八）。时人赵思文也极称他"海内文章选，人中道德师"（《吊同年杨礼部之美》）。

但是，元好问等人所说的"文章"，主要是指那些高文大册，而不是诗文创作。杨云翼的文学成就，远不及其政功和学问，在金代他只是个较普通的诗人，"视千古而无愧"主要指其政绩而言。在他的诗歌中，他的那首赠赵秉文使夏的诗歌曾流传一时，为他赢得了不小的诗名。

金哀宗正大年间，蒙古入侵夏国，传闻夏国国王忧惧而死，需要另立新主。金朝要派人去夏国，代表朝廷册封新主，大家都知道，这是个美差，因为夏国国主肯定要厚赠使者。翰林学士赵秉文德高望重，荣膺此任。赵秉文向来清贫，朝中大臣们一致认为，赵秉文此行将大发其财，一举暴富。谁知天有不测风云，人有旦夕祸福，等他快到夏国边界的时候，朝廷突然改变了主意，不再册封夏国的君主，准备派驿卒飞马将赵秉文追回。这样一来，赵秉文那眼看就要到手的鸭子飞了。在驿卒出发之前，身为礼部尚书的杨云翼召来驿卒，交给他厚厚一封书信。这封信封印严密，封了一层又一层，杨云翼还特意嘱咐驿卒，一定要交给赵秉文本人，由他亲自拆开。

驿卒追上赵秉文，先交上省部的符印，要他回朝，然后告诉他，还有一封礼部密封的书信。赵秉文非常惊讶疑惑，因为此事与礼部无甚关系，礼部如此郑重其事，究竟为什么？赵秉文满腹狐疑地拆开书信，打开一看，原来是杨云翼的一首诗歌：

> 中朝人物翰林才，金节煌煌使夏台。
>
> 马上逢人唾珠玉，笔头到处洒琼瑰。
>
> 三封书贷扬州命，半夜碑轰荐福雷。
>
> 自古书生多薄命，满头风雪却回来。

赵秉文读后，不禁抚掌大笑。诗歌前四句，是着力想象赵秉文出使夏国的风光自得，说他是朝中资深的翰林学士，杰出的人才，带着金国的使

节，充当荣耀的使者。一路畅快，赋诗作文，挥毫泼墨，充分展示其诗人和书法家的才华。这种得意，有对此次出使夏国的厚望。但后四句急转而下，写其美梦化为泡影，其中绝妙的是"三封书贷扬州命，半夜碑轰荐福雷"两句所用的典故。

据说，范仲淹在鄱阳做官时，有一位书生送些诗作给他看，诗歌写得很不错，范仲淹夸奖一番，而这位书生向范仲淹诉苦，说他很穷，平生从来没有吃饱过，并声称他是天下最饿的诗人。诗歌不能当饭吃，写得再好，又有何用？听了这番诉说，范仲淹不禁为之动容。如此有才的诗人，竟然如此可怜，怎不令他大动恻隐之心！范仲淹决定帮助他彻底解决贫困及饥饿问题。当时，社会上非常盛行欧阳询的书法，而在鄱阳境内就有欧阳询手书的《荐福碑》，每幅拓本都价值千钱，范仲淹打算为他打制上千幅拓本，让他到京城出卖。所需纸墨全部准备停当，不料，就在这紧要关头，这天夜晚，一声霹雳击碎了《荐福碑》，也击碎了这位书生的顿顿饱食梦。当时人们因此编了句顺口溜，说"有客打碑来荐福，无人骑鹤上扬州"，将书生的穷命与骑鹤下扬州的富贵命相对比，加以调侃。苏轼也借此嘲笑穷酸文人，"一夕雷轰荐福碑"。

杨云翼借这个典故调侃赵秉文，是说他的这封信唤走了赵秉文的富贵命，原以为能使他富足起来的荐福碑突然倒了，不存在了。自古以来书生就是穷命，你赵秉文也不能例外，本以为能有一大笔外快，结果还是两手空空、一头白发地回来了。这种善意的调侃，既肯定了赵秉文的才华，又捅破了赵秉文的心理期待以及落空以后的失望之情；既有理解，又有劝慰；既形象，又幽默，所以"朝野喧传，以为笑谈"（《归潜志》卷九）。

杨云翼其他诗歌比较平常，写得工练平稳，特色不够鲜明。自称为"门下士"的元好问，在杨云翼的墓碑中对他推崇备至，唯独对其诗歌不加评论，想必是为他藏拙吧！

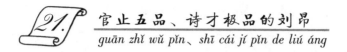

21. 官止五品、诗才极品的刘昂
guān zhǐ wǔ pǐn、shī cái jí pǐn de liú áng

金代有两位诗人叫刘昂，"官止五品"的刘昂字之昂，兴州人，还有一位时代稍后、成就略低的刘昂，人称小刘昂，字次霄。此处所谈专指前者。

刘昂出生于科举世家，在他以前，他家祖宗已连续七世考中科名。他生来聪颖超人，秉承家族传统，不仅保持不败，轻而易举掌握了科举考试的规律，一举摘取科举桂冠，考中了大定十九年（1179 年）的进士，而且还能锦上添花，他所作的律赋"自成一家，轻便巧丽"，特别适合科举考试，被许多举子们所效法，被称为"场屋捷法"（《中州集》卷四）。这更加扩大了他的家族声名。对他这种人来说，科举考试不过是个雕虫小技而已。

当然，刘昂不止是个考试专家，否则他只能是编纂考试指南、辅导考生的教师爷，不可能留名后世。他有着多方面的杰出才能。在令人羡慕的年龄，就步入仕途，先担任尚书省令史这一职务，三十三岁那年任满后，升任平凉路转运副使，似乎前途无量，人们也普遍看好他，认为他很快就能平步青云，坐上卿相的宝座。唯有一位相命的术士，别具只眼，断言他这一生"官止五品"。此时，刘昂正春风得意，对自己的前途充满信心，视术士此语为一派胡言，根本不相信。不久，他母亲去世，他回家守孝，服孝期满，就被一些当权者所嫉恨压制，未能受到重用，在官场上原地踏步，一下子徘徊了十多年时间。这严重消磨了他的意志和信心，他在洛阳安下家来，情绪低沉，打算就这样了此一生。

金章宗泰和初年，有人向章宗推荐刘昂，称赞其才能，章宗将他召回京城，先让他担任五品官阶的国子司业，后将他调至尚书省，担任左司郎中。虽然还是五品官，但职权大得多，升迁的机会多得多，这一调动本身就意味着朝廷将要委以重用。于是，他再次涌动从政热情和高度自信。但是，好景不长。泰和八年（1208 年），审察院掌书大中和参知政事贾铉泄露朝廷用人机密，被人举报揭发，刘昂不幸受牵连。章宗盛怒之下，严惩当事人，贾铉贬为济南知府，刘昂贬为上京留守判官。上京僻处东北金源内地，路途遥远，环境恶劣，刘昂万万没有料到，会遭受如此惨重的挫折。这时，他回想起术士的话，他不能不相信在冥冥之外，还有一命运的主宰，不能不相信自己"官止五品"的命。他绝望了，这一生再也不可能施展自己的才能了。心情压抑地上路，加上旅途劳顿，最终倒在了去上京任所的路上，印证了术士的预言。

刘昂的确是个怀才不遇的诗人，但他在诗中没有重弹怀才不遇的老调，很少直接写怀才不遇的感慨和牢骚，而是通过比兴象征等手法，将自己的感慨暗含其中，在诗中流露出北方诗人比较少见的才情与风韵。元好问说他"作诗得晚唐体，尤工绝句，往往脍炙人口"（《中州集》卷四），主要就是这个意思。他赠给女诗人张秦娥的诗歌最能体现这一特点。

张秦娥是一才女，擅长小诗，她的《远山》诗是一首上乘佳作："秋水一抹碧，残霞几缕红。水穷霞尽处，隐隐两三峰。"以一泓碧水与几缕残霞相映衬，构图简洁，色彩鲜明，接上"水穷霞尽处，隐隐两三峰"两句，隐约的山峰，加强了画面的层次感，使诗歌具有不尽的意味。后来，这位才女沦落了，渐渐不为人知。刘昂特意赠给她两首七绝：

> 远山句好画难成，柳眼才多总是情。
>
> 今日衰颜人不识，倚炉空听煮茶声。
>
> 二顷山田半欲芜，子孙零落一身孤。
>
> 寒窗昨夜萧萧雨，红日花梢入梦无？

第一首以才貌出众的过去与衰老凄清的现状作对比，写出了张秦娥的身世之感，寄寓了作者的赞赏、理解和同情。第二首侧重写其晚年的零落孤单，从"寒窗昨夜萧萧雨"这样既赋又比的景况中，转入对昨夜梦境的推测，"红日花梢"这种青春丽景象征其青春年华，以虚写实，以昔衬今，突出了今昔盛衰之感，也同样寄寓了同情和惋惜，因而引起了张秦娥的共鸣。张秦娥读过这两首赠诗后，为之伤心泪下。刘昂这两首诗之所以能打动张秦娥，当然出于他对张的理解和尊重，还有一重要原因，就是寄寓了诗人自己的身世之感。刘昂过去仕途是多么的春风得意，而如今坎坷沉沦，埋没风尘，与张秦娥的身世何其相似！

当时有个名叫李仲坦的文人参加科举考试，未及开榜就去世了，开榜时，居然榜上有名，而且还受到特殊的恩赐。刘昂有感于斯，作《吊李仲坦》诗：

> 文章巧与世相违，身后新恩事已非。
>
> 不及萋萋原上草，一番春雨绿如衣。

诗歌妙处不在于重复人死万事全空的道理，而在于将身后新恩官位等人间的荣誉与本来毫不相干的坟上春草相比较，自然得出前者不如后者这样出人意料令人深思的结论，其中可能隐藏着他自己的功名幻灭感。

他的离别诗也能保持较远的距离，仿佛超出凡俗，但实际上反而揭示了人生的普遍现象，也能令人回味久远。

22. 投笔从戎的文人刘中
tóu bǐ cóng róng de wén rén liú zhōng

刘中（字正夫）是金章宗时期的杰出文人，有着不同寻常的经历，曾经显赫一时。

据说，他为人"短小精悍，滑稽玩世"（《中州集》卷四引《屏山故人外传》），大概是位很有个性很有趣的人物。明昌五年（1194年），他考中经义、词赋双料进士，想必是位考试能手。在文学创作方面，对各种体裁也很在行。他的诗歌"清便可喜"，赋深得楚辞句法；最拿手的古文，自成一家，大受时人称道，以为"典雅雄放，有韩柳气象"。因而很多人拜他为师，向他学习写作古文，一致尊他为刘先生。可惜他的赋和古文全部失传。他没有辜负时人的尊敬和弟子们的期望，还是一位名师，培养出了几位高中榜第、扬名天下的弟子。王若虚、高法飏、张履、张云卿等人都出自他门下，取得科名，各有成就。应该说，他是位成功的文人，但他最终投笔从戎，写下了他一生最不平凡的篇章。

直接促使他从军的是金章宗泰和年间的南征。金泰和六年（1205 年），南宋权臣韩侂胄率先撕毁金、宋绍兴和议，发动北伐，打破了四十多年的和平岁月。这次战争于宋是收复失地，但是于金则是侵略挑衅，激起金国上下特别是女真统治集团保家卫国、反抗侵略的豪情壮志。只要看一下"小刘昂"（字次霄）此时所作的〔上平西〕词，就能看出当时部分金国文人的心态：

> 蚕锋摇，螳臂振，旧盟寒。恃洞庭、彭蠡波澜。天兵小试，百蹄一饮楚江干。捷书飞上九重天，春满长安。　　舜山川，周礼乐，唐日月，汉衣冠。洗五州，妖气关山。已平全蜀，风行何用一泥丸。有人传喜，日边路，都护先还。

刘昂（字次霄）对南宋的兵力极端蔑视，视之为不堪一击的蚕锋、螳臂，对金兵的实力以及初战告捷无比自豪，对战争的前途信心百倍。全词豪放飞动，激情澎湃，有气吞寰宇、踏平南宋、不可一世之势，体现了某些金国文人强烈的爱金热情。这种气魄与豪情绝不亚于南宋爱国词，只是人们常被众多南宋爱国词所吸引，常常立足于南宋，作所谓的"正统观"，忽视了北方文人的这种感情，显然这是只见其一，不知其二。刘中正是出于这种感情，才毅然弃文从军，报效国家。据载，他随军南伐过程中，积极为主帅出谋划策，常常参与军事秘密的制定和实施，深得主帅的倚重。当然，他发挥了他的文学特长，包揽所在军队各种军事文书的撰写，上自机密公文、战斗檄文，下至街头告示，一般通知。毫无疑问，他的文采一定能鼓舞人心，为泰和南征增色壮威。只是刘中的大手笔，在现存的文献中已无法辨别，直接署刘中之名的文章一篇也没有。

泰和南征中，刘中很明显立下了军功。回朝后，被提拔为右司都事，将委以重用，但命运不佳，不久刘中便去世，文武全才的他最终未能尽其才。

作为一位杰出的文人，刘中一生写下了大量的诗文，有一部未能刊行的文集藏之于家。周昂曾评价刘中与王若虚、李纯甫三人的文章，说刘文"可敬"，王文"可爱"，李文"可畏"，三人都是"人豪"（《中州集》卷四）。但至金末为他作传的李纯甫就说，他的文字全部散失不传。现在能看到的只有两首诗歌。一首为金国宗室、丞相完颜守贞所作。完颜守贞号冷岩，被公认为女真族宰相中最贤能的宰相，为人正直，敢于直言是非，喜欢结交汉族士人，提携帮助过一些汉族士人，能得汉族士人之心。明昌六年（1195 年），他因为直言被贬，出守东京（今辽宁辽阳），回到家乡一带，周昂作《冷岩行赋冷岩相公所居》，来歌颂其德行。刘中的《冷岩公柳溪》可能也作于此前后：

> 斗印轻抛系肘金，故园风物动归心。
> 柳含烟翠丝千尺，水写天容玉一寻。
> 山色只于闲里好，风波不似向来深。
> 人间桃李栽培满，换得溪南十亩阴。

首联写他弃官回乡，不说被贬官，仿佛他是为家乡风物所动，主动抛开斗印，这就显得潇洒许多。颔联承接前句，写"故园风物"，也是点题，突出柳树、溪水如何优美。颈联想象完颜守贞退官后摆脱是非，更能领略山水风光的妙处。尾联呼应首联，写其归隐。"人间桃李栽培满"，他曾援引提拔过许多文人，栽培了不少弟子，这是他的功绩，如今，离开朝廷，"换得溪南十亩阴"，以"换"字巧妙转换，将桃李与柳阴相对应，写出了他功成身退的超然自得。全诗不用一个典故，写景与比兴相结合，节奏明快，别具韵味。另一首诗题为《龙门石佛》：

> 凿破苍崖已失真，又添行客眼中尘。
> 请君看取他山石，不费工夫总法身。

这是观看凿山造佛的即兴之作。龙门石佛，雕凿不易，在他看来，凿破青山来雕凿石佛，不仅不符合佛的真谛，而且还会适得其反，会迷惑信徒们的眼睛，看不清世界的真实面目，认为龙门石佛不如其他地方，其他地方不费工夫就能造就法身。他的这种奇特观点是对世俗造佛运动以及对佛教信仰的怀疑，当然这种怀疑是不彻底的。他毕竟不是无神论者。

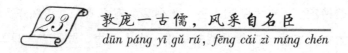

23. 敦庞一古儒，风采自名臣
dūn páng yī gǔ rú, fēng cǎi zì míng chén

萧贡（1162—1223 年）是金代中后期与汉代萧何、金初蔡珪并称的显要官员和著名文人，其文采风流，照映一时。

萧贡少年得志，大定二十二年（1182 年），正值弱冠之龄，就考中进士，而且还有"名进士"（《归潜志》卷四）之美誉。仕途更是一帆风顺。在担任镇戎州判官、泾阳令、泾州观察推官之后，被召入京城，任命为尚书省令史。按照惯例，先要试用两月，然后根据情况再决定是否正式录用。而萧贡试用没有几天，就受到其上司的一致赏识和高度评价，便直接进入尚书省这个大衙门。上司发现他能力极强，不到四五个月时间，将他破格提拔为监察御史。不久，提刑司又上疏表彰他在泾州观察推官任上的突出政绩，于是，他又升为北京转运副使。他的春风得意还不止这些，在其杰出的吏治才能之外，左丞相董师中、右丞相杨伯通举荐他的文学才华，因此，他又被任命为翰林学士，真是一顺百顺。

父亲去世，他回家尽孝，一度离开官场，但这也未能中断他如日中天的官运，很快又步步高升，再度辉煌，他被调任右司员外郎、右司郎中、国子祭酒兼太常少卿。金章宗泰和年间，他主持修撰《泰和律令》，体现出他在法律方面的过人天赋。他所撰的每条每款，都委曲周详，特别切合金章宗的心意，赢得章宗的大力褒扬和赞叹。金章宗曾得意地宣布："汉有萧相国，我有萧贡，刑狱吾不忧矣。"（《中州集》卷五）。出自皇帝之口，将他喻之为汉代名相萧何，这是何等的荣耀！萧贡还倡议建立法律辩护制度，对那些已经定罪的犯人，允许其亲属申辩，以减少冤假错案，此举得到朝廷的同意，深得人心。法律上的这些建树，使得他很快又坐上刑部侍郎的交椅。在向皇帝谢恩时，他特意表态说："臣愿因是官广陛下好生之德。"引得龙颜大悦。随后，萧贡果然平反了许多冤假错案。因其政绩卓著，连连高升，历同知大兴府事、德州防御使、御史中丞等职，最终以户部尚书的身份退休。一生虽有两次小小的过失，但因为他的地位和成就，都被忽略不计，免予追究。

与其显赫的官运一起引人注目的，还有他那超乎寻常的博学多才。据说，他特别"好学，读书至老不倦"（《金史·萧贡传》），著有《注史记》一百卷、《公论》二十卷、《五声姓谱》五卷、《文集》十卷等多种著作。在大红大紫的仕途中，在繁忙的公务之余，能有这么多的著述，相当不容易，不仅体现出令人钦佩的学识毅力，而且还表明他不只是一个达官显宦，还是一位令人尊敬的、很有学养和成就的大文人。正因为有此二者，几十年后，元好问将他与蔡珪等人并列，曾深情地追忆青年时期对他的景仰之情，说他的"名德雅望，朝臣无出其右"，说他是"敦庞一古儒，风采自名臣"（《萧斋并引》）。这两句话很好地概括了他一生中两个重要方面，可以作为他的定评。但是，时间无情，与萧贡的政绩一样，他的"古儒"形象已变得模糊不清了。那么多的著作，竟无一部传世，其学问究竟如何，已不得而知了。刘祁说他数万字的《公论》，"评古人成败得失，甚有理"（《归潜志》卷四），当非虚语。

在萧贡的一生中，"古儒"、"名臣"的身份之外，作家或者诗人的头衔，大概只能算是他的第三职业，不是他的主要成就所在。也许因为这一点，极为推崇他的元好问没有正面评价其诗文。看来，他的文学家的牌子远不如前两者响亮。

他的文章现仅存一篇《京兆府泾阳县重修北极宫碑》，写于大定二十七年（1187年）任泾阳县令期间。该文先略考北极宫之由来，识见宏通可信，可见出他博学善辩的功夫。接着记叙道士李居实修缮之功及求记之请，趁机辨明金石碑传之类不足恃，不足以传之久远。行文老练流畅，以见解取胜，不以文采见长，这也许是他文章的特点之一。

他的诗歌全赖元好问《中州集》，得以保存了三十二首。毕竟是有涵养的文人，萧贡在现存的诗中从未流露官场轻狂得意之态。倒是不时表现在仕途奔波中的见闻及感慨。他作为上级长官，经常往返各地，督察部属，途中写出了"一年乐事能多少，强半光阴马上消"（《按部道中》）的诗句，流露出时光流逝的惆怅。

当然，萧贡在宦游途中也像其他诗人一样，写下一些写景诗。如《灵石县》写当地（今山西灵石）风光，其中"涧近云长润，山高日易沉"两句体现出作者细致的观察功夫和出色的表达能力。《日观峰》描写泰山日出，"半夜东风搅邓林，三山银阙杳沉沉。洪波万里兼天涌，一点金乌出海心"，也是一篇佳作。

萧贡还有一首戏作，题为《杨侯画晋公临江赏梅，乐天与鸟窠禅师泛舟谈玄，不顾而去，戏为一绝，以代晋公招乐天同饮云》，写得较为风趣：

> 明妆冷蕊两清新，面缬浮光数爵频。
>
> 扙拭风前寒鼻液，快来同醉雪中春。

首句写梅花，次句写对梅饮酒，第三句劝白居易，其情其景因不雅观而前人很少入诗，可是一旦写进诗歌，便显得生动有趣，结句"同醉雪中春"，很美，很有诗意，与第三句恰成对照，增加了这首诗的幽默感。

此外，萧贡对金代文学的发展有过准确的概括，提出了"国朝文派"这一概念。他认为，金初宇文虚中、蔡松年、吴激等自宋入金的文人虽然都是"豪杰之士"，卓有成就，但都是"宋儒，难以国朝文派论之"。国朝文派应该以蔡松年之子蔡珪为"正传之宗"，党怀英、赵秉文等人为代表（见《中州集》卷一）。此论强调的是金国文学不同于宋国的特征，得到元好问等人的赞成。

辽东有名士，诗画属庞铸
liáo dōng yǒu míng shì, shī huà shǔ páng zhù

庞铸字才卿，号默翁，辽东人，一说大兴（今北京大兴）人。他出身显贵，明昌五年（1194年）进士，少年得志之人。金国迁都汴京之后，先后担任翰林学士、户部侍郎，因出游女真贵戚人家，被出守东平（今山东东平），晚年任京兆路转运使。他的官运虽算不上多显赫，但他多才多艺，博学能文，工书善画，以此赢得"名士"之称。史学的《默翁溪山横幅》更将之视为天上的仙人，"五云雏凤下辽天，来作金銮翰墨仙"；并对他极为怀念，"短草疏林秋一幅，典刑人物记当年"。

作为一名书画家，他的题写书画的诗作格外引人注目，在现存二十首诗中，多达七首，其中为田琢（字器之）所画的《燕子图》及题诗《田器之燕子图》最为著名，赵秉文、杨云翼、李献能、元好问等十多人纷纷为之赋诗。

田琢与庞铸同一年考中进士，两年后（1196年），他投笔从戎，去了塞外战场。这年春末，突然飞来两只燕子，在他的屋梁上筑巢安家，给荒漠带来几分春意，给田琢带来几分喜悦。但当地百姓从未见过来自南方的春燕，一再要捕杀它们，田琢多方保护，终于使它们免遭不幸。他像对待客人似的，殷勤地照料它们，在它们早出晚归时，他都打开门户，接送它们。燕子似乎也心领神会，以其轻盈的舞姿和悦耳的歌声，与田琢形成一种默契。双方感情渐渐深厚起来。有一天，这两只燕子忽然飞上了田琢的座位，毫无畏惧，大大方方地交谈了好一会，像是对田琢在说些什么。这时，田琢才想起来，明天就是秋社（在秋分前后），天气已经寒冷，燕子就要回南方了，现在肯定是在向我诉说离情别意。燕子有情，田琢当然不会无动于衷，遂作诗一首，赠给燕子。诗云：

几年塞外历崎危，谁谓乌衣亦此飞。

朝向芦陂知有为，暮投第舍重相依。

君怜我处频迎语，我意君时不掩扉。

明日西风悲鼓角，君应先去我何归。

前几句叙述他与燕子在塞外的这场交往及相知相得之情，结尾两句是感慨自己不如燕子，不知道何时才能回去。写好后，田琢用小字抄写在一张纸片上，然后制成一蜡丸，系在燕子的脚上，为燕子送行。

第二年四月，田琢也自塞外回来了。八年后，也就是金章宗泰和四年（1204 年），田琢调任潞州（今山西长治）观察判官。四月十二日，他偶然来到公廨中的含翠堂，不一会儿，飞来两只燕子，一只落在屋檐和窗户间，另一只飞上砚屏，一唱一和，叫个不停。田琢仔细一看，居然在燕子的脚上发现一个蜡丸。他断定，一定是当年在塞外相遇的那两只燕子，一定是来看望他的。田琢为之感动不已，燕子如此重情，这么多年来，相隔那么遥远，它们还有灵性，还记得他，来看望他，怎不令他动情？为此，他特意请庞铸画了幅《燕子图》，庞铸也为之感动，作过《燕子图》之后，又作了首很长的《田器之燕子图》诗歌。诗中铺叙这段奇闻，结尾是从中获得的启示，联想到人世的交情："天生万物禽最微，固耶偶耶吾不知。古道益远交情醨，朝恩暮怨云迁移。当时握手悲别离，一旦富贵弃如遗。闻予燕歌应自疑，慎无示之嗔我讥。"

这件事很快传开，成为一时佳话，当时的一流诗人都出手题诗，尽管它有些荒诞不经，未必可靠，但是人们还是宁愿信其真，相信鸟通人性，相信人鸟之间能有美好因缘、美好感情，就像传说中的人鸥之盟一样。这个故事并未就此结束，几十年后，又出了新篇。田器之的《燕子图诗》与许多其他诗歌及文献一样，在金末战火中失传，蒙古太宗十一年（1239 年）七月，元好问意外地获得了此诗手稿，此时恰好遇上田器之的儿子田仲新，《燕子图诗》遂能物归原主。如此巧合，更增加了故事的传奇性，不得不令人怀疑小小燕子真有神物护持。七年后，元好问题诗，还说"休惊燕子诗留在，化鹤归来未可知"（《益都宣抚田器之燕子诗传本……》）。

庞铸的题画诗，就名声而言，《田器之燕子图》可能是较大的；但如果就质量而言，当首推《雪谷晓装图》。该图出自金代著名画家杨邦基之手。杨邦基字德茂，号息轩，天眷二年（1139年）进士，仕至秘书监、礼部尚书，他的画在当时与北宋画家李公麟齐名。《金史》卷九十有传。《雪谷晓装图》是他的名画。赵秉文等人都有题诗。庞铸的题诗非常出色：

溪流咽咽山昏昏，前山后山同一云。
天公谈笑玉雪喷，散为花蕊白纷纷。
诗翁瘦马之何许，忍冻吟诗太清古。
老奴寒缩私自语，作奴莫比诗奴苦。
木僵石老鸟不飞，山路益深诗益奇。
老奴忍笑怜翁痴，不知嗜好乃尔为。
杨侯胸中富丘壑，醉里笔端驱雪落。
因何不把此诗翁，画向草堂深处着。

画面上，是一位诗翁骑着瘦马带着老奴在雪地里边走边吟诗。庞铸据此加以再创造。前四句写漫天大雪的景象：地面溪流不畅，山色昏暗，为大片云彩所覆盖。"天公"两句想象出奇，将常见的下雪天气说成是天公在谈笑间，玉雪喷发，散落为纷纷扬扬的雪花，很壮观，也很有浪漫诗意。中间八句，交错描写诗翁与老奴，两相对照，仿佛是交谈似的，一写诗翁的苦吟，一写老奴的嘲笑不解，特别是关于老奴心理活动的想象，生动有趣：诗翁不顾路途，不顾严寒，苦苦吟诗，沉迷其中，一旁的老奴对此很不理解，缩着身子，暗自嘀咕着，做奴隶，千万不要做诗歌的奴隶，因为像他主人这样的诗奴实在太苦，还不如我老奴轻松自在。此时，诗翁完全意识不到老奴的自言自语，还在继续吟诗，在连鸟儿也不飞的寒冷天气中，越走越远，越吟越奇，越吟越自得。老奴强忍住笑声，暗笑他作诗如此痴迷。最后四句转向画家，称赞其绘画才华，问他为什么不把诗翁画在屋内？全诗造语奇健不凡，幽默诙谐。对杨邦基的原作既有忠实的描绘，又有精彩的想象、形象生动的描写和善意的调侃，是一首难得的题画

诗佳作，不愧为名士的手笔。后来，元好问也有几首题诗，分别题作《息轩杨秘监雪行图》、《杨秘监雪谷蚤行图》和《雪谷蚤行图二章》，所题应是同一幅画，其中第一首诗说，"长路单衣怨仆僮，无人说向息轩翁。长安多少貂裘客，偏画书生著雪中"，这很明显受到庞铸题诗的启发，尤其是末句与庞诗如出一辙。

此外，庞铸的小诗也有许多可圈可点之处，像"牛羊成晚景，砧杵助秋声"（《晚秋登城楼二首》）、"花能红处白，月共冷时香"（《梨花》）、"鸟语竹阴密，雨声荷叶香"（《喜夏》），这些诗句都很工致。

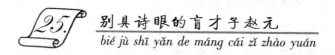

25. 别具诗眼的盲才子赵元
bié jù shī yǎn de máng cái zǐ zhào yuán

赵元是位不幸的诗人，他生逢金末动乱不宁的岁月，外加自己体弱多病，双目失明，所以，他的不幸又比别人多了一层。

赵元一名宜禄，字宜之，号愚轩，忻州定襄（今山西定襄）人，与元好问算是同乡，而且是世交。天资聪明，幼年参加经童考试，考试及第，长大后，却未能考中进士。只因为年资等因素而走上仕途，调任巩西簿。据说，他为人有才干，处事详雅，失明前也是意气风发的有志青年。但遗憾的是，不久他就双目失明，不得不离开了官场。这对他是个重大打击，使得他痛苦不堪，无所事事。多年后，有诗追述此事："少从白衫游，气与山峥嵘。一念堕文字，肠腹期拄撑。多机天所灾，室暗灯不荧。拈书枕头睡，鼻息春雷鸣。泰山与鸿毛，何者为重轻。蹄泓与渤口，谁能较亏盈。如能平其心，一切当自平。"（《书怀继元北弟裕之韵四首》）从中仍可以见出他相当自负、相当痛苦的心情。

无奈之下，他将所有的精力全部倾注在诗歌创作中。他凭着早年饱读经传诗书的积累以及牢固的记忆力，凭着他的诗心与毅力，写出了许多深受时人好评的诗歌，泰和以后（1201—1208 年）诗名鹊起。金朝南渡（1214 年）后，他在洛西一带（今河南西部一带）山中避乱，与赵秉文、李纯甫、元好问、雷渊、崔遵等名流交往，受到他们的尊重。

赵元的诗歌让人不时地意识到他是位盲人。对月起舞，他难以迈开舞步，"得酒邀月来，对影空自怜。摄衣起欲舞，稚子不须牵"（《书怀继元弟裕之韵四首》）；树下乘凉，他要么依靠别人，"爱此夏日永，门巷多繁阴。呼儿具绳床，不履亦不簪"（《村居夏日》），要么暗自摸索，"绿阴何处，旋旋移床"（〔行香子〕）。这一切都是真实的。他不是念念不忘，刻意表现，更不是展览伤疤，寻求怜悯。但是，如果我们只一味地欣赏"移床就绿阴，意趣尤生动可喜"（《蕙风词话》卷三），忘记了这是出自盲人的无奈，那就无异于观赏病态，无异于说自己缺少一些仁爱情怀和同情心。

生活上的不便，弄得他异常沮丧，"半生枉却亲灯火，一事不成空白头"（《学稼》）、"老懒愚轩百不能，饱谙人意冷冰冰"（《寄裕之二首》）。可贵的是，赵元能超越个人的不幸，能更多地表现时代的灾难、人民的创伤。蒙古入侵，他深受战争流离之苦，感到人生还不如沙鸥，"忘机羡煞沙鸥好，不省人间有战争"（《渡洛口》）。忻州沦陷，十余万人被杀，惨绝人寰，官方不加安抚，反而又驱民修复城池，雪上加霜，百姓苦不堪言。赵元在逃亡途中，"闻哀叹声"，沉痛地写下了《修城去》一诗。他指出，过去老百姓不惜代价大修城池，官方却无力把守，不堪一击，致使"倾城十万口，屠灭无移时。敌兵出境已逾月，风吹未干城下血"。城破人亡，幸存者再去修城，还有什么意义？"百死之余能几人，鞭背驱行补城缺。修城去，相对泣，一身赴役家无食。城根运土到城头，补城残缺终何益？"这不仅记录了蒙古入侵者的血腥罪行，也抨击了金国统治者的残忍无道，寄寓了对百姓的深切同情。

南渡后，生活日益艰辛，他和家人不得不以种田为生，"有子罢读书，求种山间田"，"西畴将有事，老农真吾师"（《书怀继元弟裕之韵四首》），"垦田聊作下农夫"（《学稼》），他对下层人民的疾苦有很深的体会。"近日愚轩睡眠少，打门时复有追胥"（《学稼》）。有了这种亲身体验，他的诗歌写得感人至深。

由于他的不幸，由于他的诗歌，他赢得了人们很多的同情、安慰、钦佩和称赞。在所有赠诗中，人们几乎无一例外地将他的诗歌与他的失明联系起来。李纯甫（号屏山居士）的赠诗《赵宜之愚轩》最为著名。该诗出语奇险，后半部分结合其失明来竭力称赞赵元的诗歌才华："先生有胆乃许大，落笔突兀无黄初。轩昂学古澹，家法出《关雎》。暗中摸索出奇语，字字不减琼瑶琚。神憎鬼妒天公口，戏将片云翳玄珠。九窍凿开混沌死，罔象未必输离朱。静扫空花万病除，一片古心含太虚。屏山有眼不如无，安得恰似愚轩愚？安得恰似愚轩愚？"仿佛他的失明是天公和神鬼嫉妒他的才华，仿佛失明成就了他的诗歌，仿佛有眼睛的李纯甫反倒羡慕没有眼睛的赵元，其实这些只是出于安慰而故作的诡谲之辞。金末刘祁说，李纯甫喜欢奖掖后进，"然颇轻许可"（《归潜志》卷八），经常说些过头话。这首诗大概也有此病，其中比较准确的是"轩昂学古澹，家法出《关雎》。暗中摸索出奇语，字字不减琼瑶琚"这几句，符合赵元的诗学渊源和创作方式方面的特征。

元好问与赵元交往密切，他的赠诗《愚轩为赵宜之赋》构思立意与李纯甫有些相近，说"先生真是有道者，老境一愚聊相送。五官止废而神行，就令有眼将无用"，也是肯定他失明后达到了常人所不能企及的境界，"就令有眼将无用"云云，是不得已的安慰之辞。在另一首诗中，元好问特别指出，赵元与众不同，虽是盲人，但是，"愚轩具诗眼，论文贵天然"（《继愚轩和党承旨雪诗四首》），好像赵元的失明造就了他诗学上的别具慧眼。他的另一位诗友辛愿赠诗给他，也将他的才名与眼病联系起来，说"鬼戏多年病，人高四海名"和"光阴连病枕，天地一愚轩"（《赠赵宜之》）。总之，他的名声是与他的不幸紧密联系在一起的。

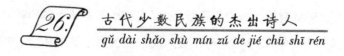

26. 古代少数民族的杰出诗人
gǔ dài shǎo shù mín zú de jié chū shī rén

完颜寿孙不仅是金代女真族的代表性诗人，也是中国古代少数民族的代表性诗人。

在完颜寿孙的作品中，首先引起我们注意的，是那些抒写民族感情、表达民族意识的作品。它们的价值，在于为我们多民族国家文学史的内容提供了某些令人耳目一新的东西，开拓和扩展了文学描写对象的领域。

完颜寿孙的诗词均以汉文写作，这不仅所存作品可以为证，而且在目前能够看到的文献材料中也找不到诗人曾以女真文字进行创作的记载。完颜寿孙作为宗室中的一位女真贵族，所以乐于运用汉文，除了风气使然以外，恐怕也由于"女直字创制日近，义理未如汉字深奥"（金世宗语，见《金史》卷五十一、志第三十二《选举一》）。不过总的看来，女真族"奋起一方，遂有天下"（赵翼《廿二史札记》语）以后，尽管民族地域、民族语言相应地发生了某些改变，然而民族意识、民族感情依然存在。

完颜寿孙作为女真贵族，无论对汉文化传统如何偏爱，仍然受到本民族内向凝聚力的制约。诗人没有数典忘祖，因而始终记挂着白山黑水的故乡。我们从他的一部分作品中，可以清楚地看到诗人对故土的深切眷恋。比如作于贞祐南渡（1124 年）以后的《梁园》一诗：

> 一十八里汴堤柳，三十六桥梁苑花。
>
> 纵使风光都似旧，北人见了也思家。

在昔日汉梁孝王营筑而用以游赏延宾的雅盛之地，完颜寿孙不能像唐代诗人李白"醉舞梁园夜，行歌泗水春"（杜甫《寄李十二白》）那样放浪形骸，不管汴京的景色如何迷人，也冲淡不了北人思念家乡的感情。又如《思归》：

> 四时唯觉漏声长，几度吟残蜡烬釭。
>
> 惊梦故人风动竹，催春羯鼓雨敲窗。
>
> 新诗淡似鹅黄酒，归思浓如鸭绿江。
>
> 遥想翠云亭下水，满陂青草鹭鸶双。

鸭绿江，金时隶婆速府路，据《金史·地志》，"此路皆猛安户"。诗

中摹景写情，婉转入妙，表达了一往情深的思归之意。

完颜寿孙的作品引人注目的另一个方面，是它们对民族融合精神的反映与表现。作为女真族代表人物的完颜寿孙身上，尽管凝结着民族意识与民族感情，不过应该指出的是，这种民族意识与民族感情并不以对其他民族、特别是对汉民族的排斥为标志。在他的民族观念当中，不仅难以找到排外性，而且他对文化发展程度高于女真族的汉民族始终抱着十分友好的态度，这是当时民族融合所带来的可喜结果。这种态度不仅在他的生平经历中多有反映，在他的诗词作品里也时有表现。通过完颜寿孙的作品，我们看到诗人不仅对汉民族抱有亲善的态度和友好的感情，有时甚至超越本民族的狭隘眼光，打破民族之间的壁垒和界限，站在中华各民族共同性的立脚点上抒情言志，谈古论今。

完颜寿孙诗词的又一个突出特点，是抒发叹老嗟穷的情绪，表现贫而乐道的精神。这在阶级社会，对于一位女真贵族中的上层人物来说是难能可贵的。它们从特定的角度反映了金朝衰落时期的社会现实，有一定的认识价值和美学价值。完颜寿孙是皇族成员，并且身为金朝末帝即金哀宗的叔父。但是由于金室在蒙古军队的压迫下仓促南迁以后，兵连祸结，内外交困，百官俸给，减削几尽，"岁日所入，大官不能赡百指，而密公又宗室之贫无以为资者"（《遗山集》卷三十六《如庵诗文叙》），所以相对说来生活是较清苦的。在诗人的作品中叹老嗟穷的情绪比较常见，原因即在于此。

完颜寿孙的作品还有一个不可忽视的特点，是对于国家命运的关注。诗人以经天纬地之才而被置于闲散之地，对于国家的前途却不能漠不关心，特别是在金末万方多难之时更是如此。当"飘零何在五珠柳，离乱难归二顷田"（《寓迹》）之际，安于"因循默坐规禅老，取次拈诗教小童"（《如庵乐事》）的生活亦复不能。当时诗人的心境是沉重的。请看《秋郊雨中》："羸骖破盖雨淋浪，一抹烟林覆野塘。不着沙禽闲点缀，只横秋浦更凄凉。"这恐怕不单纯是对眼前景物或个人处境的描写，飒衰破败、缺乏生机的自然景物似乎也寄托着诗人对时局和国运的独特感受。特别是诗人后期的作品，对社稷安危不时流露发自内心的关切之情。比如《城西》诗中"悠然望西北，暮色起悲凉"云云便包含着对北方铁骑南犯的深切忧虑。不过诗人对未来并未完全失去信心，就是在国难当头之时他仍然执著地追求着自己的政治理想，《绝句》一诗可以为证：

> 孟津休道浊于泾，若遇承平也敢清。
>
> 河朔几时桑柘底，只谈王道不谈兵。

孟津为古黄河津渡名，相传周武王伐纣时与诸侯盟会于此并渡河，故一名盟津，为历代兵家必争之地；河朔即黄河以北之地，这里在历史上即称"地方数千里，连城三十六，民物繁庶，川原坦平"（《宋史·兵志》）。金室南渡黄河以后，其地则经常受到蒙古铁骑的蹂躏。诗人在此诗中对于河朔之地恢复和平生活寄以深切的期望。"河朔几时桑柘底，只谈王道不谈兵"便是封建时代一位杰出人物忧国忧民思想感情的升华。

元好问在评价完颜寿孙的艺术成就时，称其"诗笔圆美"，"文笔""委曲"，这主要是偏重于对含蓄蕴藉一类作品的肯定。元好问所以提出这样的看法，首先由于完颜寿孙以浑雅醇厚见长的作品比较多见，可以认为这是诗人风格的主流；此外这同元好问在诗歌创作上力主"以唐人为指归"（《杨叔能〈小亨集〉引》）也不无关系，所谓见仁见智。完颜寿孙的一些作品确乎深含唐人远意，一唱三叹、余味无穷的妙趣所在多有。

27. 麻九畴：天生聪慧的隐居诗人
má jiǔ chóu: tiān shēng cōng huì de yǐn jū shī rén

麻九畴（1183—1232年）字知几，他的籍贯有三种说法，元好问《中州集》卷六说是莫州（今河北任丘）人，《续夷坚志》卷二说是献州人，刘祁《归潜志》卷二说是易州人，孰是孰非，现已不可知。他几乎是当时天下人人皆知的神童。

他聪颖过人，三岁识字，七岁会写一笔不错的草书，能写出几尺见方、比自己身体还要大的大字，又能写诗，从那时起，他就有了神童之名。并且名声不小，居然传到章宗皇帝的耳朵里，章宗好奇，想见识见识这位小神童，便下诏召他入宫。这当然是极其荣耀的事，但对生在外地、没见过什么世面的儿童来说，又是个大的挑战。弄不好，一发怵，一紧张，神童就会变成木童。好在麻九畴初生牛犊不畏虎。入宫后，章宗问他，你来到宫殿见朕，害怕吗？他出语惊人，说君臣就是父子，臣民见君王，就像儿子见父亲，哪有儿子怕父亲的？话语非常得体，令章宗大为惊讶，啧啧称奇。神童之名因此更加响亮。

少年时代，麻九畴曾染上一种恶疾，被折磨几年时间，神童之路一度受挫。他不得不向道士学习服气之法，来治疗疾病。二十岁左右，进入太学学习，刻苦自励，准备进士考试，在科举界获得很高的声望，得到赵秉文、李纯甫等人的赏识。不巧，正赶上多事之秋，金国被迫迁都，麻九畴流落郾城（今河南郾城）、蔡州（今河南汝南）一带，住进了遂平（今河南遂平）的西山，潜心读书。几年下来，功力越来越深厚，博通五经，特别精通《易经》和《春秋》。此间所写的一些诗歌也不胫而走，其中最有名的是他为郾城张珏（字伯玉）所作的《赋伯玉透光镜》，想象奇异，造语劲健，被李献能传到京城，诗坛领袖赵秉文"大加赏异"。赵秉文将这首诗抄写贴在墙上，早晚朗读，坐卧观赏。

宣宗兴定（1217—1221 年）末年，麻九畴出山，参加经义、辞赋两科进士考试。府试时，经义科名列第一，词赋科名列第二，省试时，继续保持这一名次。这一成绩加上他早年的声誉，使得他名震天下。汴都城内，男女老幼，都熟知其大名，都想一睹其风采。大家都认定他是新科状元的当然人选。没想到，天公刁难，好事多磨，在最后廷试一关，他因为意外失误而名落孙山，让所有崇拜者、赞赏者无不痛惜久之。他生性高傲耿介，能安于贫苦，以道自守。从此，他就无意科举，回山隐居。

哀宗正大（1224—1231 年）初年，他的两位学生王说、王采苓同时考中进士，因为都很年轻，哀宗有些奇怪，就问他们师从何人。他们告诉哀宗，老师是麻九畴。哀宗对他也早有耳闻，朝中的近臣纷纷夸赞他的才华，宰相侯挚、礼部尚书赵秉文两人趁机连章举荐他担任官职。正大三年，哀宗破格赐他进士身份，召他入朝，授他官职。他以身体有病为由，不肯做官，请求归山。此举赢得许多人的尊敬，连前辈赵秉文也不称其名，尊他为"征君"，就是不赴朝廷征调的隐士。临行前，赵秉文作《送麻征君知几》诗，将他比喻成独立不群的凤凰，将他说成是"可以激颓俗，可以励贪夫"的世外高人，对其才名、德行大为赞赏。后来，病情好转，他出任太常寺太祝、太常博士、应奉翰林学士。但他天资野逸，性格刚方，与人交往，只要一句话不投机，马上就掉头不顾，拂袖而去。他自知不是做官的料，很快就再次以病辞官，退居鄢城。

晚年，麻九畴喜欢卜筮射覆之术。也许因为他自己多年的疾病，他对医学兴趣最大。他与当时最有名的国医张子和交游，向他学习医术，治病救人，尽得其不传之妙，并有著作论其"三门六法"之术。天兴元年（1232年），蒙古兵攻入河南，麻九畴携其家人入确山（今河南确山）避乱，后又出山，为蒙古兵俘虏，被带往北方，途中病故。

麻九畴的诗歌扩大了他的名声。特别是他的七言长篇，长于咏物，在咏物之中大肆铺陈，逞才炫博，笔力奇峭。元好问说，他的这类诗"陵轹波涛，穿穴险固，囚锁怪异，破碎阵敌"（《逃空丝竹集引》）。他的名作除前文提到的《赋伯玉透光镜》外，还有《夏英公篆韵》、《松笋同希颜钦叔裕之赋》、《竹癭冠为李道人赋》等都是这类作品。如他的《夏英公篆韵》（残篇）用一系列的比喻来形容赋咏的对象："千状万态了不同，哭鬼号神自兹始。简如庖羲地上画，繁如神农日中市。圆如有口乙鸟卵，方如姜口巨人履。倾如怒触不周山，溯如逆上蚕丛水。积如女娲石未炼，碎如昆吾瓦经毁。蚩尤旗张尾后曲，黄帝鼎成足下峙。"由此可见其想象丰富，奇崛不凡。他的七言诗中，还有一些少见的花样。在《阳夏何正卿作叠语四句未成章，予复以叠语寄之，凡四变文》中，他因难见巧，不仅完成了其他人不能完成的诗作，还翻新出奇，每句都用叠字，有"落落莫莫不厌贫"、"归与归与且糊口"、"避言避世必也狂"、"用之舍之时所系"四种叠字方式，着力表现其诗歌技巧。他的五言古诗中，也有这一特点。他的

《和伯玉食蒿酱韵》三首五言诗，用的同一韵脚，其用意正如他自己所说，是要呈现其技巧。不过，他在咏物诗中，除了技巧之外，有时也透露出对历史和现实的关注，像他的《梁山宫图》由梁山富丽堂皇的宫殿想到这些都是百姓的血汗，写出了"不觉生灵血液枯，化为宫上鸳鸯瓦"这样惊心动魄的诗句。

麻九畴虽然长期隐居山中，也有"征君"的美名，但从根本上说，他不是个隐士，正如他自己所说的，"读书空山里，落月低岩幽。山鬼夜语半，怪我非巢由"（《中州集》卷六）。他不是巢父、许由一类的世外高人。他是关注现实的，并且写下一些嬉笑怒骂、嘲讽现实弊端的作品。南渡之后，社会纷纷攘攘，各种苛捐杂税多如牛毛，百姓不堪重负。有感于此，他在《题雨中行人扇图》中说："幸自山东无税赋，何须雨里太仓皇？寻思此个人间世，画出人来也著忙。"就画面的雨中行人，联想到现实中被生活所逼的人们。另一首《道人》诗讽刺无孔不入的租税，更加风趣生动："太公寿命八十余，文王一见便同车。而今若有蟠溪客，也被官家要纳鱼。"姜太公在渭河边钓鱼，被周文王发现，成为历史名臣，而如果他现今在河边钓鱼，官方不但不会起用他，反而要勒令他交鱼充租。古今如此大的反差，是对现实的绝妙讽刺。这些诗给他招来一些诽谤之辞，带来了一些麻烦。后"以避谤，畏时忌，持戒不作诗"（《归潜志》卷二），不得已而回避了现实，停止了创作。

28. 食量惊人的大胡子诗人雷渊
shí liàng jīng rén de dà hú zǐ shī rén léi yuān

元好问列举金末被天下一致公认的"宏杰之士"，仅有高庭玉、李纯甫、雷渊等三人，并说自雷渊死后，"遂有人物渺然之叹"（《遗山集》卷二十一《雷希颜墓铭》），由此可见，雷渊在金末的独特地位。

雷渊（1184—1231年）字希颜，一字季默，应州浑源（今山西浑源）人。他出身不佳，父亲雷思虽是有名的进士，官至同知北京路转运使，但他的母亲却是侧室，三岁时，父亲去世，他的日子越发悲惨，为各位兄长所不齿。大约在十四五岁时，因贵族子弟的身份，得以进入太学。也许因为幼年的不幸，使他较早地懂得世事。在太学中，发愤读书，"能自树立如成人"。尽管衣衫破烂，光着脚丫，但仍能倾心读书，不送迎宾客，以致有人说他，小小年纪，居然有了倨傲之性。二十多岁时，他在太学中已相当出类拔萃，经常出入公卿之门，与李纯甫交往甚密，因李纯甫的推介，名气大增。

至宁元年（1213 年），雷渊进士及第，随即被任命为泾州录事，他没有赴任。此时却节外生枝，险遭不测。有人诬告他的朋友高庭玉造反，雷渊、庞铸、辛愿、王权等人都受到牵连，差一点被一网打尽。等辨明是非之后，高庭玉已冤死狱中。雷渊极为悲痛，写了篇措辞高古、感人至深的祭文，为人们传诵一时。

雷渊一开始做官，就喜欢树立自己的声名威望。第一次出任东平府录事，立即显示出威严不二的个性。东平府向来是河朔重兵驻扎之地，多年以来，骄兵悍卒，为所欲为，他们还与蒙古等外敌相往来，并借以自重，狐假虎威，地方官吏都要巴结讨好他们。只有雷渊不买他们的账。雷渊生就一副威武不能屈的外表和性格，身材魁梧，两鬓多胡须，呈张开状，嘴唇下垂，嘴巴像是张开似的，眼睛大而深沉。这副形象令人敬畏，李纯甫就说过，"希颜之髯""可畏"（《归潜志》卷十）。加上严于自律，他不动声色地昂然出入东平军中，一般士兵都惧他几分。此举压制了军方的嚣张气焰，赢得百姓的好感。没过几月，街头巷尾就出现了雷渊的画像，连那些跋扈的大将，再不敢以新进书生来小瞧他了。

等到雷渊做了遂平县令，有了独当一面的权力，便大打出手。凭着少年锐气，他严厉地打击不法分子，令一县震惊，号为神明。一次，州府的官吏犯法，他照样将他鞭打一番，这惹怒了州官。州府下文召他晋见，他不愿与他们啰唆，干脆罢官，一走了之。

其后，他历任东阿县令、徐州观察判官、荆王府文学兼记室参军，转应奉翰林文字、同知制诰兼国史院编修官。正大（1224—1231 年）初年，升任监察御史。在此任上，他认真履行监察职责，敢于言事，弹劾不避权贵，所到之处都有威誉，特别在他巡视蔡州时，他的威严达到极点。当地有个士兵，与权贵有交往，开了小差，逃到农村，作恶多端，特别恶劣的是，他经常用药毒害农家牛马等家畜，以谋取钱财。雷渊得知有此一害，立即派人抓捕，捕得后，历数其罪过，将他处死。老百姓都来围观，拍手称快。他又严惩不法奸豪和贪官污吏，手段果断凶辣，一下子处死了五百人，他因此获得"雷半千"这一绰号。威严之中，不免有些残酷凶狠。当他路过遂平时，当地奸豪闻风而逃。但是，他因此遭人弹劾，丢了乌纱帽。幸好有宰相侯挚的推荐，他才有了太学博士、翰林修撰等官位。正大七年（1230年）冬天，蒙古兵入侵，进入倒回谷，遭到金兵的伏击，蒙古兵仓皇而逃。朝臣人大多认为不必再追，雷渊力排众议，断定此是天赐良机，一定要乘胜追击，方能大获全胜。但不为决策者所赞同，后来大家知道蒙古兵狼狈不堪，都后悔不已。这显示出他的灼见。次年八月二十三日，雷渊暴病而终，享年四十八岁。

威严是雷渊性格中突出的一点，此外，他还有许多性格侧面：

他善于交际，"凡当途贵要与布衣名士，无不往来"（《归潜志》卷一），由于经常出入权贵人家，在翰林院任职期间，有人讥笑他是"侯门戚里"（同上书卷十），讽刺他像是达官贵人的亲戚邻居。

他严于论人，表现在文章之中，认为"文章止是褒与贬"（同上书卷八），在为朋友所作的制辞中，他常常揭人短处，以作针砭。

他不善书法，却好收藏古人书画碑刻，善于索要当代名家墨宝。书法名家赵秉文在门上高悬"老汉不写字"的挡箭牌，但雷渊请他吃饭喝酒，请他鉴赏古人墨迹，摆上上等文房四宝，激起其兴致，鼓动他写字，然后对他每下一笔每写一画都大加捧扬，说这是颜真卿，那是米芾，逗得赵秉文越写越高兴，越写越多，故"得其书最多"（同上书卷九）。

他善于诙谐调笑，幽默风趣。刘祁曾与他谈起许州郑村有个名叫苏嗣之的人，自称是东坡后裔，很富有，用钱财混了个官职，喜欢交结权要，但为人蠢笨，被女真族士大夫所嘲笑所鄙视。因为他很肥胖，人们都称他苏胖。雷渊听后，就问刘祁，你听说过一夜之间水牛全死的事？刘祁说不知道。雷渊告诉他："昔东坡生，一夕眉山草木尽死；今苏胖生，一夕郑村水牛尽死也！"（同上）苏轼乃英才，集山川之灵气，他的出世令眉山草木黯然失色，苏胖乃蠢材，他的出生令郑村水牛尽死。如此对照嘲讽令刘祁大笑不止。

他能吃能喝，元好问说他有三四个人的食量，能喝数斗酒而不醉。他与李纯甫等人互相开玩笑，有"之纯（李纯甫）爱酒如蝇，希颜（雷渊）见肉如鹰"（同上）的笑料。他能言善辩，尤其在酒酣耳热之际，虽略带口吃，但谈起事来，常常辞气纵横，出奇无穷。

诗文创作在他的生活中只是业余爱好，但还是获得了"一代不数人"（《遗山集》卷二十一《雷希颜墓铭》）的好评。他推崇韩愈，效法其诗文，诗歌好新奇，杂有东坡、山谷的新巧之风，文章尚简古，长于叙事。为此，他与王若虚不时发生争执。王若虚喜欢平实记事，雷渊喜欢出语奇峭。在他们同修《宣宗实录》时，王若虚认为，实录只是记载当时的事情，贵在不失真，而雷渊认为这样的实录"无句法，委靡不振，不足观"。所以凡是雷渊所写的，王若虚都大加斧削，雷渊大愤不平，要将两人文章公之于众，"令天下人定其是非"；王若虚不屑一顾，说雷渊的文章"好用恶硬字，何以为奇？"（《归潜志》卷八）王若虚很不喜欢黄庭坚的诗歌，经常苛刻地批评黄诗，但有时显得不近情理，如他指责黄诗"猩猩毛笔平生几，辆屋身后五车书"，不应该将这两件事并列，因为"一猩猩毛笔安能写五车书耶"？雷渊听后，反唇相讥，"一猩猩之毛如何只作笔一管"？（同上书卷九）实际上，这是为黄庭坚为自己辩护。雷渊的诗歌现存三十多首，其他作品都已失传。

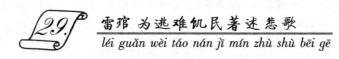

29. 雷琯 为逃难饥民著述悲歌

léi guǎn wèi táo nán jī mín zhù shù bēi gē

雷琯字伯威，坊州（今陕西黄陵）人。父亲雷秀实，进士出身，而雷珂却未考中进士。父亲去世后，家境更加艰难。因自己博学能文，颇有声名，才得到别人的推荐，为了赡养年迈的母亲，不得不出任职位低下的国史院书写官。在任此职期间，他有件令人刮目相看的举动。他的朋友李汾也任书写官。李汾一向高亢，恃才傲物，总觉得任书写官、受人差使很委曲，在这种心情下，日子一长，难免要与同事与上司发生摩擦，最后发展成谩骂官长，结果被逐出史院。雷珂作诗为他送行，在诗中讽刺担任史官的翰林学士们，竟然不能忍耐一些、宽容一点，与一个书生斗气，争胜负，使得李汾狼狈而去。其中有"郎君未足留商隐，官长从教骂广文"和"明日春风一杯酒，与君同酹信陵坟"之句，受到人们的称赞。后调任八作司使，官位仍然低下。金末战乱中，南奔避乱，途中被士兵所杀，年龄还不到四十岁。

雷珂虽然有建立奇异功名的理想，但一直未变成事实。他的一生是比较沉寂和不幸的。他的《古意》四首之二写出了他的这种痛苦心情："对酒不能饮，拊剑自度曲。一唱行路难，歌与泪相续。朝为杨朱泣，暮作阮籍哭……曲行违吾心，直行伤我足。曲直无适从，昂头羡鸿鹄。"走投无路，无所适从，可以说陷入了人生的绝境，只有悲哀了。

不过，雷珂没有过多表现个人的不幸。在他的诗歌中，最引人注目的是一组反映关辅地区饥民生活的作品。关辅地区就是长安附近一带，是雷珂的家乡所在。他听从关辅地区来的人说，那一带因为战争与天灾，民不聊生，大批难民纷纷逃亡，向东迁徙，数量多达几十万人，老老少少，携持负戴，络绎不绝。他们白天没吃没喝，夜晚无栖身之地，简直濒临死亡。途中有人用秦声来抒发这些难民背井离乡之情，刚开始逃到安全地区时，歌声还明亮清晰、婉转动人，像是要诉说什么，过了一会，就变得幽郁压抑、凄厉悲惨；到最后，如咽如泣，感情低沉，像是到了崩溃的边缘。雷珂作为家在秦地的文人，听了这番诉说之后，情不能禁，无比悲痛地写下了十首《商歌》，记叙难民逃亡情形。商歌就是悲凉低沉之歌，源于春秋战国时晋人宁戚的饭牛歌。十首诗作如下：

扶桑西距若华东，尽在天王职贡中。
一自秦原有烽火，年年选将戍河潼。

春明门前灞水滨，年年此地送行频。
今年送客不复返，卷土东来避战尘。

尽室东行且未归，临行重自锁门扉。
为语画梁双燕子，春来秋去傍谁飞。

灞水河边杨柳春，柔桑折尽为行人。
只愁落日悲笳里，吹断东风不到秦。

累累老稚自相携，侧耳西风听马嘶。
百死才能到关下，仰看犹似上天梯。

上得关来似得生，关头行客唱歌行。
虚岩远壑互相应，转见离乡去国情。

前歌未停后迭呼，歌词激烈声呜呜。
天下可能无健者，不挽天河洗八区。

折来灞水桥边柳，尽向商於道上栽。
明年三月花如雪，会有好风吹汝回。

行人十步九盘桓，岩壑萦回行路难。
忽到商颜最高处，一时挥泪望长安。

西来迁客莫回首，一望令人一断魂。
正使长安近于日，烟尘满目北风昏。

　　诗歌由远及近，依次写来。第一首是说，自东至西都是王朝的土地，而自秦地受到蒙古的侵略以来，不得不年年派兵把守潼关，使得民不聊生。这是总写大的背景。第二首从长安东门春明门前灞水河畔的送别着眼，在这个著名的送别之地，今年的送别又与往年不同，今年送别已没有留别之意，因为离别双方都要东逃避乱。这样，就在今昔对比中突现出现实的辛酸。第三首写难民们全家逃亡，临行前还把门锁好，并关心地问家中的燕子，这里已空无一人，今后将与谁在一起？秦地百姓为战争所逼，不得不举家迁徙，家乡只留下燕子了。问燕子，比问人更加辛酸。第四首写难民送别时，把灞水桥边的柳树都折尽了，可见难民之多。傍晚，他们吹奏着悲哀的笛声，传达着思乡之情，散播在空中，但路途已渐渐遥远，再也传不到秦地了，乡情也就无处寄托。第五首写难民们扶老携幼，成群结队，一边走，一边侧耳倾听故乡那边的战马的嘶鸣声，关心着故乡的形势。千辛万苦好不容易到了潼关之下，但仰望潼关，非常高峻，像是上天的梯子一般。第六首写难民们终于登上潼关，逃到了安全地带，获得新生，难民们的心情有所好转，有的开始唱起歌来，引得崇山峻岭一片回响，加重了他们的去国离乡之情。第七首写难民们的歌声前呼后应，时而激烈，时而悲凉，像是感叹没有人能力挽颓局，洗清战尘。第八首写将自灞水桥边折来的柳树栽插在商於道中，想象明年的东风将会把柳絮吹回长安，这当然也是难民们自己的心愿。但这里只写柳树而不写难民，含有人不如树之感，柳絮能定期随风飘回家乡，难民却不知何时才能重回故里。第九首写难民们一路艰辛，登上商颜山顶，一起流着眼泪，回望长安。第十首是承上一首而来，劝难民们不要回首长安，因为那里满目烟尘，令人断魂。烟尘照应了第一首中的烽火，使得这组诗成为一个整体。总体来看，这组诗歌情调悲婉，真切感人。刘祁说雷琯"作诗典雅，多有佳句"，"文字甚工细"（《归潜志》卷三），从这组诗歌中也能得到印证。

雷琯在诗歌之外，在其他方面应该还有所成就。刘祁说他"为人议论深刻……每酒酣，谈说今古莫能穷"（同上），可惜这些早已烟消云散了。

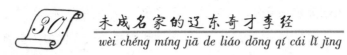

未成名家的辽东奇才李经

wèi chéng míng jiā de liáo dōng qí cái lǐ jīng

    李经是金末诗作不多、水平未必多高但曾喧赫一时的"奇才"。他字天英，中年失意后，自号无尘道人，锦州（今辽宁锦州）人。家世不详。少有异才，自辽东入太学学习，马上被视为辽东奇才。李纯甫一见到他的诗歌，就非常激动，夸大其词地将他许之为当今的李太白，并忙不迭地到处为延誉吹捧，在文士中造成很大影响，加上李经的字画也有一定的功力，所以，一时间声名大噪。

    实际上，说李经诗似太白，很不切实。他远没有李白那种才气，所以写起诗来不仅没有李白的气象，而且比李白吃力得多。元好问说他"作诗极刻苦，欲绝去翰墨蹊径者"（《中州集》卷五），这哪里有太白"用胸口一喷就是"的诗仙风范？所以，李纯甫又改口说李经的诗作是"自李贺死二百年无此作矣"（赵秉文《答李天英书》引），这倒接近事实。但不管像谁，对李经而言，都是盛名。有了盛名，他就难得逍遥自在了。这种盛名就逼使他在主观上努力向上靠近，将他推上必须高人一等的位置上。他参加科举考试，一举不中，再举不第，在京城呆了两年，未能成就科名，就再也待不住了，不得不"拂衣归"（《归潜志》卷二）。因为他的才名，他的落第东归仿佛是件光彩的事情，居然成了轰动性的事件，许多名流都作诗为他送行。

    李纯甫特意为李经举行了饯别诗会，参加者有张伯玉、周晦之等豪放狂怪之人。李纯甫有《送李经》诗传世。该诗先以自己（屏山）作陪衬，写大胡子张伯玉（髯张）、小个子周晦之（短周）二人的狂怪面目，"髯张元是人中雄，喜如俊鹘盘秋空。怒如怪兽拔枯松，老我不敢婴其锋。更着短周时缓颊，智囊无底眼如月。斫头不屈面如铁，一说未穷复一说。勍敌相扼已铮铮，二豪同军又连衡，屏山直欲把降旌"，在此之后，再推出更加不同凡响的主角李经："不意人间有阿经，阿经瑰奇天下士。笔头风雨三千字，醉倒谪仙元不死。时借奇兵攻二子，纵饮高歌燕市中，相视一笑生春风。人憎鬼妒愁天公，径夺吾弟还辽东"，最后写到离别场面："短周醉别默无语，髯张亦作冲冠怒。阿经老泪和秋雨，只有屏山拔剑舞。拔剑舞，击剑歌，人非麋鹿将如何？秋天万里一明月，西风吹梦飞关河。此心耿耿轩辕镜，底用儿女肩相摩？有智无智三十里，眉睫之间见吾弟。"李纯甫毕竟是狂怪派的领袖，这首诗纵横不平，豪气四溢，写出了此派诗人的性情特征，为李经落第东归、怀才不遇而抱屈，不失为一篇佳作。

另一位诗坛领袖赵秉文也很给他面子，为他作《送李天英下第》诗，对他的评价也很高。赵秉文将李经比喻为"天鸡拂沧溟，万里起古色"，将他的京华失意说成是"骐骥绊荆棘"。另一前辈诗人周昂也有《送李天英下第》诗，对他寄予希望，劝他"不须寂寞恨东归，洗眼三年看一飞。试卷波澜入毫颖，莫教欧九识刘几"。

李经究竟当时以哪些诗歌赢得如此荣宠？现在并不是很清楚。元好问引了他"最得意"的四句诗，曰："雁奴失寒更，拍拍叫秋水。天长梦已尽，秋思纷难理。"（《中州集》卷五）诗题已失传，从"天长梦已尽"含有的思乡意味来看，似作于在京期间。雁奴是给雁群警戒的雁子，地位比较卑下，写它"拍拍叫秋水"，构思新颖，但有些幽僻奇异。刘祁说他"为诗刻苦，喜出奇语，不蹈袭前人，妙处人莫能及"（《归潜志》卷二），并引了一些诗句作证，如《题太真图》写贵妃"君前欲拜还未拜，花枝无力东风羞"的媚态风姿，比喻贴切，《晚望》写秋天傍晚的远眺，"夕阳万里眼，人立秋黄中"，造语奇特，又如他的四言写景诗，有"老峰蘸云，壁立挽秀。林阴洒雨，苍苍玉斗。虚明满镜，夜色成昼"，用词古崛生硬，确实如刘祁所说，有其独到之处。但仅从这些诗句来看，他的才思并不博大，主要是以苦吟写出一些险怪奇异的诗歌。

此后，李经在刻意求新的路上越走越远，诗歌越来越险怪幽僻。回东北以后三年，赵秉文终于出面对他说了些真话。事情源于李经在给赵秉文的信中，谈了谈他近来的书法和诗歌创作的体会，并寄给赵秉文若干首新诗。他自称"近日欲作文字，然滞于藏锋，不能飞动；诗欲古体，然僻于幽隐，不能豪放"，没想到，他的这些言论及诗作招来了赵秉文严肃而尖锐的批评。

赵秉文在长文《答李天英书》中，以长者、书法行家、前辈诗人的口吻，对李经作出了较客观的分析。他针对李经过于师心独造，指出前代的书法都非率意之作，都是"真积力久，自楷书中来"的产物，从来没有"未能坐而能走者"。只有能积学，然后才能飞动，否则，像李经的书法就如同学人口舌的"秦吉了"，没有什么独到之处。赵秉文对李经"措意不蹈袭前人一语"的诗歌看法与此相似。赵秉文征引了李经所寄的五首杂诗（不一定是全篇），作为反面材料，对他的诗歌明确表现失望，认为他迄今所成就的"不过长吉卢仝合而为一，未能以故为新，以俗为雅"，并不客气地指出："昔时有吹箫学凤鸣者，凤鸣不可得闻，时有枭音耳。君诗无乃间有枭音乎？"对他的评价与过去相比已大为降低了。

后来元好问编纂《中州集》，照抄了赵秉文所引的五首杂诗，大概除此之外，已没有其他传世佳作。第一首说："长河老秋冻，马怯冰未牢。河山冷鞭底，日暮风更号。"其中的"老"字像是形容长河，像是形容秋天，又像是形容"秋冻"，非常特殊，"河山冷鞭底"，更是难以理解，其本意似乎要说骑马行走在寒冷的山河之间，却把它写成了这样异怪的诗句，仿佛河山在马鞭下发冷，真是走火入魔。可见，李经一生虽有些才气，但成就有限，加上路数不正，所以最终未能自成一家。他一生的名声随着时间而每况愈下，由李白变成李贺，再变成不能成为名家的自己，可以说是个悲剧。

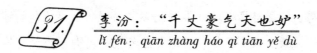

31. 李汾："千丈豪气天也妒"

lǐ fén：qiān zhàng háo qì tiān yě dù

李汾（1192—1232 年）字长源，太原平晋（今山西太原南）人。他与元好问算同乡，是元好问的三位知己之一。"千丈豪气天也妒，七言诗好世空传"（《过诗人李长源故居》），就是元好问给他的评价。

　　李汾是典型的幽并豪侠，为人旷达不羁，豪迈跌宕，少时好读史书，曾游览秦中一带，有感于古今成败兴亡，决心要成就一番非同寻常的功名，"以奇节自许"。这不仅表现在理想抱负方面，还表现在日常行为方面。元好问称他为"并州少年"，在诗中多次描写他的非凡气概："君不见并州少年作轩昂，鸡鸣起舞望八荒，夜如何其夜未央！"（《雪后招邻舍王赞子襄饮》）"君不见东家骑鲸李，胆满六尺躯。万言黄石策，八阵夔州图。"（《此日不足惜》）他的朋友王元粹也说他不像书生，"匹马短衣看此行，看君谁信是书生"（《寿李长源》）。

　　与豪迈相伴而生的是李汾极强的个性。他豪迈得有些过分，以致不通人情世故，刘祁说他"颇褊躁，触之辄怒，以是多为人所恶"（《归潜志》卷二）。他曾经投书拜谒宰相胥鼎，受到点冷遇，竟忍无可忍，再次投书胥鼎，揭发他的所有过错，痛加指斥，弄得胥鼎大为光火。李汾此举确实不够磊落。胥鼎念他毕竟是个文人，才宽大为怀，未加追究。元光（1222—1223 年）年间，他到汴京参加进士考试，未考中进士，反而招来一肚子牢骚。因为当时有些浅薄之人，只要考中了进士，有个一官半职，就摆起架子，自觉高人一等，与布衣文人划清界限，泾渭分明，甚至不相往来。李汾看不惯这种俗态，愤愤不平地说："以区区一第傲天下士邪？"（《归潜志》卷七）这种傲慢在他担任史馆从事期间暴露得充分无遗。

　　李汾迫于生计，勉强同意别人的推荐，出任史馆从事。按照当时的体制，史院监修官一般由宰相兼任，同修官一般由翰林学士和翰林直学士兼任，编修官才真正主管编纂史书之事，而史院从事实际上地位最低下，只是一个抄写员罢了。通常编修官在撰好文稿之后，将草稿交给从事，由从事誊写清爽，然后再交给翰林学士。在平居无事的时候，上下级之间还能在一起饮酒赋诗，但只要一谈到工作，立即壁垒分明，就有了官长与掾属的区别。李汾一向高亢，不可一世，人们只是把他当成个普通的小抄写员来差遣，他哪里忍受得了这份委屈与不平？偏偏他少年时代好读史书，有着很高的史学修养和才华，所以他又反过来傲视他们。有些新入史院的史官们，连史书的凡例都不甚了了，哪里谈得上什么史才、史识？也应该被李汾瞧不起。他们刊修史书时，只要李汾在场，就浑身不自在，缩头缩脑，愁眉苦脸，好半天不敢下笔，怕被李汾嘲笑。而李汾又故意在一旁正襟危坐，旁若无人地朗读《史记》和《左传》，声音洪亮，抑扬顿挫。读完后，还看看四座之人，高声大嗓击节称赞道："看！"他让他们看看司马迁、左丘明写得多好，再看看他们自己写得多糟。那些被嘲讽的史官们，当然恼羞成怒，积怨成恨。李汾依然我行我素，对有名的编修官雷渊、李献能也毫不让步，引起雷渊、李献能的切齿痛恨。他们指责李汾谩骂官长，要将他赶出史院。

官司一直打到右丞相师安石那里，历时一年多也没有结果，因为双方各有各的理。李汾固然无礼，可是雷渊、李献能也受到了舆论的压力。不得已，师安石以有伤风化之名，派人设宴，劝他们和解。最后，李汾以眼病为由罢官而去。他的同事雷琯作诗为他送行，"颇讥翰林诸人，不能少忍，至与一书生相角逐，使之狼狈而去"（《中州集》卷七）。李献能说他"上颇通天文，下粗知地理，中间全不晓人事"（《归潜志》卷九），这是符合实际的，也得到了李汾本人的首肯。因此，从本质上来说，李汾又恰恰是书生意气最浓的。

李汾性格中还有一独特之处，就是他老是愤恨不平，动辄怒气冲冲。刘祁说他"傲岸多怒"，"好愤怒"，他的很多朋友都有点怕他；元好问曾经戏称他有"愤击经"（同上）；杨宏道也调侃地说，"何时一斗凤鸣酒，满酌为君洗不平"（《调李长源》）。这种性格当然不善处世，四处碰壁。据他的《感遇述史杂诗五十首并引》，正大七年（1230 年）前后，他再次任职史院，但还是任低下的史院从事，更加"郁郁不得志"，次年京城形势严峻，蒙古兵兵临城下，他再次离京。《西归》可能是此时所作："扰扰王城足是非，不堪多病决然归。只因有口谈时事，几被无心触祸机。日暮豺狼当路立，天寒雕鹗傍人飞。终南山色明如画，何限春风笋蕨肥。"他去了邓州，投奔了手握兵权的恒山公武仙，被任命为行尚书省讲议官。当时，汴京告急，武仙坐视不救，另有计谋。李汾好议论时事，引起武仙的紧张和担心，天兴元年（1232 年）六月，被武仙杀害。他的朋友王元粹对

他的一生作出较全面的概括："以才见杀人皆惜，忤物能全我未闻。李白歌诗堪应诏，陈琳草檄偶从军。"（《哭李长源》）

元好问说李汾"平生以诗为专门之学"，特别是七律高出同辈之人。诗如其人，他的诗多是感愤之作，"虽辞旨危苦，而耿耿自信者故在，郁郁不平者不能掩，清壮磊落，有幽并豪侠歌谣慷慨之气"（《中州集》卷十）。如《陕州》：

> 黄河城下水澄澄，送别秋风似洞庭。
> 李白形骸虽放浪，并州豪杰未凋零。
> 十年道路双蓬鬓，万里乾坤一草亭。
> 八月崤陵霜树老，伤心休折柳条青。

虽然流离困顿，但仍豪放刚强，无哀弱可怜之态。另一首《避乱西山作》写于邓州武仙军中：

> 三月都门昼不开，兵尘一夕卷风回。
> 也知周室三川在，谁复秦庭七日哀。
> 鸦啄腥风下阳翟，草衔冤血上琴台。
> 夷门一把平安火，定逐恒山侯骑来。

首联交代京城被围的形势，次联是说山河依旧，却没有外援可求，申包胥当年向秦求援，痛哭七日，而如今北有蒙古，南有南宋，都是敌国，已无秦廷可言。第三联渲染战乱的血腥气氛，极为沉痛，但尾联却很有信心地说，恒山公武仙能解除汴京的围困，给汴京带来平安。夷门是汴京的东门。诗中有郁愤不平，也有磊落自信，这正是北方豪杰的特点所在。他的一些名句也慷慨不平，如"长河不洗中原恨，赵括原非上将才"、"洛阳才子怀三策，长乐钟声又一年"、"清镜功名两行泪，浮云亲旧一囊钱"。此外，他的写景诗也流露出工于状物造句的特点，如"鸦衔暝色投林急，荧曳余光入草深"（《夏夜》）等。

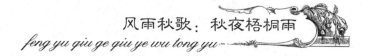

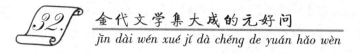

金代文学集大成的元好问
jīn dài wén xué jí dà chéng de yuán hǎo wèn

元好问（1190—1257 年）字裕之，号遗山，忻州秀容（今山西忻州市）人，为集金代文学大成的杰出的文学家。

元好问是北朝魏代鲜卑拓跋氏的后裔。其高祖谊，北宋宣和间仕为忻州神虎军将领；曾祖春，北宋末由平定移家忻州，靖康间任忠显校尉、隰州（今山西隰县）团练使；祖父滋善，金正隆二年赐出身，任柔服（今内蒙古土默特左旗东南）丞、铜山（今辽宁开原南）令，赠朝列大夫；生父德明，自幼嗜读书，其后有诗名，一生累举不第，放浪山水间，饮酒赋诗以自适，所作精美圆熟，不事雕琢。元好问始生七月，出继叔父元格；因元格在外做官，从儿时即携好问宦游四方；年四岁，好问开始读书；五岁，从元格官掖县（今山东掖县）；七岁能诗，太原名士王汤臣以神童相称；年十一随元格官冀州（今河北冀县），诗人路铎赏其俊爽，教之为文；年十四随元格官陵川（今山西陵川），肆意经传，贯通百家。元格罢陵川令以后，为了不中断学业，元好问"留事先生又二年"（《郝先生墓铭》），一直到大安元年（1209 年）二十岁之时。大安二年，元格病殁于陇城（今甘肃天水市东）令任上，于是元好问扶护灵柩返回忻州乡里（《南冠录引》）。

兴定元年（1217 年），元好问撰写著名的《论诗三十首》，并总结前人有关文章法度的论述著为《锦机》一编（已佚）。也就是在这个时候，元好问的诗作开始广为传播，礼部尚书赵秉文见后击节称赏，以书招之，元好问始登文坛盟主赵秉文、杨云翼之门，于是名动京城，时人视为"元才子"。兴定五年（1221 年），举进士登第，而未就选，往来箕山颍水之间，数年吟咏不绝。正大元年（1224 年）五月，权国史院编修官。其时恰值史院修《宣宗实录》，元好问在受命访求"先朝逸事"的过程中，不顾时忌，对于关乎到最高统治者评价的敏感问题秉笔直书，据实采录，为维

护史学领域"直笔"、"征信"的优良传统作出了贡献。第三年夏天，告归嵩山省亲。诗人对于官场上的生活是不满意的。在嵩山闲居时，著《杜诗学》一书（已佚）。从正大三年（1226 年）起，一直到正大八年（1231年），诗人先后出任镇平（今河南镇平）、内乡（今河南西峡）、南阳（今河南南阳）三县令。就中正大五年在内乡任上以母卒服丧，居该县东南白鹿原长寿新斋三年，并于正大六年（1226 年）撰成《东坡诗雅》一书（已佚）。

正大八年（1231 年）八月，元好问在南阳县令任上奉诏赴京，仕为尚书省掾，不久除左司都事。其时蒙古军队大举南伐，开兴元年（1232 年）三月进围汴京。当危急存亡之际，元好问建议用小字书国史一本，随车驾所在，以一马驮负，虽然得到诸相的赞同，而不及安排实行。天兴元年（1232 年）十二月，金哀宗弃城突围东征；天兴二年（1233 年）正月，西面元帅崔立叛降蒙古，挟太后召卫绍王之子梁王监国。崔立自负有救一城生灵之功，劫太学生刘祁、麻革并元好问、王若虚等撰文立碑颂其功德。此事毕竟暴露了当事者、包括诗人性格软弱的一面。当年五月三日，元好问在蒙古军队拘羁下北渡黄河。天兴三年（1234 年）正月，金哀宗自缢于蔡州（今河南汝南），金朝灭亡。从此，元好问开始了遗民生活。就是在这种极端困难的条件下，元好问意识到历史责任的重大，抱定"造物留此笔，吾贫复何辞"（同上其六）的决心，开始编纂金诗总集《中州集》和史学著作《壬辰杂编》。蒙古太宗七年（1235 年），元好问由聊城移居冠氏（今山东冠县），并于太宗八年寓居阳平时编成《东坡乐府集选》一书（已佚）；太宗十年（1238 年）八月举家从冠氏启程，次年夏、秋间带着"并州一别三千里，沧海横流二十年"（《初挈家还读书山四首》其一）的无限感慨回到故乡忻州读书山下。历尽人世沧桑之后，能同家人安全返乡，元好问自然是满意的，但是诗人并没有忘记自己肩负的责任。北渡以后，金朝故老凋零殆尽，元好问以文坛宿将岿然独存，颇以重振斯文为念。在放怀诗酒、游戏翰墨的同时，元好问全面着手纂修金史的准备工作。为了采摭金朝君臣遗言往行，他以年迈多病之躯，流转于齐、鲁、燕、赵、晋、魏之间，栖栖遑遑，席不暇暖。遇有所得，便以寸纸细字，亲为记录，日积月累，达百余万言。当时诗人处在"得足痿症，赖医者急救之，仅免偏废"的情况之下，仍然孜孜矻矻，自强不息，为著录有金一代之迹鞠躬尽瘁。终因身心交瘁，于蒙古宪宗七年（1257年）九月卒于获鹿（今河北获鹿）寓舍，"溘死道边"竟不幸言中。

除了诗歌以外，元好问的词作也值得称述。"疏快之中自饶深婉"（刘熙载《艺概·词曲概》），在中国词史上别开生面，独树一帜，受到时人和后人的普遍重视。

元好问词今存三百八十余首，涉及登临寄兴、咏物抒怀、吊古伤今、男欢女爱等各方面的题材。元好问早年的词作，颇多体现"击筑行歌，鞍马赋诗"（〔石州慢〕）的豪举逸兴，这类作品往往以情词跌宕见长，因而其师王中立《读遗山乐府》一诗曾以"红裙婢子哪能晓"称道之。如〔水调歌头〕《赋三门津》：

> 黄河九天上，人鬼瞰重关。长风怒卷高浪，飞洒日光寒。峻似吕梁千仞，壮似钱塘八月，直下洗尘寰。万象入横溃，依旧一峰闲。　　仰危巢，双鹄过，杳难攀。人间此险何用，万古秘神奸。不用燃犀下照，未必伏飞强射，有力障狂澜。唤取骑鲸客，挝鼓过银山。

即以磅礴的气势纵笔勾画出黄河三门峡惊心动魄的雄姿，结尾则漾溢着一往无前、人定胜天的昂扬奋发精神，兴会激荡，崎岖排奡。通篇既重写实手法，又富浪漫色彩。此外，元好问的早期词作也不乏秀逸婉丽、情致缠绵的篇什，如作于十六岁的〔摸鱼儿〕、作于十九岁的〔蝶恋花〕（"一片花飞春意减"）等。仅以〔摸鱼儿〕为例：

> 问世间，情是何物？直教生死相许。天南地北双飞客，老翅几回寒暑。欢乐趣，离别苦，是中更有痴儿女。君应有语，渺万里层云，千山暮景，只影向谁去！　　横汾路，寂寞当年箫鼓，

荒烟依旧平楚。招魂楚些嗟何及，山鬼自啼风雨。天也妒，未信与，莺儿燕子俱尘土。千秋万古，为留待骚人，狂歌痛饮，来访雁丘处。

全词热情歌颂雁侣以死相许的情操，绵至之思，一往而深。由南宋入元的词人张炎曾誉之为"妙在模写情态，立意高远"、"风流蕴藉处，不减周（邦彦）、秦（观）"（《词源》卷下"杂论"）。

统观元好问的词作，疏宕而不失之粗豪，蕴藉而不流于侧媚。特别难能可贵的是，他的很多作品，尤其是中年以后的作品突破了豪放派与婉约派的固有界限，呈现出熔二者于一炉的明显趋势，豪放之外济以婉约，刚健之中兼含婀娜，对于宋词的推陈出新做出了努力。

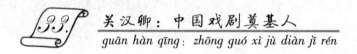

33. 关汉卿：中国戏剧奠基人
guān hàn qīng: zhōng guó xì jù diàn jī rén

关汉卿是元代最杰出的杂剧作家，中国古代戏剧的奠基人。元代钟嗣成的《录鬼簿》把他列为"前辈已死名公才人"之首。明初贾仲明为关汉卿写的［凌波仙］吊词说："珠玑语唾自然流，金玉词源即便有，玲珑肺腑天生就。风月情，忒惯熟。姓名香，四大神洲。驱梨园领袖，总编修师首，捻杂剧班头。"这些赞誉之词并不过分，以关汉卿的才能和成就，为人和威望，称他为"杂剧班头"是当之无愧的。

关汉卿（约1230—1330年），号已斋叟，大都（今北京市）人。祖先曾供职金代太医院，因此他出身于医户，是否有医术则不可知。在元蒙贵族的统治下，广大汉族中下层知识分子普遍受统治者的歧视和排挤，或不受重用，或根本不被任用。关汉卿有骨气，有正义感，不屑仕进，遂流入歌楼瓦舍、戏场书会之中。他是大都规模最大的书会——玉京书会的领袖人物，是一个典型的书会才人。关汉卿"生而倜傥，博学能文，滑稽多智，蕴藉风流，为一时之冠"。他精通各种技艺，举凡围棋、踢球、打猎、歌舞、吹弹、吟诗等等，无所不能，而他最酷爱的还是杂剧艺术。在［南吕·一枝花］《不伏老》的［尾］曲中，他坚决表示：

> 你便是落了我牙，歪了我口，瘸了我腿，折了我手，天赐与我这几般歹症候，尚兀自不肯休。则除是阎王亲自唤，神鬼自来勾，三魂归地府，七魄丧冥幽，天哪，那其间才不向烟花路上走。

从这些话语中可见关汉卿从事戏剧活动百折不挠的意志，他对现实的不满和傲视，他的风流诙谐、桀骜不驯的性格以及愤世嫉俗的精神。

作为"杂剧班头"，关汉卿不仅团结了大批剧作家、演员和艺人，而且是身兼四职的戏曲工作者：既是杂剧创作家，又是杂剧剧团的领导者，杂剧的导演者和著名演员。

关汉卿是一个全身弥漫着战斗精神的剧作家。他代表被压迫人民，以杂剧为武器，向黑暗势力宣战，极力暴露压迫者的丑恶和无耻，对人民的痛苦和不幸给予极大同情，热情歌颂被压迫者尤其是青年妇女的高尚品格、斗争智慧和坚强乐观的反抗精神，在深刻的现实主义描写中融汇着浓厚的浪漫色彩，闪耀着理想的光辉，令人民欢欣鼓舞。关汉卿善于塑造各阶层人物的性格，如窦娥、赵盼儿、谭记儿、王瑞兰、关羽、桃杌、张驴儿、周舍、杨衙内等等，无不栩栩如生。由于关汉卿是杂剧行家，所以其剧作的结构严密巧妙，情节紧凑多变，矛盾冲突尖锐集中，语言质朴生动而有意境，王国维评价他："一空依傍，自铸伟辞，而其言曲尽人情，字字本色，故当为元人第一。"总之，关汉卿杂剧的特点是：接近群众，熟悉群众生活，采用群众喜爱的艺术形式、语言、素材，在一定程度上反映了群众的思想、观点、爱好和趣味，适合舞台演出，因而深受人民群众的欢迎。

关汉卿杂剧的卓越成就，与他深入生活，走上戏台密不可分。他不仅能创作剧本，还亲临戏班做导演，以至充当演员，登台演出。明代臧晋叔说："关汉卿辈，争挟长技自见，至躬践排场，面傅粉墨，以为我家生活，偶倡优而不辞。"这段话为我们提供了一份当时混迹于勾栏瓦舍之中的下层文人从艺生活的真实记录，说明关汉卿把演戏作为自己生活的重要内容，即使与倡优（演员）为伍，也绝不推辞，不怕世人讥嘲，可见他全身心地投入了戏曲事业。关汉卿自编自演，就能充分体现剧作主旨，准确把握人物性格，熟谙舞台艺术规律，"随所妆演，无不摹拟曲尽，宛若身当其处，而几忘其事之乌有"，使他成为第一流的当行作家。

关汉卿杂剧具有巨大的艺术生命力，给后人提供了丰富的精神食粮，如今他已成为世界文化名人，受到全世界人民的敬仰与爱戴。

关汉卿一生创作的杂剧，据明代天一阁本《录鬼簿》存目多达六十二种，占现存元杂剧全目的十分之一，其数量之多，质量之高，在元杂剧家中首屈一指，但保存至今的只有十八种。其中的《窦娥冤》、《蝴蝶梦》、《救风尘》、《拜月亭》、《望江亭》、《单刀会》等剧，至今仍活跃在戏曲舞台上。

《窦娥冤》是关汉卿晚年所作。全剧以窦娥之冤为中心线索，描写的是年轻寡妇窦娥一生的悲剧命运，从而反映了元代吏治的腐败、社会的黑暗以及广大人民的反抗斗争。

《窦娥冤》的故事情节是这样的：元朝时有个女子窦端云命运非常悲苦，三岁丧母，父亲窦天章是饱学秀才，功名未遂，穷愁潦倒。后来父女俩流落到楚州，窦天章因无法偿还寡妇蔡婆婆的二十两银高利贷，被迫把七岁的端云抵给蔡婆婆做童养媳，然后便上京应试去了。蔡婆婆给端云改名为窦娥，并把家搬到山阳县。窦娥十七岁时与丈夫完婚，次年丈夫便因病去世，她自叹道："窦娥也，你这命好苦也呵！"她决心侍养婆婆，为夫守节，希望来世有个好命。

窦娥守寡的第三年却有横祸降临。一天，蔡婆婆出城向赛卢医讨那二十两银的高利贷，赛卢医竟把她骗到僻静处，要勒死她以赖债，幸好被过路的地痞张驴儿和他父亲冲散。当他们听说蔡家只有寡妇婆媳二人时，便乘人之危，心生邪念，硬逼蔡婆婆答应招他爷俩为婿，蔡婆婆只好把张氏父子领回家住。窦娥一方面劝婆婆要贞心自守，别六十岁了还想招夫嫁人，以免遭人耻笑；同时自己严守妇道，对张驴儿的调戏坚决反抗。张驴儿恼羞成怒，要毒死蔡婆婆而强占窦娥。他在窦娥给蔡婆婆做的那碗羊肚汤里偷偷下了毒，岂料这汤被他父亲误食，中毒而死。张驴儿便诬赖窦娥毒死了他父亲，要挟窦娥顺从，否则就去官府。窦娥自以为理直，相信王法明如镜，清如水，毅然与张驴儿一起去见官。哪想到楚州太守桃杌是个贪官酷吏，他把告状的视为衣食父母，听信了张驴儿的诬告之辞，不许窦娥申辩，对窦娥进行严刑逼供。窦娥被打得昏死三

《窦娥冤》书影

次，但仍不屈服，并质问太守："你说我下的毒，我的毒药从何而来？"狠毒又狡猾的桃杌转命衙役拷问蔡婆婆，窦娥宁愿自己蒙受不白之冤，也不愿让婆婆遭受皮肉之苦，就屈招了"药死公公"的罪名。桃杌得意地说："早招何必受这份罪？让她画供，把她下到死囚牢里，明日押赴市曹问斩！"

次日，窦娥被押赴刑场。一路上，她斥骂天地不公，日月不明，申诉了自己的冤屈。窦娥临死前还惦念着婆婆，她哀求刽子手走后街，怕走前街时婆婆看见她赴刑而哀痛。但蔡婆婆还是赶来了，婆媳俩悲痛地诀别。窦娥嘱咐婆婆在她死后别忘了祭奠她，她安慰婆婆说："婆婆，再也不要哭哭啼啼，烦恼怨恨了，这都是我时运不好，赶上这个世道，使我不明不白，负屈衔冤。"窦娥对婆婆表示，一定要争到头，斗到底，做鬼也不放过迫害她的恶棍、昏官。临刑之前，窦娥发下三桩誓愿：倘若她死得冤屈，刀过头落，一腔热血飞溅在高悬的白练上；时值六月，天降三尺瑞雪，掩盖尸首；让楚州大旱三年。之所以发下三愿，是因为"官吏们无心

正法，使百姓有口难言"。窦娥之冤感动了天地，三桩誓愿一一应验了。

三年之后，身为肃政廉访使的窦天章来到楚州。原来十六年前，窦天章至京一举及第，官拜参知政事。他清正廉明，深受皇上器重，官运亨通，但却因端云下落不明而愁得两鬓斑白。来到楚州地界，窦天章更加伤感，并对楚州严重的旱灾深感奇怪。晚上，窦天章在灯下审阅刑狱案卷，看的第一宗就是"犯人窦娥，将药毒死公公"一案，心想："这个女犯与我同姓，却犯了十恶不赦之罪，定无翻案之理。"随手把这宗案卷压在底层，不想再看。但窦娥的鬼魂显灵了，一连三次把自己的文卷翻到上面，请父亲过目，并出来与父相认。窦娥之魂向父亲控诉了自己蒙冤被害的经过，要求为她报仇雪恨，翻案平冤。窦天章没想到有生之年还能见到女儿，更没想到女儿已成冤魂，他既惊骇又痛心，对制造冤狱的邪恶之徒无比憎恨。第二天，窦天章拘传有关罪犯，证人张驴儿、桃杌、赛卢医、蔡婆婆等到场，窦娥之魂也勇敢地登堂对质，她一一指斥了赃官、恶棍、无赖们的罪行。窦天章查明了案情，宣判道："张驴儿毒杀亲爷，奸占寡妇，合拟凌迟，剐一百二十刀处死。升任州守桃杌并该房吏典，刑名违错，各杖一百，永不叙用。赛卢医不合赖钱，勒死平民；又不合修合毒药，致伤人命，发烟瘴地面，永远充军。窦娥罪改正明白。"窦娥之冤被昭雪了，其魂长吁一口气，然后对父亲说："爹爹，衙门自古朝南开，穷人没有不受冤的！从今后您要用好势剑金牌，把世间的贪官污吏都杀掉，替万民除害，孩儿沉埋九泉之下，也能瞑目了。"窦娥又嘱咐父亲收养她的年迈孤苦的婆婆，父亲一一答应了。父女人鬼殊途，阴阳两隔，不得不洒泪而别。窦娥的冤屈已申，楚州遂普降甘霖。

剧中的窦娥，是个安分守己、善良柔顺、恪守节孝伦常的女子，她想听从命运的安排，按天理去行事做人，结果却被推向刑场。这就不仅是个人的不幸，而是一种社会的悲剧了。在残酷的现实面前，窦娥终于觉醒了，认清了官府的真面目，在押赴刑场途中，她的悲愤仇恨像火山一样爆发出来，发出了惊天动地的控诉和呐喊：

[正宫·端正好] 没来由犯王法，不提防遭刑宪，叫声屈动地惊天。顷刻间游魂先赴森罗殿，怎不将天地也生埋怨。

[滚绣球] 有日月朝暮悬，有鬼神掌著生死权。天地也只合把清浊分辨，可怎生错看了盗跖颜渊：为善的受贫穷更命短，造恶的享富贵又寿延。天地也，做得个怕硬欺软，却原来也这般顺水推船。地也，你不分好歹何为地？天也，你错勘贤愚枉做天！哎，只落得两泪涟涟。

在这两首曲词中，窦娥敢于叱天骂地，敢于指斥神圣的皇天后土，对封建统治秩序进行批判与否定，充分表现了可贵的反抗精神。她不仅唱出了自身的冤屈，也唱出了封建社会千千万万被压迫者的心声。作家还以积极浪漫主义创作方法，让窦娥的三桩奇愿一一实现，让窦娥的鬼魂出场诉冤复仇，表现了人民申冤复仇的强烈愿望和正义不可战胜的巨大力量，从而深化了全剧的主题。最后的清官断狱结局虽然有一定的思想局限性，但从另一方面表现了古代人民对清官的渴望和法制之梦。

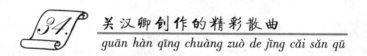

34. 关汉卿创作的精彩散曲
guān hàn qīng chuàng zuò de jīng cǎi sǎn qū

提起关汉卿，人们首先就会想到他的杂剧，这是由于他在杂剧创作上所取得的成就太大了，就是不知道他名字的人，也知道他的杂剧。中国人有谁不知道，六月飘雪《窦娥冤》呢？他所创作的杂剧，数量之多，质量之高，在已知的二百四十余位元代剧作家中是首屈一指的。然而殊不知，他的散曲创作取得的成就，也是幽默诙谐，蕴藉风流，在元代前期散曲中占有十分重要的地位。关汉卿生活的年代大约是在 13 世纪 11 年代至世纪末，正是金衰蒙兴、元盛宋亡的时代。他一生的大半时间又是在大都度过的，后来也到过洛阳、开封等地，在南宋灭亡后也曾游历杭州。因而身逢乱世的他，对于战争的灾难和元朝的严酷统治有着深切的感受和体验。他不满黑暗的社会现实，也不屑为官，只把全部精力和才华投入到戏曲艺术中去了，故而成就了中国文学史上一位伟大的杂剧、散曲作家。

当时的大都是中国北方政治、经济、文化的中心，聚集了许多才子、艺人，关汉卿与当时比较有名的戏曲家王和卿、杨显之、梁退之、费君祥等交情很深。与当时的名演员朱帘秀等也有很多的往来。在与这些人的交往中，他们互相切磋技艺，又一起弹琴唱曲，饮酒赋诗。在这里，他多方面接触和观察社会，体味人生，极大地充实了他的艺术修养，也使他对勾栏戏院的生活十分熟悉，丰富了他的创作内容与创作题材。元代熊自得在《析津志》中称关汉卿："生而倜傥，博学能文，滑稽多智，蕴藉风流，为一时之冠。是时文翰晦盲，不能独振，淹于辞章者久矣。"这是对他的性格才能所作的比较实际的概括。然而关汉卿的才能和兴趣还不仅在文学创

大都是元帝国政治与文化的中心，聚集了许多才子、艺人。关汉卿在大都度过了大半生。

作上，他精通音律，擅长歌舞，常"躬践排场，面敷粉墨，以为我家生活，偶倡优而不辞"（臧晋叔《元曲选序》），自己就能登上舞台表演。说明他不但有创作才能而且有艺术实践。这样的生活经历和性格特征，对他散曲的艺术风格和所表现的内容有直接的影响。

我们知道在他的散曲中，一个重要的内容就是反映自己的生活和性格。在［南吕·一枝花］《不伏老》中，关汉卿对自己作了十分生动的描绘，可以看做是他的自叙传。这是关汉卿的代表作，全套由四只曲子组成。以第一人称"我"的口吻，用民间小调的形式，全篇语言通俗幽默，酣畅淋漓，若滔滔奔泻的江河，坦率无忌地介绍自己，赞赏自己，自我调侃，多侧面、多角度地刻画了一个特殊环境中的特殊人物形象，也为我们

勾勒出一幅当时长期浪迹于勾栏瓦舍之中的下层文人从艺生活的真实画面。其中最精彩的部分是［尾］曲：

> 我是个蒸不烂、煮不熟、捶不扁、炒不爆、响当当一粒铜豌豆，怎子弟每谁教你钻入他锄不断、斫不下、解不开、顿不脱、慢腾腾千层锦套头？

> 我玩的是梁园月，饮的是东京酒，赏的是洛阳花，攀的是章台柳。我也会围棋，会蹴鞠，会打围，会插科，会歌舞，会吹弹，会咽作，会吟诗，会双陆。

> 你便是落了我牙、歪了我嘴、瘸了我腿、折了我手，天赐与我这几般儿歹症候。尚兀自不肯休。

> 则除是阎王亲自唤，神鬼自来勾。三魂归地府，七魄丧冥幽。天那，那其间才不向烟花路儿上走。

全篇语言泼辣，大量使用排句，随心所欲地加入衬字，形成一种泼辣、奔放的气势，充分体现了关汉卿散曲特有的艺术风格。这虽然不是他的全部生活，但无疑也反映了他生活的一个重要方面。"铜豌豆"原是旧时妓院里对"老嫖客"的昵称，关汉卿毫不隐讳地称自己为"老嫖客"，而且还是一个响当当桀骜不驯的"老嫖客"，既显出他的幽默情趣，其实也是对当时作者从事戏曲创作、深入社会生活的现实与倜傥风流的个性风采所作的如实描绘。因当时精通戏剧表演、能歌善舞的女演员多由妓女充当，优伶和娼妓是一类人，被称做"倡优"。剧作家接触最多的自然就是这一类人。所以，明初的贾仲明在《挽关汉卿辞》中称他是："驱梨园领袖，总编修师首，捻杂剧班头。"在［南吕·一枝花］《赠朱帘秀》中，关汉卿描述了当时著名的戏曲女演员朱帘秀技艺的高超和风姿的秀美，从中可以感受到戏曲作家对这位天才女演员的深切关怀和爱惜，体会出两人之间的亲密情意，也可以证明作者这方面的真实生活。从保存在元人杨朝英所编的《阳春白雪》和《太平乐府》中的关汉卿散曲来看，现存有完整的散套十二篇，小令五十七首。除了这一类自叙自己生活和性格的作品外，其中绝大部分属于描写男女恋情、抒写离愁别恨的恋情咏歌，或描绘景物的作品。

由于关汉卿深入下层社会，长期在歌场舞榭中出入，对于那个阶层中的男男女女的精神面貌、性格特征以及他们的情感世界，都有非常深切的体会，因而他的散曲也真实地反映了这方面的内容。比如〔仙吕·一半儿〕《题情》这组散曲，以通俗的语言，大胆活泼的情趣，生动逼真地描绘了一对青年男女的一见钟情、别后相思的爱情发展变化过程：

"自送别，心难舍，一点相思几时绝？"

云鬟雾鬓胜堆鸦，浅露金莲簌绛纱，不比等闲墙外花。骂你个俏冤家，一半儿难当一半儿耍。

碧纱窗外静无人，跪在床前忙要亲。骂了个负心回转身。虽是我话儿嗔，一半儿推辞一半儿肯。

银台灯灭篆烟残，独入罗帏淹泪眼，乍孤眠好教人情兴懒。薄设设被儿单，一半儿温和一半儿寒。

多情多绪小冤家，迤逗得人来憔悴煞，说来的话先瞒过咱。

怎知他，一半儿真实一半儿假。

全篇由四支小令组成。在第一支小令里写一个少年遇到一位十分美丽的少女，她有一头茂密松散的黑发，容貌娇美，身段苗条，在裙摆下微微露出一双三寸"金莲"小脚。脚一挪动，曳地的"绛纱"长裙就随风飘摆，发出簌簌的声响，更显出少女的千娇百媚、轻盈艳丽的姿容。少年一见倾心，产生爱慕之情。但由于封建礼教观念的束缚，他不敢在人前公开表白，只能满怀希望和失望、爱怜和懊恼交织的情感，自我解嘲地、一半儿迤逗一半儿玩笑地骂了对方一句"俏冤家"。简洁几句，就把这个"多情多绪"的少年，在一刹那间内心的活动细致逼真地表现出来。第二支小令则写出两人在爱情生活中的一个有趣细节。少年偷偷地来到姑娘房中相会，当时环境特别幽静，碧纱笼着的窗棂外没有一点人声。少年大胆地跪在姑娘的床前，要与她亲热，表现出满腹深情，而姑娘则面带娇嗔，假意转过脸去，却"一半儿推辞一半肯"，接受了少年的爱抚。此时又把少女的既羞涩矜持又大胆深情的内心世界展露无遗，使我们仿佛看到了一个少女那半嗔半羞、半推半就的情态。第三、四支小令写的是他们分别后的相思之苦。主要描绘了少年离去后姑娘的哀怨情绪。银台上的灯火已经熄灭，余烟消尽，只剩下女主人公一个人孤独地走向冷清清的床帐，因而产生了既怨又爱、既恼又想的矛盾心情。一句"小冤家"，照应了前面的"俏冤家"，这种烦恼哀怨的感受把握得极为准确。再比如 [南吕·四快玉]《别情》：

自送别，心难舍，一点相思几时绝？凭阑袖拂杨花雪。溪又

斜，山又遮，人去也。

又比如 [青杏子]：

天付两风流，翻成南北悠悠。落花流水人何处？相思一点，

离愁几年，撮上心头。

这类小令，只用寥寥数语，就可写尽缠绵深情，而且韵味含蓄婉转，言语通俗明快，音调和美，显露出质朴自然的情致。

关汉卿的散曲还善于描绘景物，如〔黄钟·侍香金童〕的第一支小令：

> 春闺院宇，柳絮飘香雪。帘幕轻寒雨乍歇，东风落花迷粉
>
> 蝶。芍药初开，海棠才谢。

一个小小的庭院，刚刚一阵春雨过后，帘幕间略带一点寒意，院子里柳絮开始飘散，芍药花刚刚开放，海棠已凋谢，蝴蝶贪恋着被东风吹掉的落花。语言朴素，描绘了一幅花谢春归图。这样精美的景物描写，在关汉卿的散曲中极为多见。

虽然关汉卿的散曲，在他的全部作品中，只不过是大海中的点点微波，但在整个元代散曲中，却占有重要的地位。比较鲜明地表现了元代前期散曲中特有的民间文学的通俗性、口语化，以及北方民歌中直率大胆、泼辣、少顾忌的爽朗之气和质朴自然的情致，体现了本色当行与雅俗共赏的艺术特色。

尽管在关汉卿的散曲中，也还有一些庸俗浮薄的作品，但瑕不掩玉，其散曲的伟大成就，是不可低估的。

35. 智勇双全《救风尘》
zhì yǒng shuāng quán jiù fēng chén

风尘女子是对妓女的称谓，是相对于良家妇女而言的。在元代，随着城市经济的繁荣，在大都市中集中了大量的妓女，全国歌舞之妓，何啻亿万！这些妓女们靠色艺卖笑为生，成为有钱人的玩物，命运十分悲惨。为摆脱非人境遇，她们急切盼望"从良"，过正常人的生活。但元法规定，乐人只许嫁乐人，平民百姓禁娶乐人为妻，有的妓女即使从良了，也是所

嫁非人，饱受折磨。关汉卿的《赵盼儿风月救风尘》就真实地展示了风尘
女子争取从良的曲折过程，让我们看到赵盼儿的大智大勇和侠肝义胆。

山西运城元墓杂剧壁画。1986 年发掘于山西省运城市西里庄。墓为砖砌，平面方形，
四壁涂白灰，上绘壁画。其北壁绘墓主人神座，东西二壁绘杂剧演出图。东壁绘六人，一
人执杖指挥乐器演奏，四人分执琵琶、笛、板鼓、拍板，另有一位稀见的"俫儿"形象。

　　《救风尘》写了妓女赵盼儿为搭救错嫁给商人周舍的姐妹宋引章，利
用周舍好色的特点，虚与周旋，骗得休书，使宋引章脱离虎口的故事。元
朝汴梁歌妓宋引章，年轻不通世故，一心要悔掉与穷秀才安秀石所订的婚
约，嫁给郑州的周舍，因为周舍之父官为同知，家有财势，周舍本人又做
着买卖，对宋引章百依百顺，献尽殷勤。赵盼儿本着她的生活经验，苦苦
劝阻宋引章说："我们这些沦落风尘的姐妹，谁不想从良，嫁个称心如意
的丈夫呢？但是到妓院里来的男人都是寻欢作乐的，没有真心看重咱们
的。就如那个周舍，是花街中有名的嫖客，惯会虚情假意，甜言蜜语，你
若嫁他，过不了一年半载，你准被折磨、抛弃，那时你悔之何及？快打消
此念吧！"宋引章赌气说："若真到了那一步，我也决不来找你！"果然，
宋引章才过门，即被周舍打了五十杀威棒，以后被朝打暮骂，受尽凌辱。
宋引章痛苦不堪，写信求赵盼儿相救。赵盼儿虽然怪宋引章幼稚无知，不
听人劝，以致遭受欺凌，但出于义愤，她决定挺身相救，用美人计引周舍
上钩。她非常自信地说："不是我夸海口，纵使他诡计多端，也难逃我这
烟月手！"随后，赵盼儿运筹帷幄，巧做安排：一面捎信给宋引章，叫她
依计而行；一面嘱咐安秀石怎样行事；一面收拾衣物行李，亲自赶往郑州
去见周舍。周舍一见赵盼儿打扮得花枝招展，楚楚动人，对他又亲热无

比，一时懵住了，不知在哪儿见过这个俏丽佳人，等他认出是赵盼儿时，就恶狠狠地说："给我打这娼妓，当初就是她反对宋引章嫁我来！"赵盼儿假装委屈，说："当初在汴梁时，我为你茶饭不思，一心嫁你，岂料你要娶宋引章，把我搁在一边，这让我怎能不恼不妒？今天我专门从汴梁赶到这，一心嫁你，你却又打又骂的，我枉为你断梦劳魂。罢了，我还回汴梁！"周舍喜出望外，忙向赵盼儿赔情，当天就住在客店，与赵盼儿厮守。

过了两天，宋引章找上门来吵闹，又骂周舍又骂赵盼儿的，周舍持着一根大棒威吓宋引章赶紧回家，赵盼儿生怕引章挨打，就拦住周舍，说："我也不是饶人的，但你休在我面前耍脾气。再说，你真的打死她，可怎么办？"周舍说："丈夫打死老婆，不该偿命。"宋引章赌气走了，赵盼儿也佯怒道："哦，我明白了，周舍，这是你使的好计策，你假意在这儿坐着，却暗中叫媳妇来骂我，枉费了我对你的情意！"周舍忙表白说："若是我教她来的，我不得好死！"赵盼儿说："如此说，是这妮子不贤惠，你干脆休了她，我嫁给你！"周舍满口答应，心里却怕弄个尖担两头脱。赵盼儿早猜出周舍的心思了，就说："周舍，你若不信我，我在你面前赌咒发誓：你若休了媳妇，我却不嫁你，让我天打五雷轰，不得好死！"周舍还是半信半疑，他想趁热打铁，骗下赵盼儿，就让店小二快去买花红羊酒。赵盼儿娇嗔地说："周舍，我诚心嫁你，所需彩礼早预备好了，还用你操心？我一身都许给你了，岂在乎那些东西！只要你休了宋引章，我情愿倒贴房奁与你结亲！"周舍大喜，当着赵盼儿的面写好了休书，然后匆匆回家去驱逐宋引章。宋引章假装委屈，偏偏不走，周舍把休书塞给宋引章，狠狠地把她推出家门。宋引章心花怒放，心说："周舍，你真蠢呀！盼儿姐姐，你真强呀！"

周舍休弃了宋引章，一溜小跑，到客店去见赵盼儿，一看人财皆无，心知中计了，急切中又找不到马匹，只好步行去追赶赵盼儿。原来，赵盼儿在汴梁动身前捎给宋引章的信中，定好了一步步的计策，叫宋引章如何到客店去争风、吵闹，赚到休书后就赶紧到出城路口去会合。这边周舍一走，赵盼儿也连忙收拾东西赶奔路口。姐妹二人一见面，宋引章就感激地说："若不是姐姐，我怎能够出得了那虎穴狼窝？怎能够逃出周舍的魔爪？"赵盼儿说："那个流氓，自恃玩色欺女有权术，岂知我以其人之道还治其人之身，赚得休书。引章，你把休书拿来我看。"宋引章一边递上休书，一边紧张地向四周张望，赵盼儿看完休书，依旧还给引章，说："你一定要保存好，你再嫁人时全凭这一纸休书作印证。我们快走吧！"

《救风尘》插图。戏中写纨绔子弟周舍骗娶妓女宋引章，对其百般蹂躏，宋引章之友赵盼儿设计将宋引章救出的故事。剧中豪侠仗义、足智多谋的妓女赵盼儿，寄托了关汉卿鼓励民众掌握自己命运的希望。

二人刚走不远，周舍就气喘吁吁地赶上来，喝道："贱人，哪里去？宋引章，你是我老婆，为何逃跑？"宋引章说："周舍，是你给了我休书，把我赶出了家门。"周舍说："休书上手模都印五个指头，我给你的只印四个！"引章不知有诈，忙掏出休书验看，周舍趁机夺过去，连撕带咬地把休书毁了，引章猝不及防，失了休书，急得哭起来。周舍又指着赵盼儿说："你也是我老婆！"赵盼儿假装没听懂，问道："我怎么也是你老婆？""你受了我的花红羊酒之聘！"赵盼儿说："花红羊酒都是我自己的，你未出分文就想赖我为妻，真是淫滥无耻！"周舍又说："你曾发誓

要嫁我！"赵盼儿说："我那是卖空虚，我就以赌咒发誓为活路，并且都是从你们嫖客身上学来的。若人人信什么盟誓，早死得闭门绝户了。"周舍气得火冒三丈，拉住宋引章，要去告官，宋引章吓得边后退边说："姐姐，休书被他毁了，怎么办？"赵盼儿说："妹妹别怕，我们和他去公堂见官！"

三人来到郑州官府，太守李公弼正在堂上坐着。周舍扑通跪倒，高喊："冤枉！大人可怜见，赵盼儿设计混赖我媳妇宋引章！"赵盼儿据理申辩说："大人，宋引章是有丈夫的，被周舍强占为妻，周舍又给了她休书。"说罢，赵盼儿取出一张休书递给太守，宋引章和周舍都吃了一惊。赵盼儿小声对宋引章说："周舍毁掉的是假休书，是我模仿他的笔迹造的副本，刚才在路口和你那真的交换了，太守看的才是正本。"太守验明休书是真的，然后问道："宋引章的原夫为谁？"正在这时，接到赵盼儿书信的秀才安秀石也从汴梁赶到，到郑州府状告周舍说："小民告周舍强夺我妻宋引章，望大人给小民做主。"说完拿出婚书，指赵盼儿为媒证。李太守宣判说："周舍强夺人妻，公然伤风败俗，人证物证俱全，断周舍罪杖六十，与民一体当差。宋引章仍为安秀石之妻。"故事就这样以卑贱者的胜利结束。

《救风尘》是出著名的喜剧。赵盼儿是关汉卿塑造的妓女形象中最具光彩的人物。她虽然不幸沦落风尘，身陷污浊的妓院，却有着美好的心灵，高贵的品质。为拯救患难姐妹，她甘冒风险，"强打入迷魂阵"，具有侠肝义胆。而在对敌斗争中，赵盼儿表现得异常机智、勇敢和老练。她熟悉周舍的狡猾虚伪和恶毒的特性，也深知其贪财好色的弱点，因此无所畏惧，对周舍充满蔑视，对胜利的前景乐观自信。她巧施机谋，以财、色引诱周舍上钩，玩周舍于股掌之上，最后又借助官府惩治了这个恶少。赵盼儿的胜利，表现了正义者在精神、道德方面对邪恶势力的嘲弄和讥讽，因而使全剧充满喜剧色彩。关汉卿是沦落市井的下层文人，他与妓女交友，以杂剧形式为她们写照传神，体现了作家思想的进步性。另外，剧中宋引章的从良波折，一方面说明文人地位的低下，以致为妓女所鄙弃；另一方面说明妓女从良，嫁给穷书生是较好的归宿，体现了作家对自身价值的肯定以及渴求红粉知己的内心隐秘。

《救风尘》的结构严密，情节紧凑多变，善于设置悬念，使剧情波澜起伏，引人入胜。正如王国维在《宋元戏曲考》中所说的那样："关汉卿之《救风尘》，其布置结构，亦极意匠惨淡之致，宁较后世之传奇，有优无劣也。"

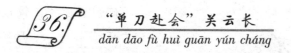

36. "单刀赴会"关云长
dān dāo fù huì guān yún cháng

元代空前的阶级压迫和民族压迫，使广大人民渴望关羽、张飞、李逵式的英雄豪杰应时而出，维护民族利益，救民于水火，改变黑暗的社会现实；而作家们为了免遭文字狱的迫害，也往往借用历史题材来抒发对现实的不满，表达自己的理想，因此，元代产生了许多历史英雄戏，其中三国英雄剧有三十多种，关汉卿的《关大王独赴单刀会》最为杰出。

关羽（？—219年），字云长，三国蜀汉大将。东汉末年从刘备起兵，结义为兄弟。建安十九年（214年）镇守荆州。建安二十四年荆州被孙权袭取，关羽兵败被杀。关羽忠贞重义，智勇双全，威风盖世，在民间传说中逐渐被神化。关汉卿所作《单刀会》中的关羽，既有历史人物的影子，又融入了作家的主体意识和时代气息。

剧本写三国时魏、蜀、吴各据一方，刘蜀的将军汉寿亭侯关羽镇守荆州。荆州是吴、蜀的必争之地，原是刘备向吴国借来的，双方约定，刘备取了西川即还荆州与吴。可是刘备得川后，却一直不提此事。鲁肃是当时作保的人，孙权责令他一定要讨回荆州。以前周瑜在世时多次向刘备讨荆，都未成功，两家结怨很深。因此鲁肃对讨荆一事颇感头疼。经过冥思苦想，鲁肃终于定出取荆三计：第一计是设宴邀请关羽赴会，用好言相劝，以礼索回荆州；第二计是礼取不成，就囚禁关羽，逼他交还荆州；第三计，软禁不还，再让暗藏的甲士将关羽杀掉，进军夺取荆州。

鲁肃定下三计还怕不妥，就向乔玄讨教。乔玄认为使不得，一是讨荆必挑起战争，使万民遭劫；二是赤壁大战刘备一方有功，东吴一方理应把汉上九州分给刘备作为酬劳；三是关羽威猛刚烈，恐怕鲁肃用计不成反遭其害。最后乔玄预言："子敬，虽然你岸边藏了无数战船，但无非是给关羽搭了个返荆的浮桥。"鲁肃在乔玄处讨了个没趣，悻悻而归，但他还不肯罢休，便去找道士司马徽商量。鲁肃说了三计，然后请求道："你与关羽是故交，你来宴会作陪，劝他还荆州，以免大动干戈。"司马徽连忙摇头拒绝道："我与关羽虽为故交，但在还荆州问题上

"大江东去浪千叠，引着这数十人，驾着这小舟一叶。"

他不能听我调解，弄不好他会动怒，你我性命休矣，连东吴的八十座军州也难以保全。"司马徽一再嘱咐鲁肃，关羽如果来赴宴，一定要小心款待，躬身侍候。听了两人的劝阻，鲁肃虽也心怀畏惧和犹豫，但一想到在主公面前难以交差，况关羽若来，无异于笼中困兽，不难摆布，便写好邀请信，派使者去送，随后令吕蒙领兵埋伏在江边，以对付关羽带来的军队。

使者入荆见了关羽，具道鲁肃相邀之意，呈上书信。关羽见信上写着"为庆贺玄德公称主汉中，诚邀云长过江赴宴"等字，立刻识破了鲁肃的

用心。他神情雍容镇静，慨然应诺。使者走后，关平说："鲁肃相邀，必无好意，父亲何故许之？"关羽说："我岂不知他那待客的筵席是杀人的战场？他要乘机逼我交还荆州，我倒要看看他能把我怎么样。"关平劝阻说："鲁肃诡计多端，父亲不要中了他的圈套，况且隔着那么宽的汉阳江，一时打起，急切里怎么接应？"关羽豪爽地笑道："纵使他雄赳赳排着战场，威凛凛兵屯虎帐，我依旧能千里独行，过关斩将。不是我逞强自专，我是三国英雄汉云长，胸有豪气三千丈，岂惧那些狐朋狗党！我要让他们恭恭敬敬送我到船上！"关平见劝不住，自去准备接应事宜。

第二天，关羽只带周仓等十几人随从，乘一叶扁舟过江赴会。关羽坦然自若，不像是去亲临虎穴，倒似去看赛神会。船到大江中流，但见波涛万顷，壮阔雄奇，赤壁遗迹历历在目，关羽不禁感慨道："在这大江上不知涌现过多少英雄豪杰，一场赤壁大火，烧得江水犹有余热，这不是江水，而是二十年都没流尽的英雄血呀！"关羽抑制不住自己的激动，便慷慨悲歌。

再说鲁肃听说关羽今天来赴会，暗喜关羽中他计了，早已安排好刀斧手的埋伏及行动口令等事。等关羽船到，鲁肃见只有十几人跟随，不禁惊疑，忙把关羽接入陆口寨外的临江亭内。宾主叙礼后，入席饮酒。关羽身材健伟，气宇轩昂，谈笑自若，鲁肃不敢仰视。酒至半酣，鲁肃拐弯抹角地谈出索取荆州的意图，关羽正色道："子敬请我来，是为吃筵席还是为索荆州？你这样攀今揽古，分斤拨两，分明是想使孙、刘唇齿关系变作吴越仇敌。"鲁肃便以言语相激，责关羽傲物轻信，借地不还，说关羽"全无仁义之心，枉作英雄之辈"。关羽大怒，气势咄咄逼人，理直气壮地说："这天下是谁的？是汉家的。汉高祖开基立业，汉光武秉正除邪，汉献帝诛杀董卓，汉皇叔灭掉温侯。俺哥哥是汉室宗亲，为扶汉室屡建奇功，理应承受汉家基业，更何况占有荆州！而你东吴的孙权和刘家有何瓜葛，为何占有江东八十一州？你们还贪心不足，屡讨荆州！"鲁肃理屈词穷，又生气又害怕，遂高喊"藏宫动乐！"听到行动暗号，五十个埋伏的刀斧手从四面八方蜂拥而上，筵席上杀气腾腾。关羽见势不好，拔剑击案，打碎

菱花镜，刀斧手被震慑住，不敢接近关羽。关羽从容不迫，一手执剑，一手揪住鲁肃，说："谁敢上前，我就砍了他！子敬，我醉了，好好送我上船，我和你慢慢告别！"鲁肃被关羽挟持，吓得魂不附体，只好随他到江边。

再说吕蒙。先前吕蒙领兵伏于岸侧，见关羽单刀赴会，未带兵卒，只有十几人跟随，便松了一口气，并暗自佩服关羽的勇气。如今见关羽持剑，扯着鲁肃到江边，又倒吸一口凉气，本欲冲出去救，又恐鲁肃被伤，遂不敢动。这时，关羽预先安排的接应兵力——关平所率十只快船、五百精兵也已到达。关羽撒开鲁肃，从容登舟，拱手与鲁肃告别，说："承蒙子敬设宴款待，又亲送上船，多谢！我说两句话先生记住了：百忙中称不了老兄心，急迫之间倒不了俺汉家节！"鲁肃受到这番惊吓和嘲弄，又眼睁睁见关羽乘风而去，遂如痴似呆，颓然坐地。关羽坐在船上，心花怒放，说不尽的喜悦，一路上谈笑风生。此时明月高悬，水面上银波荡漾，浩渺无垠，江风凉爽怡人，关羽欣赏着美景，胜利返回荆州。

《单刀会》是一曲有着强烈战斗性的英雄颂歌。关羽单刀赴会的事迹，在《三国志》和《三分事略》平话中都有记载和描写。《三国志·鲁肃传》中，记载了鲁肃为索取荆州，与关羽相会，并大义凛然地谴责刘备贪而弃义。而平话《三分事略》则以"尊刘"的观点，渲染了关羽的英武和震慑力量，鲁肃反而变得理屈词穷了。《单刀会》杂剧吸取了平话的尊刘立场，通过关羽形象，歌颂了敢于反抗强暴的大无畏精神和必胜信念及对敌斗争的勇敢机智，突出强调了关羽保卫"汉家基业"的赤胆忠心和威武不屈的"汉家节"，一定程度上流露了民族感情，鼓舞了人民向压迫者斗争的勇气和信心。剧中还表现出希望和平，反对战乱的思想，如第一折乔玄所唱［寄生草］："幸然天无祸，是咱这人自招，全不肯施仁发政行仁道……你待千军万马恶相待，全不想生灵百万遭残暴。"可见作家借古喻今的用意。

37.《西厢记》：愿天下有情人都成眷属

xī xiāng jì: yuàn tiān xià yǒu qíng rén dū chéng juàn shǔ

几百年来，《西厢记》博得了广大读者的赞誉。《西厢记》中喊出的那振聋发聩的声音——"愿天下有情的都成了眷属"——成了人们向封建礼教冲击的一种精神力量。早在元末明初，戏剧评论家贾仲明就称誉《西厢记》杂剧为"天下夺魁"之作。清初金圣叹也赞赏它"乃是天地妙文"。《西厢记》真可以说是不朽之作。

《西厢记》嵌螺钿漆盘。精致、典雅，表达着人们对美好爱情的向往。

《西厢记》全称《崔莺莺待月西厢记》，是五本二十一折的大型杂剧。就单部作品而论，它也确是元杂剧中影响最大的。可惜的是，关于《西厢记》杂剧作者王实甫的生平事迹，至今人们所知甚少。《录鬼簿》说他名德信，大都（今北京）人，把他列入"前辈已死名公才人"一类，位列关汉卿之后，可见，他大约与关汉卿为同一时期人。他曾做过官，因不得志而退隐。每日几杯酒，闲来无事到亭园中纵情游玩，潇洒自得。时常写几首诗，吟几首曲，过着优裕的生活。他的晚景不错，至少活了六十岁。王实甫很熟悉教坊勾栏生活，擅长写儿女风情一类的戏。他很可能在江南生活过，对"荷香柳岸舟"、"鲜鱼鲜藕"、"老菱香蟹"一类南方特有的风物很熟悉。《西厢记》的故事发生在普救寺。王实甫亲自考察过普救寺这一名胜所在，而且广泛搜集了可用的资料，因此对普救寺的地理环境和蒲地环境的描述，使人读后有如亲临其境之感。

普救寺在山西省西南边陲的永济县境内，始建于齐末隋初。永济，古曰蒲坂，为历史传说中舜都所在地。普救寺即在今永济县城所在地赵伊镇西南十里土垣上，名曰峨嵋原，西临黄河，与潼关隔河相望。寺前有一条长安经蒲津关通往北京的古驿道。1987 年 5 月 13 日，普救寺修复工程在清理大钟楼基址时，出土了金代诗碣一块，名曰《普救寺莺莺故居》。这首七律作于公元 1161—1173 年间，作者是蒲州副使王仲通。诗中有这样两句："花飞小院愁红雨，春老西厢锁绿台。"这块诗碣的出土以及整个普救寺基址发掘的结果都证实，距今八百多年前，普救寺内"梨花深院"之中，确有西厢这一建筑存在，莺莺即寄居于此典型环境之中。《西厢记》中关于普救寺建筑的描述，确为实况记述，并非虚构。普救寺这

崔莺莺画像。她一遇张生，便忘了"非礼勿视"的训诫，四目相投，彼此吸引。正因她一开始就热烈地追求美好爱情，才使她一步步地走上了反抗封建礼教的"父母之命，媒妁之言"的道路，追求"才子配佳人"的理想婚姻。

座千年古刹，随着西厢故事的广泛流传，已成为中外游人观光游览的文化名胜。

王实甫《西厢记》讲述的崔、张恋爱故事是美丽而动人的。崔相国生前，把女儿莺莺许配给了郑尚书的儿子、崔夫人的侄儿郑恒。崔相国病逝后，崔夫人和女儿莺莺扶灵柩归葬，途经河中府，停灵于普救寺中。恰巧书生张珙上京应试路过普救寺，在佛殿上偶见莺莺，二人一见倾心。张生便借口也住到寺中。崔、张隔墙和诗，道场传情，偷偷搞起了自由恋爱。叛将孙飞虎为夺取崔莺莺，发兵围住普救寺，危急之中崔夫人宣称：谁有退兵良策，就把女儿嫁给谁。张生挺身而出，请来老朋友，时为征西大元帅、镇守蒲关的白马将军杜确，解了重围。眼见贼兵退去，危险解除，崔

夫人立马赖婚，翻脸不认账。母亲的突然变卦，令莺莺痛苦万分。丫环红娘同情崔、张的不幸，真诚希望这对有情人能幸福结合。于是她主动为崔、张穿针引线，安排莺莺在花园月下烧香，听张生弹琴，促使两情更加相爱。自那夜弹琴之后，张生病倒。莺莺请红娘代她去张生那里问病。红娘捎回了张生的情书。哪料到莺莺却脸色一变，声色俱厉地骂起红娘不该捎信。莺莺一面假装生气，一面又提起笔来给张生写回信，暗中写下"待月西厢下"的诗句，约张生私会。月夜，张生乐呵呵地逾墙过来赴约，不料莺莺又装出一副卫道者的面孔，把张生训斥一顿，弄得张生狼狈不堪，一气之下卧床不起。莺莺又让红娘送去药方，其实是约他幽会。这一对有情人终于同居了。老夫人发现崔、张结合，勃然大怒，拷问红娘。红娘面无惧色，从容镇静，针锋相对地和老夫人辩理，以子之矛攻子之盾，抓住老夫人的弱点加以要挟，逼得老夫人只得答应了这门婚事。但老夫人又逼迫张生必须上京应试："得官呵，来见我。驳落呵，休来见我。"张生忍痛分离，上京应试，莺莺十里长亭送别。张生高中状元。岂料郑恒来到普救寺，造谣生事欲骗婚，老夫人再次变卦赖婚。幸而张生授河中府尹衣锦还乡，白马将军杜确也赶来主持正义，郑恒羞愧自尽，崔、张终得团圆完婚。

　　王实甫《西厢记》问世后，很快就风靡一时。早在宋代，"待月西厢"就已成为文学创作中常用的典故和题材。作为古代的一部爱情经典，《西厢记》在流传过程中，一度被封建统治者视为"淫书"，遭到禁毁的厄运。这些都同她反对封建礼教的精神息息相关。在中国封建社会，婚姻一定要门当户对。结婚乃是一种政治行为，它与家族的利益、财产的分配密切相关。纯属个人的感情、意愿，在婚姻问题上从来就不起决定作用。《西厢记》描绘了青年男女对自由爱情的渴望，大胆表述了"愿天下有情的都成了眷属"的美好爱情理想，张扬了受压抑的情与欲的权利，充分地生活化地表现了鲜明而强烈的"反封建礼教"的思想倾向。崔莺莺和张生，为追求自由爱恋，"人约黄昏后"，"燕侣莺俦"的自由结合，可谓惊世骇俗，连被公认为具有叛逆精神的贾宝玉、林黛玉都不敢想，不敢做，确实令人

刮目相看。剧作家把故事安排在莺莺守孝期间，安排在所谓"佛门净地"，这就更深一层地烙上了剧作家的思想轨迹，对虚伪的封建礼教也增添了一层讽刺意味。当然，剧中最后的大团圆结局，是以张生应试高中为代价换来的，这不能不说是向封建势力的一种无可奈何的妥协，在一定意义上显示了剧作家反封建礼教的不彻底性。

《西厢记》中的崔莺莺、张生、红娘等几个人物，以反对、冲击封建礼教为纽带紧密结合在一起，光彩照人，富有生气，可信可爱。相国千金崔莺莺，风情万种，在追求自由恋爱的过程中，若进若退，充分展现了内在性格的多面性、丰富性和复杂性。"穷酸"书生张珙，追求所爱，直率大胆，诚实痴情，兼有几分轻狂迂腐，自然天性十足。婢女红娘，富有同情心和正义感，聪明机智，热情泼辣，体现了理想化与现实性相融合的特质。三个人物，三副面孔，彼此衬托，相映成辉。《西厢记》在关目的布置、戏剧冲突的设计等方面都取得了很高的成就，特别是她的语言华美典雅，具有诗剧般浓郁的抒情意味。明代文学家盛赞《西厢记》为北曲"压卷"之作，确实不虚。

《西厢记》故事的源头是唐代元稹的文言小说《莺莺传》。元稹曾抛弃了自己热爱过的一个少女，又同尚书仆射韦夏卿的小女儿韦丛结婚，以求得在政治上找个靠山，最后一直爬到宰相的高位。《莺莺传》中崔、张恋爱的故事就是元稹以自己这段经历为依据，经艺术构思而创作的。《莺莺传》中的张生与崔莺莺经过一番周折，相爱至深，自由结合。后来张生变心，为了扫除功名仕途中的障碍，把莺莺说成是"尤物"、"妖孽"，抛弃了她。元稹试图用这篇故事为自己"始乱终弃"的可耻行为进行开脱，因此在故事的结尾，称赞张生是"善补过者"。金代董解元的《西厢记诸宫调》较《莺莺传》增加了许多情节，对人物进行了根本性的改造，赋予了它反封建的主题。王实甫的《西厢记》直接取材于董西厢，并在一些关键地方对董西厢做了修改，进行了艺术再创造，从而使西厢故事完全定型。

白朴与《唐明皇秋夜梧桐雨》

bái pǔ yǔ táng míng huáng qiū yè wú tóng yǔ

唐明皇李隆基与贵妃杨玉环的故事，唐朝时候就在社会上广为流传，经过白居易《长恨歌》的渲染和描写后，更成为文学作品、戏曲艺术喜用的热门题材。唐朝陈鸿写有《长恨歌传》，金院本有《击梧桐》，元代诸宫调有王伯成的《天宝遗事》，关汉卿、庾天锡、岳伯川更把李杨故事搬上了戏剧舞台。而在元代最享盛名的关于这一题材的作品就是白朴的《唐明皇秋夜梧桐雨》。

白朴（1226—约1310后）字太素，号兰谷，原名恒，字仁甫。他的父亲仕金为显宦，幼年的白朴是在富足中成长的。白朴八岁时，蒙古大军进犯开封，他的母亲在开封陷落的兵难中丧生，白朴随被蒙古军队拘管的父亲的密友元好问出京，得到金遗民作家元好问抚养培育多年。这场战乱弄得白朴家破人亡，给他幼小的心灵刻下了很深的伤痕。白朴从此开始吃素，不吃荤腥。人们问原因是什么，白朴回答："等见了我的亲人，再像从前一样。"元、白两家本有通家之好，白朴寄养在元家，好问把他看做亲生子侄一样，爱护备至。白朴有一次生了病，元好问竟昼夜不停地抱持了六日六夜，白朴才在元好问的怀抱中发了一场汗好了。白朴随元好问读书，"颖悟异常儿"，学业日进，"号后进之翘楚"。受元好问的影响，长大后的白朴也以遗民自居，谢绝举荐，不仕元朝，走上了文学创作的道路。也许正是身遭巨变、繁华如梦的身世遭遇和改朝换代的历史沧桑，使白朴与唐王朝由盛转衰的幻灭取得了共鸣，才使白朴在写作《唐明皇秋夜梧桐雨》时，倾注了满腔的心血与热情，使这一作品特出于元代。

《唐明皇秋夜梧桐雨》写唐明皇李隆基宠爱贵妃杨玉环，立下世世为夫妇的誓言，天天寻欢作乐，听凭权奸播弄朝政，招致安禄山叛乱，被迫幸蜀。行至马嵬坡，护驾兵将杀贵妃兄——权奸杨国忠，并逼明皇赐贵妃缢死而马踏之。平叛后，明皇还京养老于西京，日夜思念贵妃。剧中对帝

白朴像

妃之恋的赞美，对他们耽乐误国并招致自身悲剧的痛惜都化自白居易的诗篇《长恨歌》，却增添了李隆基父纳子媳、放纵安禄山、和玉环禄山私通的史实情节。作品在唐明皇一上场，就给他安排了一大段独白。

从这段独白里我们可以看到，唐玄宗是一个荒淫无耻的皇帝。六宫嫔妃这么多，都不中意，偏偏看上了本是儿子寿王妃的儿媳妇杨玉环。为了满足自己的兽欲，煞费心机，先命儿媳出家当了道士，然后又迫不及待地自己娶过来，册封为贵妃。这种乱伦的行为历来为人们所不齿，作者写这一情节，显然是对唐明皇荒淫行为的抨击。接下来，作者又安排了一个情节，丞相张九龄奏请玄宗，按律斩首失机边将安禄山。明皇见其长得矮小肥胖，就说是"一员好将官"。玄宗问安禄山为何长得如此肥胖，安禄山谄媚道："唯有赤心耳。"玄宗听了龙颜大悦，觉得这么大肚子里只装着一个忠心，那么一定是一个大大的忠心了，就说："丞相不可杀此人，留他做个白衣将领。"张九龄力谏"留他必有后患"，玄宗则置之不顾。既而又以其会跳胡旋舞，可以解闷，赐给比安禄山还要小的杨贵妃做义子，并封其为平章政事，后因张九龄、杨国忠反对，才改任为渔阳节度使，并幻想他能成为"收猛将，保皇图"的栋梁之才。处理失机边将这样重大的事件，玄宗竟然当做儿戏，不问情由不循法度，甚至为讨贵妃欢心，妄加封赏。这一情节的安排，就把玄宗主观昏庸的性格清晰地勾画了出来。第三个情节是，年轻貌美的杨贵妃，侍奉的却是一个年过花甲的皇帝，尽管"朝歌暮宴，无有虚日"，但毕竟排遣不了她精神上的空虚、烦恼，所以当她遇到会跳舞、能解闷的安禄山，就开始与他偷情。后来隐情被哥哥杨国忠看破，奏请玄宗将安禄山送上边庭，安禄山起兵叛变，其目的一半为了天下，另一目的便是为了杨贵妃。白朴对这一情节的安排，显然是受"红颜祸水"思想的影响，把安史之乱的一半根由归罪于杨贵妃，并以此来削弱全剧的爱情主题。同时《梧桐雨》又舍弃了《长恨歌》所增添的道士仙界觅妃、帝妃终将团圆的情节，以唐玄宗在雨打梧桐的秋夜，苦苦地、凄凉地思念杨贵妃作为结局。于是在赞美上有所削弱，在批评上有所加强，突出了"当时欢会栽排下，今日凄凉厮辏着"的主旨，而更带有总结历史教训的意味。白朴并不像白居易那样，把李杨之恋看做生死不渝的爱情，而看是造成"今日凄凉"的

《唐明皇秋夜梧桐雨》插图，描绘了明皇与杨玉环七夕御园赏月时的情景。

"当时欢会"。所以并不回避其中秽事；所以写了七夕盟誓却无须应验，也不会有仙界团圆的幻想。全剧在欢会与凄凉的强烈对比中，表达了一种美好往日如梦消逝以后的寂寞与哀伤，一种对盛衰荣枯无法预料和把握的幻灭感。这既是写历史人物，也渗透了作者因金国的灭亡而产生的人世沧桑和人生悲凉之感。

39. 马致远与昭君出塞的《汉宫秋》

mǎ zhì yuǎn yǔ zhāo jūn chū sāi de hàn gōng qiū

马致远，号东篱，大都人。他生活于 13 世纪下半叶到 14 世纪初年，曾任江浙行省务官，仕途很不得意，后来加入"元贞书会"。他是元曲四大家之一，著杂剧十三种，今存《汉宫秋》等七种。其散曲近人辑为《东

篱乐府》。《录鬼簿》吊词对他赞誉极高："万花丛里马神仙，百世集中说致远，四方海内皆谈羡。战文场，曲状元，姓名香，贯满梨园。"这种评断并不过分。

马致远年青时代，情怀豪壮，有"佐国心，拿云手"的抱负，热衷于功名，但像众多中下层汉族文人一样，怀才不遇，有志难酬，因此他的杂剧饱含愤世嫉俗精神。如《青衫泪》、《荐福碑》借白居易、张镐的故事写儒士的不幸命运。《荐福碑》第一折这样写道："这壁拦住贤路，那壁又拦住仕途。如今这越聪明越受聪明苦，越痴呆越享了痴呆福，越糊涂越有了糊涂富。则这有银的陶令不休官，无钱的子张学干禄。"该曲借张镐之口，十分悲愤地控诉了元代社会贤愚不分，道德沦丧的现实。作者的愤激之情、抗争精神全寓于曲中。

马致远在经历了"世事饱谙多，二十年漂泊生涯"之后，"人间宠辱皆参破"，于晚年走入买酒浇愁、修仙证道的归隐之途。马致远信奉全真教，因此他写了许多神仙道化剧，如《岳阳楼》、《黄粱梦》、《任风子》、《陈抟高卧》，等等。尽管他一再宣扬出家隐居、弃世修仙的快乐，从而赢得了"马神仙"的美名，但他通过神仙真人"度脱"凡人入道、被度脱者遭受的种种人间磨难，正面表现的是官场黑暗、人世险恶以及功名富贵不可恃、富贵难长久等。这可以说是当时文人儒士所处的黑暗社会环境和自身命运的写照，反映出他们对社会现实生活彻底失望后，到神仙世界去寻求精神寄托的心理，蕴含着强烈的批判现实的精神。所以说马致远的神仙道化剧并非毫无积极意义。

马致远最优秀的剧作是被列入《中国十大古典悲剧集》中的《破幽梦孤雁汉宫秋》，简称《汉宫秋》。该剧描写的是昭君出塞的故事。匈奴呼韩邪单于控甲十万，欲向汉朝请公主和亲。汉元帝刘奭安于尊荣，追求淫侈，奸臣中大夫毛延寿投其所好，建议筛选天下美女以充后宫。元帝即封毛延寿为选择使，承办此事，将中选者各画一幅像呈上，供他按图临幸。毛延寿乘选美之机，大受贿赂。成都秭归一堪称天下绝色的农家女王昭君入选后，因拒绝行贿，被毛点破图形，发入冷宫。一天夜晚，王昭君在宫中弹琵琶，汉元帝驾幸后宫，闻乐声寻得昭君，一见倾心。昭君受到宠幸，被赐为明妃。她向元帝揭露毛延寿的私弊，元帝下令捉拿毛延寿。毛延寿畏罪逃往匈奴，唆使呼韩邪单于按图索取王昭君。匈奴大军压境，派使臣索求王昭君，元帝不肯。王昭君虽不愿离开汉宫，割舍不下与元帝的情爱，但为国家大计，自请出塞和番，以息刀兵。次日，汉元帝亲自到灞陵桥为昭君送行，二人依依惜别。昭君行至汉番交界处，跳江自尽。昭君死后，元帝百日不设朝，悲痛不已。一天夜里元帝挂上昭君的美人

《汉宫秋》插图。汉元帝倚栏望雁，是在思念远嫁匈奴的昭君吗？

图，加以怀念，梦中与之相会。醒后听到孤雁哀鸣，心境更加凄凉。匈奴王后悔被毛延寿离间背盟、与汉结下仇隙，遂将毛绑至汉廷处治，汉番和好。元帝将毛延寿斩首祭献王昭君。

　　《汉宫秋》的剧情并不复杂，但与历史事实出入较大。《汉书·元帝本纪》与《汉书·匈奴传》记载王昭君"和亲"去匈奴事十分简略，对她的思想性格几无涉及。而《后汉书·南匈奴传》却记载了昭君自动请行和请行的理由："昭君入宫数岁，不得见御，积悲怨，乃请掖庭令求行。"也写了汉元帝的后悔："昭君丰容靓饰，光明汉宫，顾景裴回，竦动左右。帝见大惊，意欲留之，而难于失信，遂与匈奴。"王昭君入匈奴后被封为宁胡阏氏，生一男二女。昭君出塞对促进民族和睦与融合起着积极作用。

　　《南匈奴传》中王昭君的"积悲怨"与汉元帝的"意欲留之"，是以

昭君出塞图

后昭君出塞故事演化为悲剧的最早根据。晋人葛洪《西京杂记》里，有王昭君不肯贿赂画工毛延寿而不得见汉元帝的情节。南北朝时期的王褒《明君辞》中写"阖殿辞新宠，椒房余故情"，虽为寄托而虚构，却成为汉元帝刚宠王昭君又被迫分离的最早文字。孔衍的《琴操》（一说为蔡邕撰）则对王昭君故事的结局作了更改，写昭君去匈奴后，因不肯随从"父死妻母"的"胡俗"，吞药而死。唐代的《王昭君变文》写昭君远嫁，是由于汉室"怯于胡强"所致，把昭君形象提高到为国家和民族献身的思想高度。历代诗人吟咏昭君故事之作多达六百首，基本上都是把王昭君当做悲剧人物处理的。借她的不幸身世，抒发文人学士怀才不遇的悲愤，或表达怀念君主的感情；或将她的"和亲"之举作为国家衰弱的象征，抒发历史兴亡的感慨。历史上的王昭君虽只有一个，她的艺术形象却千姿百态，作者们都是借历史题材反映现实生活与同时代人的思想情感。

马致远作《汉宫秋》，取材于史书，却不宥于史实，而是在民间传说和文人创作的基础上，根据自己的现实感受和主观情感，对史实作了重大而具有创造性的改编：毛延寿由一个普通画工变为中大夫；王昭君由一个普通宫女变为元帝的宠妃；汉强匈弱、汉匈和亲盟好变为汉弱匈强，汉匈关系对立；昭君自愿出塞和番变为是受到了匈奴的胁迫；昭君做了阏氏，生儿育女，变为至界河自尽殉国。经过如此改动，就表现出在外有重兵压境，内有奸臣作祟的情况下，汉家天子"妻嫁人，夫主婚"的屈辱悲剧，谴责了引狼入室的内奸，嘲讽了贪生怕死的文武大臣，同时揭露了汉元帝的昏庸无能，总结了宋、金灭亡的历史教训。作品还批判了呼韩邪单于恃强凌弱、不顾多年和平相处的局面，拥兵索取汉家妃子的侵略行径，抒发了反抗民族压迫的情绪。可见作者是在"借他人之酒杯，浇自己胸中块垒"。剧本以汉、匈重新结盟和好作为结局，则反映了人民要求民族和睦的愿望。这样，《汉宫秋》就成了历代描写昭君故事的文学作品中一枝璀璨的鲜花，耀眼、夺目。

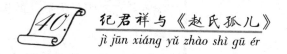

纪君祥与《赵氏孤儿》
jì jūn xiáng yǔ zhào shì gū ér

　　纪君祥，大都人，生卒年代不详。钟嗣成在《录鬼簿》中说他与李寿卿、郑廷玉同时。他曾写过六种杂剧，包括《赵氏孤儿》、《松阴梦》、《驴皮记》、《韩退之》、《贩茶船》、《曹伯明错勘赃》等，贾仲明在《录鬼簿续编》中对他的创作进行了概括，说："寿卿廷玉在同时，三度蓝关韩退之，松阴梦里三生事，驴皮记情意资，冤报冤赵氏孤儿……"但现在他的杂剧仅存赵氏孤儿一种，《松阴梦》的佚曲存于《北词广正谱》、《雍熙乐府》中，其他均已失传。

　　《赵氏孤儿》是部杰出的悲剧，它的全名是《赵氏孤儿大报仇》或者《赵氏孤儿冤报冤》。王国维在《宋元戏剧考》中，把《赵氏孤儿》与《窦娥冤》并列，称之为"即列之于世界大悲剧中，亦无愧色也"，还有人把它同莎士比亚的杰作《哈姆莱特》作比较，可见其影响之大。

　　《赵氏孤儿》的故事来源于《左传》和《史记》。《左传·宣公二年》在"晋灵公不君"一文中，写了晋灵公与其大臣赵盾间的矛盾，晋灵公派刺客刺杀赵盾，赵盾出亡，赵盾之弟赵穿诛杀晋灵公，赵盾复官。《史记》

明刊本元明杂剧选集《酹江集》中"赵氏孤儿"剧的插图。

中则有多处记载这一故事，《晋世家》中的故事与《左传》一致，《赵世家》中则进一步发展，出现了屠岸贾、韩厥、程婴、公孙杵臼等人，主要写了赵盾与屠岸贾两家的仇杀，以及搜孤救孤的故事，情节已较复杂。这个故事流传到宋朝，由于宋室皇族姓赵，被认为是春秋时晋国赵氏的后代，因而从北宋宋神宗年间开始，就不断加封为赵氏孤儿做出牺牲的程婴、公孙杵臼等人，并把他们奉为忠臣义士的典型，立庙祭祀。宋亡后，一些怀念宋王朝或汉王朝的人，也仍用"存赵孤"表示他们的恋宋之情。因而赵氏孤儿的故事就成为反元复宋的好材料。纪君祥创作《赵氏孤儿》，可能与他厌憎元人统治，希望恢复汉王朝的天下有关。从这一点上来说，"存赵孤"实际上是关系到一个民族命运的生死搏斗。

《赵氏孤儿》全剧一本五折加一个楔子，剧情复杂，头绪繁多。主要剧情是：春秋时晋国上卿赵盾为官清正，耿直无私。晋灵公的宠臣大将军屠岸贾阴险狡诈，他想自己专权，排除赵盾，便一再设计加以陷害。屠岸贾在晋灵公面前说赵盾欲夺取君位，晋灵公大怒，杀了赵氏满门三百多人。赵盾的儿媳是公主，得以不死，且生下一遗腹子。屠岸贾千方百计要杀死婴儿，命令将军韩厥把守宫门，等婴儿满月，抱出宫门时即将其杀死。赵家的门客程婴把婴儿放在医箱中带走，公主自杀。韩厥出于正义，放走程婴后自杀。屠岸贾大怒，下令在全国之内搜捕，若找不到，即将全国一月以上半岁之下的婴儿全部杀死。程婴与赵家的另一门客公孙杵臼为保存赵氏孤儿，商定以程婴未满月的婴儿代替赵氏孤儿，交给公孙杵臼，再由程婴告发。屠岸贾搜公孙杵臼的家，果然找到了假孤儿。公孙杵臼与假婴儿被害后，程婴让赵氏孤儿拜屠岸贾为义父。二十年后，赵氏孤儿得知真相，在灵公去世，悼公即位后，终于报仇雪恨。

《赵氏孤儿》虽是一部大悲剧，但全剧始终昂扬着一种正气，歌颂英雄人物自我牺牲的精神构成了全剧的基调。剧本中描写的勇士有韩厥、程婴、公孙杵臼等人，虽然他们身份不同，地位各异，但他们自我牺牲的精神是相同的，在他们身上都表现了"其言必信，其行必果，己诺必成，不爱其躯"（《史记·游侠列传》）的品德。程婴是贯穿全剧的人物，他从报恩到拯救无辜，从鞭打好友到背负"不义"的名声，从抚养孤儿到忍辱向仇人献媚，都表现了一种比牺牲更为可贵的品质。

在元代，戏台往往建在祠庙前，演戏和祭神、酬神往往一起进行。现在山西农村仍留存有大量元代戏台遗址，如图从上到下依次为：山西临汾东羊村东岳庙元代戏台；山西翼城武池村乔泽庙元代戏台；山西临汾王曲村东岳庙元代戏台。

《赵氏孤儿》是传入欧洲的第一部中国戏剧。翻译者是法国传教士马若瑟，他于1731年在广州把《赵氏孤儿》译成了法文，在欧洲引起了巨大的反响。1736年，英国出版了节选本，后来陆续又译成了俄、德、日、意等多国文字，成为世界性的大悲剧。不仅如此，外国人还对《赵氏孤

儿》进行了改编，影响最大的是法国伏尔泰于 1753—1755 年改编的《中国孤儿》，在巴黎各家剧院都上演过多场。英国谐剧作家默非根据马若瑟与伏尔泰的本子，重新改编了《中国孤儿》，在伦敦引起了很大的震动，曾在德如瑞兰剧院连续上演九场。他们改编的《中国孤儿》，故事背景与《赵氏孤儿》有很大的不同，如有的就以元时为背景，剧中的人物也全为元时的人，在剧中还穿插了爱情故事，等等。虽然情节不尽相同，但它们的主题却是一致的。

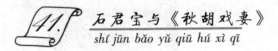

41. 石君宝与《秋胡戏妻》
shí jūn bǎo yǔ qiū hú xì qī

　　秋胡戏妻这个古老民间传说最早见于刘向的《列女传》，说的是鲁国的秋胡新婚三日便离家宦游，五年以后回家时在路旁遇到一个采桑女子，秋胡见采桑女子长得很美，便想调戏她，遭到采桑女子的拒绝。秋胡到家以后，才知道这个采桑女子就是自己的结发之妻。秋胡之妻憎恶秋胡所为，遂"自投于河而死"。在《乐府诗集》中，有《秋胡行》一题，收录了自东汉末曹操至唐高适等九位诗人的三十二首咏秋胡妻的诗篇。此外，在中国文学史上，关于这一故事的作品还有唐代的《秋胡变文》。到了元代，石君宝根据这一故事题材，结合元代社会现实，创作了《秋胡戏妻》这部优秀杂剧。

　　《秋胡戏妻》杂剧较之原有民间传说，内容情节有所扩张和改变。杂剧第一折《离别》写秋胡结婚三日，便被勾军的捉去当兵。秋胡与新娘罗梅英虽然燕尔新婚、两情缱绻，却不得不依依惜别。第二折《拒婚》写秋胡一去十年杳无音讯，梅英在家辛勤劳作奉养婆婆。财主李大户以逼债手段，要梅英的父亲罗大户把女儿改嫁给他。罗大户贪图彩礼便答应了李大户，并诳骗梅英的婆婆接受了李大户的定礼。李大户带着罗大户夫妇去迎娶梅英，梅英宁死不从，她抢白了父母，痛骂李大户，并把李大户推倒在地，李大户无奈，只得灰溜溜地离去。第三折《戏妻》写秋胡因累立奇功被鲁昭公封为中大夫之职，衣锦荣归，回家途中路过桑园见一采桑女子长得美貌，便无耻地上前调戏，而这采桑女子却正是秋胡之妻罗梅英，因夫妻分别十年，所以互不相识。梅英勇敢机智地摆脱了秋胡的纠缠，并将其痛骂一顿，秋胡没有得逞，只好狼狈不堪地离开桑园。第四折《团圆》写梅英从桑园回到家门，见到桑园里调戏她的那个人竟然就在自己家里，梅英气愤已极，拉住他要去打官司。当梅英得知这个男人就是秋胡时，更加气愤和伤心。这时，婆婆忙把儿子带回的一饼黄金送给辛苦十年的媳妇梅英。梅英见到这饼黄金正是秋胡在桑园调戏她时用来引诱她的，便当面指斥秋胡，"假如我为黄金所动，就早已失去了清白，早已嫁了人，婆婆也早已饿死了"，并表示不要秋胡的五花官诰和霞披凤冠，只要秋胡的一纸休书，与他一刀两断。正在这时，李大户和梅英的父母带人上门抢亲，李大户被秋胡拿下送官府治罪，梅英父母借故溜走。婆婆见梅英不认丈夫，急得要去寻死，梅英无奈，只好与秋胡相认。

剧中通过梅英与秋胡及李大户、罗大户等人的矛盾冲突，塑造了梅英这样一个勤劳、善良、坚贞、刚烈、倔强、自尊的古代劳动妇女的高大形象。秋胡从军十载，梅英与多病的婆婆相依为命，"生计萧疏，更值着没收成欠年时序"，她采桑养蚕，为人担水，婆媳俩"受饥寒捱冷馁"，苦撑着这个家，等待秋胡归来。父母逼她改嫁，她严正地指责父亲"葫芦提没见识！""我既为了张郎妇，又着我做李郎妻，那里取这般道理！"母亲要她"顺父母言"，她答道："我如今嫁的鸡，一处飞，也是你爷娘家匹配！"顶得父母哑口无言。李大户以钱财引诱她，她抢白李大户："你有铜钱，则不如抱着铜钱睡！"还骂他是"闹市云阳吃剑贼"。当她发现自己苦盼了十年的丈夫就是桑园中调戏她的"沐猴冠冕、牛马襟裾"的衣冠禽兽时，虽然丈夫给她带回了五花官诰、黄金一饼，但她还是向丈夫讨要休书，坚决与他离婚，表现了维护自己尊严和独立人格的强烈意识及反抗夫权压迫的斗争精神。

《秋胡戏妻》在个别细节上有疏忽之处。《戏妻》一折秋胡路过自家桑园，见到园中采桑少妇，却没有联想到这可能就是自己的妻子，反而欲对其强行非礼。因而在读剧本时，让人感到这一细节不够合理，不够真实。后来舞台上演出的戏剧，改为秋胡猜想到采桑女子是自己的妻子，为了考验妻子是否忠贞，才故意调戏她。梅英回家后向婆婆揭发了秋胡在桑园所为，婆婆用拐杖打了秋胡的腿，让他跪下向梅英赔礼道歉。这样改，剧情更为合理，真实可信，也增强了喜剧效果。秋胡由品质恶劣改为做法荒唐，为结尾他们夫妻言归于好，消除了难以逾越的感情隔阂。

《秋胡戏妻》一剧，戏剧冲突强烈，高潮迭起。特别是《戏妻》一折，作为全剧的核心情节，生动地刻画了梅英坚贞刚烈、勇敢机智的性格，有力地批判了秋胡轻薄荒唐的行径和丑恶卑劣的嘴脸。

在我国古代封建社会，男女婚姻凭的是父母之命，媒妁之言，婚前男女双方没有接触，而梅英和秋胡结婚三日，秋胡即被征从军，一别十年，双方的面貌都有了很大的变化。秋胡归来，两人桑园相会，互不相识，是完全可能的。这便是"戏妻"情节的生活基础。封建社会片面要求女子谨遵妇道、贞洁自守，男子在外与异性接触却不必对自己有所约束。从军十年的秋胡调戏路遇女子，在当时夫权社会也不奇怪，这便是"戏妻"情节的社会现实基础。

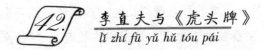

42. 李直夫与《虎头牌》
lǐ zhí fū yǔ hǔ tóu pái

金元时期是我国古代各民族相互融合过程中的一个相对重要的时期。从女真人入侵中原到灭亡（1127—1234年），就有一百余年历史。女真人与汉人共同生活的时间很长，彼此熟悉对方的生活习惯，融合程度也较深一些。女真人努力学习汉民族高度发展的封建生产方式和封建文化，乃至模仿其风俗习惯。他们改用汉姓，着汉人服装，"唯习汉人风俗"（《金史·世宗》二十七年），一些读书人还能用汉语进行文学创作，杂剧作家李直夫便是突出一例。

李直夫，《录鬼簿》记载他是"女真人，德兴府住，即蒲察李五"，金代德兴府属西京路，也就是现在的河北怀来。德兴府当是从他的先世起流寓寄居的地方。他应属女真蒲察氏，汉姓为李。据孙楷第先生考证，李直夫是元朝前期至元延祐（1264—1320年）间人，曾任湖南肃政廉访使。作杂剧十二种，今存《虎头牌》一种。

《虎头牌》描写女真元帅山寿马处罚违反军纪的叔叔银住马的故事。家住勃海寨的女真老汉银住马，年纪六十岁，从未做过官。一天他和老伴去探望从小失去父母，由他们夫妇抚养成人的侄子山寿马，正巧山寿马升为元帅。银住马便要求接替侄子原来的职务，做金牌上千户镇守夹山口子。他的老伴不放心："你平生好一杯酒，则怕你失误了事。"他的侄儿也说："叔叔，你受了牌子，便与往日不同，索与国家出力，再休贪着那一杯儿酒也！"他应诺以后一滴酒也不吃了。上任前银住马回勃海寨辞别二哥金住马，二哥也劝他今后要少饮些酒，他却回答："哥哥，你放心。如今太平天下，四海晏然，便吃几杯酒，有什么事！"上任后，他认为"无甚事，正好吃酒"，于是在中秋节畅饮起来。正在这天敌兵来犯，失了夹山口子。银住马由于玩忽职守，透漏敌兵，元帅府多次派人叫他前去受审，他自恃是元帅的叔父，不但不去，反把来人打走，最后元帅派人用锁链把他锁了去。经审问，银住马犯了玩忽职守、贪酒失地、透漏敌兵、失误军机、不听将令、拒捕打人的重罪，山寿马依照军法判了叔叔的死刑。当银住马就要被推出斩首的时候，山寿马的婶娘前来求情，他婉言拒绝："婶子请起，这个是军情事，饶不的。"接着山寿马的妻子又来求情，他不留情面："则这断事处，谁教你可便来这里？这讼厅上，可便使不着你那家有贤妻。"最后，元帅府的大小属官跪于阶下，用"于国尽忠，于家不能尽孝，贤者或不然"的道理求情，他毅然决然地对众官员提出警告："他是我的亲人，犯下这般正条款的罪过来，我尚然杀坏了，你每若有些儿差错啊，（唱）你可便先看取他这个傍州例。"后来，当山寿马得知银住马曾经追杀敌人，将被掳去的人口牛羊马匹都夺了回来时，才根据实情，改判银住马免去死罪，"杖一百"。银住马被打以后，山寿马又与妻子担酒牵羊，上门向叔叔赔罪，晓以大义，动以情感，最后终于取得了叔叔的谅

解，使银住马释去被侄子责打的怨恨。

在《虎头牌》中，李直夫塑造了山寿马这样一个不徇私情、执法严格、忠于职守、忠于国家的三军统帅形象。山寿马从小失去父母，由叔婶抚养成人，他对叔婶是感恩戴德的。可是，当叔父违犯军法时，他就非常严格地进行审讯和责问："咱须是关亲意，也索要顾兵机。官里着你户列簪缨，着你门排画戟，可怎生不交战，不迎敌，吃的个醉如泥？"尽管众官劝解、婶母和妻子求情，他还是毫不徇私地打了叔叔一百军杖。他这种"罚不择骨肉、赏不避仇雠"的赏罚分明的行为，体现了人民理想中的边廷军事将领所具有的优秀品质。但是，从亲情的一面讲，铁面无私的山寿马又是非常珍视与叔叔之间的父子般的情分。在第一折里当叔婶来探望他时，他满怀深情地对叔婶说："我自小里化了双亲，忒孤贫，谢叔叔婶子把我来似亲儿般训，演习的武和文。我如今镇边关为元帅，把隘口统三军，我当初成人不自在，我若是自在不成人。"第五折山寿马执法责打叔叔银住马时，山寿马的一曲〔得胜令〕深刻地表达了他内心理智与情感的矛盾：

> 打的来一棍子，一刀锥，一下起，一层皮。他去那血泊里难禁忍，则着俺校椅上怎坐实？他失误了军期，难道他没罪谁担罪？（云）打了多少也？（经历云）打了三十也。（正末唱）才打到三十，赤瓦不剌海，你也忒官不威牙爪威。

打在叔叔身上，痛在侄子心上；银住马血里难忍，山寿马在椅子上坐不稳。他知道叔叔应该担罪挨打，然而又恨行刑的爪牙们的棍子太狠，老是问打了几下，担心把老人打坏。第四折山寿马登门"谢罪"，吩咐祗从："疾去波到第宅，休道是镇南边统军元帅，则说是亲眷家将羊酒安排。休道迟，莫见责，省可里便大惊小怪。将宅门疾快打开，报与俺那老提控叔叔先知道，则说我侄儿山寿马和茶茶暖痛来，莫得嫌猜。"上述情节，则充分表明了山寿马作为一个既有灵魂，又有血肉，既有情感又有理智的真实个人，人性中所具有的对于长辈的挚爱和孝心，而这种人性中的美好情感，更让我们感到了山寿马这个铁面无私的铮铮硬汉的可亲可近。

《虎头牌》中还描写了女真人的生活习俗，如男子尚武，以"打围射猎"、"飞鹰走犬，逐逝追奔"为乐，妇女也善骑马，敬酒之前要向太阳浇奠等，使作品增添了浓郁的民族色彩。

《倩女离魂》：郑光祖的浪漫爱情曲
qiàn nǚ lí hún: zhèng guāng zǔ de làng màn ài qíng qū

在元杂剧爱情婚姻题材类作品中，有许多不朽的名作。元杂剧的作家们用他们灵巧的手，编织了一个个美丽的爱情的花环，弹奏出了一支支动听的爱情乐曲。郑光祖的《倩女离魂》便是元杂剧优美的爱情协奏曲中独具特色的一个篇章。

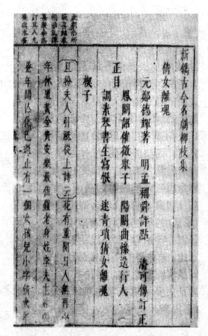

明代崇祯刻本《柳枝集·倩女离魂》

郑光祖，字德辉，平阳襄陵（今属山西）人。根据钟嗣成《录鬼簿》的记载，他以一个儒生而为杭州路吏，"为人方直，不妄与人交"，因而受到别人的轻视。日久天长，人们逐渐了解了他的人品，他才逐渐受到人们的敬重，"名香天下，声振闺阁"，杂剧艺人们都称他为"郑老先生"。"郑老先生"所作杂剧有名可考者十八种，流传到今天的有八种，此外，《月夜闻筝》有佚曲存于《太和正音谱》、《雍熙乐府》和《北词广正谱》，现今只存剧目而剧本正文已佚失的有九种。在郑光祖流存下来的作品中，以《倩女离魂》、《㑇梅香》和《王粲登楼》

最有影响。

《倩女离魂》是根据唐代陈玄祐的传奇小说《离魂记》改编而成的。《离魂记》的情节大致如下：清河人张镒在衡州做官，他的幼女倩娘长得十分美丽端庄；他的外甥王宙从小就很聪悟，受到他的器重，常说等倩娘成人后许配给他。因而倩娘与王宙长大以后，就互相眷念起来。但张镒却早已忘了自己说过的话，又不知道他们已经相爱。所以当有人向倩娘求婚时，就应允下来。倩娘闻讯后十分抑郁。王宙也非常愤恨，乃乘船离别张家而去。舟移岸曲，王宙深夜不眠，正在怨嗟时，忽然见倩娘亡命奔来，不禁喜出望外，两人连夜开船远飘他乡去了。在川中居住五年后，因为倩娘思念父母，就双双同归衡州。王宙先到张府谢罪，张镒却说倩娘一直病卧闺中，哪有此事。不一会儿舟中倩娘也到，闺中倩娘迎将出来，两个倩娘合而为一，他们才知道追奔王宙而去的乃是倩娘生魂。

与《离魂记》相似的故事在唐以后还有一些，到了元代，郑光祖便据此创作了杂剧《倩女离魂》。在《倩女离魂》中，张倩女被父母指腹为亲许配给王文举。王文举在父母双亡后进京赶考，路过张家所居的衡州，在王文举与倩女及倩女的母亲李氏相见时，倩女的母亲却让王文举和倩女以兄妹相称，并且对王文举说："俺家三辈不招白衣秀士，想你学成满腹文章，未曾考取功名。你如今上京师，但得一官半职，回来成此亲事，有何不可？"于是王文举在折柳亭与倩女母女告别后便乘船进京赶考。倩女眷恋着王文举，又唯恐婚姻发生变化，怨恨忧虑交加，病倒在床，灵魂却离开躯壳，追赶进京应试的王文举，与王文举共同生活三年。王文举状元及第后，因为倩女的离魂思念家乡，王文举便同倩女的离魂一同回到衡州。这时，倩女的离魂与卧病在家的躯体又翕然合而为一。

剧本改动了传奇小说的若干情节，如突出张母的门第观念——三辈不招白衣秀士，这便构成了倩女与王文举婚姻的主要障碍。因此，倩女的魂灵离家出走，在摆脱封建家长制控制的意义上，比《离魂记》中的倩娘要深刻得多。同时，作品又细致地描写了倩女心中的忧虑不安，她怕王文举"得了官别就新婚"而将她"取次弃舍，等闲抛掉，因而零落"。倩女灵魂离开躯体去与所爱的人相随相伴，则表现了在以男性为中心的封建社会，倩女作为一个力图把握自己命运的妇女，对于爱情幸福的积极主动、大胆追求。

杂剧的第二折——离魂，是全剧写得最好的一折。这一折写倩女的离魂追赶上泊舟于水边的王文举，倩女大胆向王文举坦露心曲，二人展开了一场精彩的对话：

（王生云：）这等夜深，只听得岸上女人音声，好似我倩女小姐，我试问一声波。（做问科，云：）那壁不是倩女小姐么？这早晚来此怎

《倩女离魂》插图。图中描绘了倩女灵魂出窍，追赶王文举至江边的情景。

的？（倩女离魂云：）王生也，我背着母亲，一径的赶将来，咱同上京去吧。（王生云：）小姐，你怎生直赶到这里来？（倩女离魂唱：）你好是舒心的伯牙，我做了没路的浑家。你道我为什么私离绣榻——待和伊同走天涯。（王生云：）小姐是车儿来？是马儿来？（倩女离魂唱：）险把咱家走乏。比及你远赴京华，薄命妾为伊牵挂，几时撒下。你抛闪咱，比及见咱，我不瘦杀，多应害杀。（王生云：）若老夫人知道，怎了也？（倩女离魂唱：）他若是赶上咱，待怎么？常言道：做着不怕！（王生作怒科，云：）古人云：聘则为妻，奔则为妾。老夫人许了亲事，待小生得官，回来

谐两性之好，却不名正言顺。你今私自赶来，有玷风化，是何道理？……（倩女离魂唱：）你振色怒增加，我凝睇不归家。我本真情，非为相唬，已主定心猿意马。（王生云：）小姐，你快回去吧！……（倩女离魂云：）王秀才，赶你不为别，我只防你一件。（王生云：）小姐，防我那一件来？（倩女离魂唱：）你若是赴御宴琼林罢，媒人每拦住马，高挑起染渲佳人丹青画，卖弄他生长在王侯宰相家；你恋着那奢华，你敢新婚燕尔在他门下？（王生云：）小生此行，一举及第，怎敢忘了小姐！（倩女离魂云：）你若得登第啊，（唱：）你做了贵门娇客，一样矜夸。那相府荣华，锦绣堆压，你还想飞入寻常百姓家？那时节似鱼跃龙门播海涯，饮御酒，插宫花，那期间占鳌头、占鳌头登上甲。（王生云：）小生倘不中啊，却是怎生？（倩女离魂云：）你若不中啊，妾身荆钗裙布，愿同甘苦。（唱：）你若是似贾谊困在长沙，我敢似孟光般显贤达。休想我半星儿意差，一分儿抹搭。我情愿举案齐眉傍书榻，任粗粝淡薄生涯，遮莫戴荆钗，穿布麻。（王生云：）小姐既如此真诚志意，就与小生同上京去，如何？

这一折通过倩女的唱词和宾白，生动地突出了倩女大胆冲破封建礼教、积极争取爱情幸福的性格特点，以及她对王文举爱情的真诚、执著。此外，对王文举的刻画也很真实可信，写出了他既想获得爱情，又受到封建礼教的毒害，从对倩女的大胆追求半推半拒到最终接受了倩女爱情的过程。倩女的主动进攻，王文举在几个应对的回合中终于落入倩女彀中，这一过程写得丝丝入扣，引人入胜。

《倩女离魂》的曲文词藻秀美婉转，几乎每一折都有出色的文字。比如第二折写倩女追船时的几支曲子：

[小桃红] 我蓦听得马嘶人语闹喧哗，掩映在垂杨下，唬得我心头丕丕那惊怕。原来是响当当鸣榔板捕鱼虾。我这里顺西风悄悄听沉罢，趁着这厌厌露华，对着这澄澄月下，惊的那呀呀呀

寒雁起平沙。

　　[调笑令] 向沙堤款踏，莎草带霜华。掠湿湘裙翡翠纱。抵多少苍苔露冷凌波袜。看江上晚来堪画，玩冰壶潋滟天上下，似一片碧玉无瑕。

　　[圣药王] 近蓼洼，缆钓槎，有折蒲衰柳老蒹葭。傍水凹，折藕芽，见烟笼寒水月笼沙，茅含两三家。

　　这几支曲子写倩女离魂私奔时，一路上紧张、惊惶，误把捕鱼的榔板声当成追赶她的马嘶人语声。水边的寒雁在静夜中被惊起，呀呀的叫声更显出深夜的寂静。她顾不得清霜侵湿了她的湘裙、冷露掠湿了她的罗袜，匆忙中，只见蓼洼里、钓浦畔、蒲苇、衰柳、蒹葭在眼前一一掠过，而远处的几间茅舍，更使一个人孤零零地在水边匆匆赶路的倩女游魂感到伶仃、寂寞。

　　这几段唱词充满了诗情画意，增加了剧作的感染力。这三支曲子，前人称誉为"清丽流便"，"绝妙好词"。

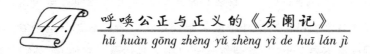

44. 呼唤公正与正义的《灰阑记》
hū huàn gōng zhèng yǔ zhèng yì de huī lán jì

　　在我国历史上，元朝是个阶级压迫和民族矛盾交杂，阶级压迫和民族矛盾特别严重，社会、政治异常黑暗的时代。在元代杂剧中，包公仿佛是公正与正义的化身，在元代这个黑白颠倒、是非不分的时代，人民通过包公的形象表达了他们惩恶扬善的愿望，表达了他们对那些权豪势要、流氓泼皮、贪官污吏的种种为非作歹、残害人民的罪恶行径的审判和判决，表达了他们呼唤平等、呼唤正义的强烈心声。在包公断案的杂剧中，也有些作品反映了尖锐的家庭纠纷，在这类有关家庭纠纷的案件中，起因往往是财产和奸情。李行道的《灰阑记》便是一部包公智断因争夺财产而引起的家庭纠纷，替家庭中的弱者伸张正义的作品。

《灰阑记》中的张海棠出身于世代书香门第，"祖传七辈是科第人家"，因父亲早逝致使家业凋零，她的母亲为了养家糊口，"出于无奈，只得着女儿卖俏求食"，做了妓女。从良以后，张海棠做了马均卿的次妻，并生了一个儿子，取名寿儿。戏中的矛盾冲突便在张海棠与马均卿的正妻大浑家之间展开。

在第一折中，张海棠的哥哥张林由于生活困顿，来找海棠求借，海棠因为家中一切事情都做不了主，便拒绝了哥哥。偏巧这件事被大浑家知道了，大浑家让海棠把衣服头面送给了张林，又反过来在马均卿面前陷害海棠，说海棠把东西给了奸夫。马均卿听说后一气之下生了病，便让海棠去煎碗热汤。大浑家趁机在汤中放了毒药，毒死了马均卿，并嫁祸于海棠。为了达到独占家产的目的，大浑家为海棠指出了两种选择：要么私休，海棠连亲生儿子都不能带走，只身离开马家；要么官休，告海棠以药死亲夫的罪名。

在这场戏中，海棠的性格经过了一个由忍辱屈从到据理力争的转化过程。当马均卿听信了大浑家的挑拨，以为海棠把衣服头面送给了奸夫而责打她时，她始而是悔恨自己："我这衣服头面，本不肯与俺哥哥将去，都是她再三撺掇我来。谁想到员外跟前又说我与了奸夫，着我有口难分。这都是张海棠自家不是了也。"并埋怨自己"别无甚忖量，将她来不防"。继而又哀叹自己命苦："也怪不得她栽赃我来，也只是我不合自小为娼！"直到大浑家毒死马均卿，迫得她走投无路时，她才开口为自己申辩："姐姐，这汤你也尝过来，偏偏你不药死，则药死员外？"因为自己并没有在汤中下毒，所以海棠情愿与大浑家对簿公堂。

在第二折中，当海棠与大浑家走上郑州府衙门时，她相信自己是无辜的，也幻想官府会秉公处理，使真相大白，她唱道：

我将这虚空中神灵来祷告，便做道男儿无显迹，可难道天理不昭昭！

你道是经官发落，怎的支吾这场棒拷。我则道人命事须要个

归着，怎肯把药死亲夫罪屈招，平白地落人圈套。挤守着七贞九
烈，怕什么六问三推，一任他万打千敲。

然而，在郑州府衙门，正义和公平却不得不屈服于金钱和权势。郑州
太守的上场诗："虽则居官，律令不晓。但要白银，官事便了。"郑州太守
的下场诗："今后断事我不嗔，也不管他原告事虚真，笞杖徒流凭你问，
要得钱财做两下分。"太守不仅贪财，而且无能，升堂听了马均卿大浑家
的状词，竟不知所指，说她"口里必力不剌说上许多，我一些也不懂得，
快去请外郎来"。外郎却是大浑家的奸夫赵令史。赵令史审理此案，张海
棠的命运可想而知，而大浑家又收买了街坊及收生婆等人做伪证，于是张
海棠被屈打成招，被判成"因奸药死丈夫，强夺正妻所生之子，混赖家
私"的罪名解送开封府。

第三折是高潮前的过渡。写张海棠在被押解开封府途中遇见做了开封
府祇侯的哥哥张林。张林知道了妹妹的冤情后，决心帮助妹妹在包公面前
申冤。

第四折是全剧的高潮，写包公在披阅案卷时发现了冤情，因此决定重
新审理。他把判明谁是孩子的生母作为案件的突破口。包公宣布：把孩子
放在白灰撒成的圈内，妻妾二人谁能把孩子从圈内拽出，谁就是孩子的生
母。结果，孩子两次都被大浑家拽出。包公以此判明，大浑家"本意要图
占马均卿的家私，所以要强夺这孩儿"。由于包公的公正与智慧，张海棠
的冤案终于得到昭雪，坏人一个个得到了应有的惩处。全剧以张海棠的一
段唱词来结束：

　　[水仙子]街坊也，却不道您吐胆倾心说真实？老娘也，却
　　不道您岁久年深记不得？孔目也，却不道您官清法正依条例？姐
　　姐也，却不道您是第一个贤惠的？今日就开封府审问出因依，这
　　几个流窜在边荒地，这几个受刑在闹市里。爹爹也，这灰阑记传
　　播得四海皆知。

它唱出了张海棠由于遭受陷害而抑郁于心中的愤恨不平，它是对贪赃枉法的腐败官吏和污浊的社会风气的无情嘲讽，也表达了张海棠在冤案昭雪后对主持公正、伸张正义的"包青天"的发自肺腑的感激之情。

《灰阑记》这部杂剧不仅几百年来在国内舞台上历久不衰，在国外也有一定的影响，曾被改编为《高加索灰圈记》在欧洲上演。尤为巧合的是，《圣经》中也有一个与之极为相近的故事：一次两个妇人到所罗门那里告状，都说自己是婴儿的母亲，所罗门就命令把婴儿劈成两半，分给二人。一个女人表示同意，另一个女人坚决反对，于是所罗门判定坚决反对的那个女人是婴儿的母亲。

在《灰阑记》中，当张海棠两次都没有把孩子从灰阑中拽出，包公问她原因时，她是这样回答的：

> 妾身自嫁马员外，生下这孩儿，十月怀胎，三年乳哺，咽苦吐甜，煨干避湿，不知受了多少辛苦，方才抬举的他五岁。不争为这孩儿，两家硬夺，中间必有损伤。孩儿幼小，倘或扭折他胳膊，爷爷就打死妇人，也不敢用力拽他出这灰阑外来！

这说明不论在东方还是在西方，这种慈母心肠、这种伟大的母爱是一种普遍的人性。而聪明的所罗门和包公，正是基于对这种人性的理解，才判明了案情的真伪。

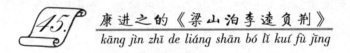

45. 康进之的《梁山泊李逵负荆》
kāng jìn zhī de liáng shān bó lǐ kuí fù jīng

元杂剧中有许多描写宋代梁山起义斗争故事的戏剧，现存二十多种。而以李逵为主人公的水浒戏为最出名，杂剧作家康进之创作的《梁山泊李逵负荆》是其中的代表，也是现存元代水浒戏中最优秀的一种。剧本描写李逵因误会宋江、鲁智深强抢民女而大闹梁山，最后抓住冒名宋江的强盗，为民除害的故事。

　　这一年的农历三月三日，正是清明节。梁山泊的头领宋江给众弟兄放假三日，让大家下山祭扫亲人。三日过后，就要回山。如果违令，定要斩首。听到头领的号令之后，众人纷纷下山回家。

　　在梁山泊山脚下的杏花庄，一个叫王林的老汉开了家小酒店。老汉的老伴早已亡故，家中只有一个十八岁的女儿。梁山泊的好汉经常在这里吃酒。这一天上午，从外面进来了两个人。他们一个叫宋刚，一个叫鲁智恩，是当地的小草寇。他们冒充梁山好汉宋江和鲁智深，强行抢走了王林的女儿满堂娇做压寨夫人。老王林哭泣着，眼睁睁地看着女儿被两个强盗带走。

　　黑旋风李逵下山游玩，看见四处的青山绿柳，心情很高兴。路过杏花庄时，他打算到老王林的店里喝几壶酒。走进店里，他看见王林一边为他倒酒一边哭泣，便问老汉为何悲伤，王林将两个自称为宋江和鲁智深的人抢走他的女儿的事情告诉了李逵。李逵问他有什么见证，王林拿出强盗留下的红绢给他看。李逵将红绢拿在手里，对王林说，我保管三日内把你女儿送回来。说完，气冲冲地走了。他心想，宋江啊宋江，等我回到山寨，一定把你和鲁智深带来见老汉，看看你做下的好事儿！

　　李逵回到山寨，对宋江非常气恼，并说了一些讽刺宋江的话。宋江问他听到了什么话，李逵气愤地嚷道："梁山泊有天无日，我恨不得砍倒这面杏黄旗！"说着拿起板斧，对着聚义厅前的杏黄旗砍去。众人急忙把他手里的板斧抢了下来。宋江生气地说："你这铁牛，有什么事儿，也不察个明白，就要砍我杏黄旗，是何道理？"李逵大叫道："众弟兄！你们听着，宋公明抢了老王林的女儿做压寨夫人，老王林哭哭啼啼，这算什么好汉？"宋江对吴用说，想必是有人冒着他的姓名干的这件事，只是李逵也太鲁莽了，没有证据，就胡言乱语。于是他和李逵打赌，如果是他抢了王林的女儿，情愿被李逵砍头；李逵也说，若不是宋江干的，情愿赌自己的头。宋江让李逵立下了军令状，交给吴用收下。然后李逵带着宋江、鲁智深到那杏花庄上找王林对质去了。到了杏花庄王林家中，李逵叫王林认人。王林走上前去，看了看宋江，说不是他；李逵又让他认鲁智深，王林又摇摇头，说也不是他。李逵有些着急，拉着王林要他再认，王林不停地摇头，说从未见过这两个人。宋江见老汉认得他不是抢女儿的强盗，就和鲁智深回山寨去了。李逵泄气地说："这回就是我的不是了，脑袋怕是保不住了。真是祸从口中出啊，没来由打的什么赌。"他告别了王林，慢腾腾地向山寨走去。

老王林刚送走了宋江等人，宋刚和鲁智恩带着满堂娇来到了。王林一见女儿，就抱着她痛哭。宋刚对王林说："泰山，我可不说谎，说三日送回来，今日就送回来了。"王林嘴上说着对他们感谢的话，请他们喝酒，还说明天要杀鸡款待他们。他打算把这两个强盗灌醉了，跑到梁山泊把李逵找来，抓住这个假宋江，为女儿报仇。

宋江和鲁智深等人回到了山寨，见到吴用，告诉了他下山认人的结果，说只等李逵回来，便当斩首。过了一些时候，李逵扛着一束荆杖走进山寨。他边走边自言自语道："俺黑旋风真是晦气，为着别人，输了自己。到了山寨，哥哥不打，则要砍头，可怜我李逵死后都没有一个哭灵上坟的人！"他来到辕门外，见小校排成两排，知道是宋江升堂了。他无可奈何地挨上前去。宋江见李逵来到，问他肩上背的是什么，李逵说，他到山涧下砍了一束荆杖，求宋江打他几下，自己一时间没有见识，做下了这等鲁莽的事。如果不打，他这脾气总改不过来。宋江故意生气地说："我原与你赌头，不曾赌打。"下令把李逵斩首。李逵一听要斩首，心里着急，连忙请吴用和鲁智深来劝说宋江。宋江还是不肯饶过李逵，李逵一见没有办法，就说："罢罢罢，他杀不如自杀，反正是一死。借哥哥的宝剑，待我自刎而亡。"宋江解下宝剑，递给了李逵。正在这时，王林冲了进来，高叫"刀下留人"。他告诉众人，那两个强盗把他女儿送回来了，已被他灌醉在家中。宋江对李逵说，我现在给你个机会，如果捉到那两个恶徒，将功折罪；若捉不到，二罪俱罚，你敢去么？李逵笑着答应了，说保证手到拿来，瓮中捉鳖。吴用叫鲁智深帮李逵捉强盗。鲁智深起初不愿意，吴用劝他看在"聚义"的分上，不要因小忿坏了大体面。鲁智深同意了，于是他就和李逵、王林下山，直奔杏花庄而去。

宋刚、鲁智恩两个强盗早上醒来，看不到老王林，还以为他也喝醉了酒，没有起来。这时候，李逵、鲁智深等赶到了。李逵见到宋刚就打，宋刚喊道："你这大汉，也不通个姓名，怎么动手便打?"李逵说："你要问俺的名姓，若说出来，管保吓得你屁滚尿流。我就是梁山泊上黑爹爹李逵，这个哥哥是真正的花和尚鲁智深。"两个强盗一听，直吓得胆战心惊，想夺路逃走，结果被李逵、鲁智深抓住了。老王林和女儿出来拜见二位好汉，说明天要牵羊担酒，亲上梁山拜谢宋头领。李逵和鲁智深告别了老王林，押着两个贼寇，回到了梁山泊。宋江下令将他二人斩首示众，并摆下了庆功宴，为李逵、鲁智深二人庆喜。

这是一部轻松愉快、幽默诙谐的喜剧故事。作品通过李逵和梁山英雄的误会性的戏剧冲突，歌颂了李逵嫉恶如仇、急公好义、性格豪爽、知错就改的优秀品质，赞扬了农民革命领袖宋江的宽阔胸怀和长者风度，反映出梁山农民起义军的英雄和贫苦民众血肉相连的密切关系。

剧本塑造了梁山英雄李逵的个性鲜明的光辉形象。李逵出身贫苦，对劳动人民有着特殊的感情，他听说宋江抢了民女，立刻义愤填膺，决心不留情面，找宋江说个清楚，这不仅说明他的爱憎分明的立场，也表现出他对梁山起义事业的热爱和维护。同时，也反映出他性格上的粗疏和急躁，为后来一连串的误会预作了铺垫。李逵大闹聚义堂的描写，展开的是一场你死我活的激烈冲突。冲突是由李逵的性格粗疏和莽撞引起的，但却表现了李逵性格中闪光的一面。他对宋江等人的激烈态度，正是出于他对梁山泊起义事业的无比热爱和对人民群众的疾苦的关心。李逵闹山中还表现出了人物的独特性格。他时而对宋江冷嘲热讽，横眉以对，时而仿效老王林失女后的焦急伤心样子，喜剧效果十分强烈。下山对质时，李逵的幽默憨直性格表现得淋漓尽致。作者详写他的心理活动：宋江走快了，他认为是宋江为到丈人家里去而心里高兴；宋江走慢了，他又以为那是因为宋江拐了人家的女儿，害羞而不敢快走。而当王林否认了宋江是抢走他女儿的强盗时，李逵知道自己莽撞铸错后那种不甘心和窘迫的表情，更是令人忍俊不禁，对人物产生一种自然的喜爱之情。剧本写李逵的曲辞也十分个性化，而且富于动作性，后来施耐庵《水浒传》中的"李逵闹山"的情节，

显然是吸收了这部杂剧的描写内容的。

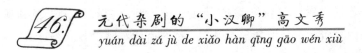
46. 元代杂剧的"小汉卿"高文秀
yuán dài zá jù de xiǎo hàn qīng gāo wén xiù

元代杂剧作家的创作活动，大抵可分为前后两期，前期中除了关汉卿、王实甫这样著名的作家以外，还有一些较重要的作家。因为杂剧创作成就突出而被当时人誉为"小汉卿"的高文秀，就是其中的一位。

高文秀是山东东平（今山东须城一带）人，或作都下人。生平事迹不详，早卒。有关典籍中说他是"东平府学生员"，孙楷第先生《元曲家考略》认为，高文秀曾做过山阴县县尹。高文秀很早就开始了杂剧创作，所写的剧本有三十二种之多，是个青年的多产作家。从现存的剧目来看，他所写的剧

舞乐陶俑。河南焦作元墓出土。此两具陶俑，一作舞蹈状，身穿蒙古人的胡服。一撮唇吹哨，神态宛然在表演。元杂剧已不是单纯的白话文学，而具备今天戏剧形式的要件了。

本题材很广，有写夫妇温情的《京兆尹张敞画眉》，也有写神怪大战的《泗州大圣降水母》，写历史题材的剧作也很多，而最多的则是关于水浒故事的杂剧。

以宋代水浒英雄斗争故事为题材的杂剧在元代特别兴盛，这与当时的社会现实有着密切的关系。元代社会的民众生活在蒙古贵族的异族统治

下，由于社会黑暗，人民所遭受的剥削压迫比以往任何一个朝代都更加残酷深重。他们的生命财产毫无保障，受到压迫和欺辱也有冤无处申，于是他们幻想着能有江湖侠义之士站出来，路见不平，拔刀相助，用暴力的方式，替民众惩恶除凶，保护人民的利益。而在民间长期流传的水浒英雄就是这样的一些人物。他们生活在民间下层，最了解人民的疾苦，为人民申冤报仇也最为直接痛快。元杂剧中的水浒剧反映了广大人民的生活遭遇，表达了人民群众的理想愿望，于是被大量地搬上了舞台。

在元杂剧里以《水浒》为题材的戏，现在存目的有三十余种，流传到现在的水浒剧数目，有人认为有六种，也有人认为有十种。从存目的水浒剧来看，以黑旋风李逵为主要人物的杂剧占了很大的比重。李逵是元杂剧中出现得最多，也是塑造得最为成功的人物。而高文秀又是写了大量李逵剧的一位重要作家，他一共写了八部有关黑旋风的杂剧，堪称为李逵戏的专家。这八部剧是：《黑旋风李逵双献功》、《黑旋风诗酒丽春园》、《黑旋风大闹牡丹园》、《黑旋风敷衍刘耍和》、《黑旋风斗鸡会》、《黑旋风乔教学》、《黑旋风穷风月》、《黑旋风借尸还魂》。可惜，除了《黑旋风李逵双献功》外，其余的杂剧都没有流传下来。从存目杂剧的题目来看，黑旋风李逵的事迹和性格，要比后来小说《水浒传》中丰富得多了。杂剧中的李逵居然能吟诗作赋，在名园里赏花，在斗鸡会上与人一较高低；还能够装扮成塾师，或流连于风月场中。甚至还能"借尸还魂"，与《水浒传》中的"铁牛"，竟然是判若两人了。与小说相比，李逵的活动范围更为扩大了，他可能是在当时的各种社会生活场面中解人困厄，为民除害，因而成了一位深受民众喜爱的英雄人物。

高文秀流传下来的《黑旋风李逵双献功》，与另一位杂剧作家康进之的《李逵负荆》，堪称是元代"黑旋风"杂剧的双璧。从对李逵性格的刻画来说，《双献功》比《李逵负荆》更具特色。

《双献功》写李逵受了梁山泊首领宋江的命令，化装成庄家后生，护送孙荣夫妇往泰安神州烧香。临行前宋江再三叮嘱他不得莽撞，要"忍事饶人"。在这种情况下，李逵谨慎行事，细心用计。到了庙前的一个火炉店，孙荣把妻子郭念儿安置在店中休息，就和李逵到外面占房子去了。孙荣妻和她的情夫白衙内，预先已互通声气，乘孙荣外出，两人就私奔了。孙荣得知情况后，向衙门告状，岂知坐衙门的竟是白衙内，他假充审判

官，把孙荣下在死牢里。孙荣被陷害入狱后，李逵不是莽撞行事，而是装扮成一个呆汉去探监，用计摆布了牢子，救出孙荣。关于他的装呆和用计，剧本有很动人的描写。作为装呆的一种手段，他故意三番两次把监狱说成是牢子的"家里"，使牢子认定他是一个"傻弟子孩儿"。为了使牢子吃他的蒙汗药饭，他自言自语地说："一罐子羊肉泡饭，哥哥不吃，我自家吃。"引得牢子口谗，中他圈套。李逵还扮作"伺候人"混进官衙，用计骗了狱卒，救出孙荣。又趁白衙内和孙荣妻喝

元人演戏图，是参加表演的主要成员的集体亮相。图中出现的角色众多，生旦净末丑俱全。所持道具各异，并且还有伴奏的乐器。

酒时，把他们一一处死。李逵带着两颗人头回梁山向宋江邀功。作品中李逵的形象和小说、戏剧中传统的李逵形象有很大不同。他不是横冲直撞的莽汉，而是一个十分机智、勇敢的英雄，剧本极力表现了李逵行事谨慎和善用计谋的性格特征。在某种意义上说，他的形象比《水浒传》中的李逵形象更为丰满和生动。

高文秀的杂剧流传下来的还有《好酒赵元遇上皇》、《刘玄德独赴襄阳会》、《须贾谇范雎》、《保成公径赴渑池会》四种。《渑池会》显然是根据

《史记·廉颇蔺相如列传》改编的，在具体情节上与《史记》有所出入。剧本通过完璧归赵、渑池赴会和廉颇负荆三个事件的描写刻画了战国时代赵国杰出的政治家蔺相如的光辉形象。蔺相如在国家危难时刻，毅然出使到秦国去，在强暴的秦昭王面前，不顾生死，维护赵国利益；而对同僚廉颇的欺凌，却又顾全大局，不计私仇，坚持退让，终于感动了廉颇，二人重归于好。高文秀吸取了《史记》的内容并有所创造，他在剧中增加了蔺相如关心人民生活的内容，并且着力描写它。蔺相如第一次入秦时，他的亲随认为他不应冒险为使，他回答说："这一遭入秦为使，也非同小可，则为救苍生之苦也。"他还说："则恐士马相残，庶民涂炭，怎敢道违程限。"在渑池会上，秦昭王以发动战争来讹诈，勒索赵国十五座城池，这时蔺相如针锋相对，要求秦国以它的咸阳相让。秦昭王恼羞成怒，命从者动武，蔺相如又以牙还牙地拔出剑来，不屈服，不投降。这些描写，同《史记》中蔺相如的形象不完全相符。作者在人物的身上，涂上了一层儒家心目中的政治家的色彩。但作为一部艺术作品来说，这些描写基本上是符合艺术真实的，而且还反映出作者的政治理想。正是这种描写使蔺相如这一形象更富有思想光辉，使《渑池会》这一作品更富有艺术光彩。

从高文秀杂剧作品的题材来看，我们可以看到，作者是特别喜爱以历史中的勇武壮烈的故事为题材而加以改造创作的。一些历史上的人物，如伍子胥、项羽、刘备、武松等，都出现在他的杂剧之中。他的语言雄浑爽朗，曲辞中描写的风景场面，也往往是宏大壮观的，非常适合于他的题材；剧中人物的对白，也都很符合历史人物的身份，具有"本色"的特点。当时人称他为"小汉卿"，是对他杂剧成就的极高评价，也说明了他是一个深受民众欢迎的作家。

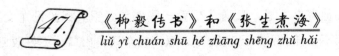

47.《柳毅传书》和《张生煮海》

liǔ yì chuán shū hé zhāng shēng zhǔ hǎi

元杂剧中有两部描写人神相恋的爱情作品，那就是尚仲贤的《洞庭湖柳毅传书》和李好古的《沙门岛张生煮海》。这两部作品，借神话的情节，描写了书生与龙王女儿真诚相爱，最后结成夫妇的故事，歌颂了主人公见义勇为、顽强不屈的高尚品质，表达了人民对美好爱情的执著追求。

《柳毅传书》叙述书生柳毅为遭夫家迫害的龙女三娘传书龙宫，使龙女获救，最后结为夫妇的故事。

洞庭湖老龙的女儿龙女三娘，嫁给了泾河龙王的儿子为妻。泾河小龙为仆婢诱惑，移情别恋，并在父亲面前搬弄是非，使得泾河老龙发怒，罚龙女到泾河岸边牧羊。三娘心中愁苦，无人同情，写好了一封家书，想把自己在夫家的遭遇告诉父母，可是没有人能为她寄往家中。

淮阴书生柳毅，自幼丧父，由寡母把他抚养长大，整日读书，学得满腹文章。只因家贫，二十三岁还不曾娶妻。大唐仪凤二年春天，柳毅上京赶考，科场失利，落第东归，顺路到泾河县访友。柳毅来到泾河岸边，远远地看见有位女子在放羊，他很好奇，就上前问候。女子说她是龙女三娘，因受夫家迫害，被罚在此牧羊，写下了一封家书想托柳毅捎去龙宫，柳毅说人神异路，无法前往，龙女交给他一支金钗，到时用它敲响洞庭湖口庙宇旁的金橙树，水中就会有人出来，接他到龙宫里去。柳毅答应龙女，把书信给龙王送去。

柳毅辞别龙女，赶到了洞庭湖口，找到庙宇，拿出金钗在金橙树上敲了几下，水中走出几个夜叉，将他带到了龙宫。洞庭老龙见到柳毅，柳毅拿出书信，叙说了路遇龙女的经过。龙王之弟钱塘火龙听说龙女在夫家受气，气得大发雷霆，带领水兵前去攻打泾河龙宫，杀败了泾河老龙，把泾河小龙吞到了肚里，救回了龙女。洞庭老龙要把三娘许配给柳毅，柳毅说："我只为着义气涉险寄书；若杀其夫而夺其妻，岂足为义士？况且家母年事已高，无人侍奉，情愿回家养母。"龙王见他态度坚决，也不勉强。请出龙女，拜谢他寄书之恩，又送了柳毅一些珠宝金银。柳毅见龙女容貌，与牧羊时大不一样，心中已生羡慕之意，怎奈话已出口，不好收回。龙女对柳毅也很眷恋，依依不舍地与他告别。

柳毅回到家中见了母亲，把自己科场落第，途中为龙女传书的经过告诉了母亲。母亲说为他订了一门亲事，乃是范阳卢氏之女，选好了良辰吉日，就要迎娶过门。柳毅说当初龙女三娘要招他为婿，他虽不曾应允，但心中已答应，现在怎地娶别人？在母亲的坚持下，举行了婚礼。拜堂时，柳毅见到卢氏容貌与龙女三娘非常相似，心中很是奇怪。他问卢氏是哪里的人氏，卢氏告诉他，自己就是那放过羊的龙女三娘。最后，龙女把柳毅母子接到了龙宫，大家欢聚一堂。

《张生煮海》叙述书生张生与龙女琼莲一见钟情，为实现心愿，在沙门岛烧水煮海，与龙女终于成婚的故事。

东华仙人一心好道，炼丹养性，掌管东华严妙之天。在上界的瑶池会上，金童玉女有思凡之心，被罚往下方投胎脱化。金童在潮州张家托生为男子；玉女在东海龙王家托生为女子。等到他们偿了宿债，再由东华仙人把他们带往仙界。

潮州书生张羽，自幼父母双亡。饱读《诗》、《书》，却功名未遂。有一天，他带着书童在海边闲游，看见近海边有一座古寺，就走了进去。那寺名叫石佛寺，时常有东海里的水卒到此游玩。张生在庙中借了一间幽静的房间住下来温习经史。到了晚上，张生焚香抚琴，以畅心怀。佛寺所靠的海边，正是东海龙宫。龙王的小女儿琼莲这时带着侍女翠荷出来游玩。她们听到了张羽的琴声，就循声来到了佛寺。张生正弹琴，忽然琴弦断了一根。他知道有人窃听，出门一见，原来是一位女子。他问女子家住何处，为何夜行，女子回答说，她是龙氏之女，小字琼莲，为听琴而至。张生也说出自己身世，并说他至今未娶，愿与龙女成婚。龙女看见张生聪明秀慧，仪表堂堂，心中很是欢喜，愿意与他为妻；只因父母在堂，要禀告父母之后，才能应允。她告诉张生，到八月十五中秋之夜，前去她家，才能招为女婿。张生向龙女要一件信物，龙女送给他一幅冰蚕丝织成的鲛绡帕，然后就和侍女告别张生而去。

张生心中牵挂龙女，不等到八月十五中秋之夜，就带着书童沿着海边去寻找龙女。走在途中，他遇见了毛女仙姑，便将寻找龙女的事情说与仙姑听。仙姑告诉他，那龙女原是东海龙王的三女儿琼莲。她父亲脾气暴躁，心情恶狠，不会将女儿许配给张生。那仙姑正是东华仙人派来帮助张生的，她给了张生三件法宝：银锅一只，金钱一文，铁勺一把。她教张生到沙门岛海边，烧水煮海。海水就沸腾了，龙王到时准会把女儿送出来与他成婚。张生和书童来到了沙门岛海边，架起石头，开始煮海。一会儿，锅里的水烧滚了，再看大海，果然海水翻腾。东海龙王忍受不了，请佛寺的长老前来说情，劝他不要再煮下去了，并说已经答应招他为东床快婿。张生一听，心中高兴，停止煮海，随着长老向龙宫走去。

在东海龙宫里，老龙王摆下了庆喜的筵席，为张生和女儿琼莲成婚举行庆贺典礼。龙王问女儿在什么地方认识的张生，龙女说，她夜间出海闲游，在佛寺内听到张生弹琴，看见他一表人才，心中爱慕，才结下婚约。龙王又问张生，是谁给他的煮海的法宝，张生说是一位仙姑送的。龙王说："你差点把我热死了，这件事都是女儿惹出来的。"张生说："若是没有这上仙赐给的法宝，怎么能够夫妻团圆？"

这时候，东华仙人来到了。他对龙王说，张生和琼莲二人前世乃是瑶池上的金童玉女，因为一念思凡，被谪罚下界；如今已经偿还了夙愿，可以让他们早离水府，重返瑶池，同归仙位。东华仙人说完就离开了。张生、琼莲二人双双稽首拜谢。

《柳毅传书》和《张生煮海》，可以说是元代神话剧中的"双璧"。作品采用神话传说题材，写人神之间的生死不渝的恋情故事，具有浓厚的浪漫主义色彩。

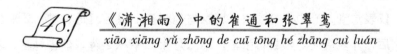

48. 《潇湘雨》中的崔通和张翠鸾
xiāo xiāng yǔ zhōng de cuī tōng hé zhāng cuì luán

《潇湘雨》全名《临江驿潇湘秋夜雨》，是元杂剧中一本出色的家庭剧。作者杨显之，生卒年不详。大都（今北京）人，是关汉卿的莫逆之交，他创作的曲词，都和关汉卿共同商量探讨。杨显之和当时的演员来往密切，著名女艺人顺时秀对他以伯父相称。杨显之经常替人修改作品，提出一些中肯的意见，因而有"杨补丁"之称。据《录鬼簿》记载，他创作有杂剧八种，现存《潇湘雨》和《酷寒亭》两种。《潇湘雨》是他的代表作。

山西运城元墓中的壁画，表现的是杂剧演出时的情形。

《潇湘雨》描写的是张谏议的女儿张翠鸾和书生崔通曲折复杂的婚姻故事。

北宋末年，谏议大夫张天觉，因为屡次向皇帝揭露奸臣高俅、童贯、蔡京等人残害百姓的罪行，激怒了权奸，被贬放到江州任职。他带着唯一的女儿张翠鸾离京上任，走到淮河边上乘船渡河时，因为风急浪大，所乘之船翻入水中，父女失散。张翠鸾被船夫救起，在淮河边上打鱼的老翁崔文远见她十分可怜，就将她收留，并认为义女。张天觉在水中也被船夫救起，他因为要急于上任，无暇寻找失散的女儿。打算到了江州任上，再发出告示，悬赏访求女儿的下落。

老汉崔文远有一个侄子叫崔通，是一个书生。这时他进京赶考顺路来到崔家。他看到张翠鸾生得年轻貌美，心中很是爱慕。张翠鸾也为崔通的相貌所吸引，对他产生了好感。崔老汉做主，将义女张翠鸾许配给崔通为妻。崔通指天发誓，说将来决不负心。婚后崔通赴京赶考，他遇到了一个不学无术、只懂得盘剥考生钱财的糊涂试官赵钱。试官在复试的时候看到崔通生得一表人才，并且能吟诗作对，就问他成婚没有。崔通问成婚怎样，不成婚怎样。试官说，如果崔通已经成婚，就去秦川做知县；如果没有成婚，就把自己的女儿嫁给他为妻。崔通心想，家中的妻子只是伯父收养的义女，对自己的前程没有什么帮助，如果做了试官的女婿，准能够飞黄腾达。于是他说自己尚未成婚，就娶了试官的女儿。试官将他派到秦川任县令，崔通带着夫人上任去了。

张翠鸾在家中等待崔通的消息，没想到他一去三年未归。后来听说崔通在秦川做县令，义父崔文远为她准备了盘缠，叫她到秦川寻夫。张翠鸾来到崔通的府邸，让门人通报说崔通的夫人来到。试官女儿一听大怒，崔通连忙遮掩过去，出外与张翠鸾相见。张翠鸾责备崔通负心绝情，停妻再娶；他的夫人也骂崔通欺骗自己，禽兽不如。崔通对夫人说，张翠鸾是他家的一个使女，并且还偷了他家的银壶台盏出逃在外。说着就让手下人把张翠鸾拉下去毒打。张翠鸾毫不屈服，不停地大骂崔通忘情负义。崔通让人把她的脸上刺上了"逃奴"

元杂剧陶俑

二字，判她发配沙门岛，并且让差役在路上把她折磨死。

时逢秋雨连绵，路途泥泞。张翠鸾带着枷锁，在差役的催逼之下，日夜兼程地赶路，吃尽了种种苦头。在一个风雨交加的夜晚，张翠鸾和差人来到了临江驿。为了躲避风雨，他们想投宿在驿站。正巧临江驿中住着一位提刑廉访使，驿卒拒绝让他们进去寄宿，就把他们关在门外。张翠鸾想到自己悲惨的命运和痛苦的遭遇，就在外面啼哭了一夜。她的哭声惹恼了睡不着觉的廉访使大人。这位廉访使正是张翠鸾失散三年的亲生父亲张天觉。如今他受到皇帝的重用，被提升为廉访使，并且皇帝还赐给他势剑金牌，派他访察贪官污吏，审理不明案件。因为连日秋雨，才暂时住到这临江驿。张翠鸾在门外不停地啼哭，惊扰得张天觉睡不好觉，于是他派人把他们带了进来。一见面，才知道张翠鸾正是自己失散的女儿。翠鸾向父亲诉说了自己的悲惨遭遇，父亲表示要为她出气，让张翠鸾亲自带着差役到秦川去拿崔通和试官女儿前来问罪。二人被带到以后，张天觉把他们定为死罪，决定在通衢斩首示众。正在这时，老汉崔文远为了寻找张翠鸾从家中赶到了，他上前为崔通讲情。崔通这时也表示情愿休了试官女儿，与张翠鸾重新结为夫妻。张天觉问张翠鸾的想法，她表示愿意与崔通合好，重为夫妻；还要求把试官女儿脸上刺字作为自己的侍女。事后张天觉仍旧叫崔通带着张翠鸾到秦川上任为官。

《潇湘雨》揭露了封建社会男子贪图富贵、喜新厌旧、停妻再娶的丑恶的社会现象，对被压迫、受损害的妇女表现出极大的同情。剧本通过具体的描写，刻画了崔通和张翠鸾两个性格鲜明的人物形象。

崔通是封建社会中心地卑劣、行为可耻、庸俗而狠毒的负心士子形象，是"陈士美"之流的人物。他在崔家见到张翠鸾生得美丽，就顿起艳羡之心，与之成婚；临行前还发下海誓山盟，说"小生若负了你啊，天不盖，地不载，日月不照临"。当试官要招他为婿时，他看到可以借成婚作为飞黄腾达的机会，就背弃前言，停妻另娶。当张翠鸾出现、他的未婚假象被揭穿之时，竟然恩将仇报，将前去认夫的张翠鸾诬作偷窃财物的婢女而严加毒打，刺字发配，妄图置之死地而后快。他的丑恶嘴脸和狠毒手段在第二折里面表现得淋漓尽致。对前妻他百般仇视，严刑毒打，还说："左右，你道他真个是夫人那。不与我拿翻，不与我洗剥，不与我着实打，你须看我老爷的手段，着你一个个充军。"对试官女儿，他多方逢迎，哄骗讨好，唯恐她恼怒，得罪了那个提拔他的试官。他对张翠鸾，务必要赶尽杀绝。当试官女儿看出张翠鸾是崔的前妻，主张留她在家中做一个侍女时，崔通却毫不回心转意，一口咬定自己并无前妻，反而拉着夫人到后堂吃酒去。作品把他的丑恶灵魂和残忍的性格刻画得淋漓尽致，成为一个士

人中的负心汉典型。

剧中的张翠鸾是封建社会中具有反抗精神的受迫害妇女形象。她的经历遭遇，在封建社会中具有一定的代表性，在很大程度上反映了封建时代妇女的悲惨命运和低下的社会地位。她出场时就是一个在灾难中丧失了父亲，无家可归的弱女子；婚后三年，又遭到了负心丈夫的遗弃；寻夫时反遭无情汉的毒打和流配的苦刑。

面对这些打击，她并没有逆来顺受，委屈地接受命运的安排，而是表现出一定的反抗精神。她当着试官女儿揭露崔通的停妻再娶的负心行径，公开指责他背弃誓言，控诉崔通对她的无辜迫害，并要领自己的义父前来对质；在被流放之时，还预言崔通的恶行必将得到报应。人物的反抗精神是较为强烈的，表现出封建社会中被压迫妇女为自己命运进行斗争的顽强精神。作品描写张翠鸾发配途中冒雨行路的一些曲辞，借景抒情，有力地衬托出女主人公的性格和心理活动："行行里着车辙把腿陷住"（［喜迁莺］）；"眼见的泪点儿更多如他那秋夜雨"（［随喜］）。作者通过主人公在荒郊野外行路的艰难，表现出她衔冤负屈的痛苦，又以秋天的凄风苦雨，衬托出她"泪比雨多"的悲伤情怀，具有感人的艺术效果。

剧本的结局处理，有明显的缺陷。作者过多地描写张翠鸾对试官女儿的仇视，把崔通负心的责任全部归罪于试官女儿，而对崔通却未加惩罚。这在一定程度上损害了作品的思想性。张翠鸾头脑中"从一而终"的封建观念，表现了人物的思想局限。

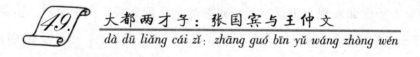

49. 大都两才子：张国宾与王仲文

dà dū liǎng cái zǐ: zhāng guó bīn yǔ wáng zhòng wén

张国宾和王仲文都是元代著名的杂剧作家，他们都是大都人。

张国宾是艺人作家，一名张国宝，艺名喜时丰。做过教坊勾管。他是演员兼作家，熟悉舞台，所以他的作品戏剧性很强，适于舞台演出。他一共写有四个杂剧，流传下来的只有两种：一个是《薛仁贵》，另一个是

《合汗衫》。《薛仁贵》，全名《薛仁贵荣归故里》，剧本描写的是庄稼汉薛仁贵发迹的过程，反映了封建社会中一些农民依靠疆场拼杀博得官职、改换门庭的思想。剧中对薛仁贵光宗耀祖的事迹是给予褒扬的，与此相适应，出现了一些十分庸俗的情节。但由于作者对农村生活很熟悉，字里行间透露出了乡土生活气息，并有一些生动描写。第三折写薛仁贵在返乡途中遇见儿时朋友伴哥，两人对面不相识。薛仁贵骑在高头大马上，问话时口口声声称"兀那厮"，伴哥跪在马前，小心翼翼地陪着，战战兢兢地回答，一句一个"大人"，"孩儿每"。问答完毕，薛仁贵告诉伴哥自己就是从前的"薛驴哥"。伴哥感叹道："哎，你看他马儿上簪簪的势，早忘和俺掏斑鸠争攀古树，摸虾蟆混入淤泥。"由此看出，发达后的薛仁贵和昔日的童伴之间，已有了一道不可逾越的鸿沟。张国宾在《薛仁贵荣归故里》中表现出的积极的社会意义，是它在具体描写中透露出了一些生活的真理。

《合汗衫》是张国宾的一篇力作，全名为《相国寺公孙合汗衫》。情节曲折动人，有一定的艺术感染力。清道光十五年（1835年），该剧被译成法文，流传国外。剧中讲述的是开封富户张义，绰号金狮子张员外，老来乐善好施，总想积福自厚。一日雪后，张氏全家在楼上饮酒赋诗，见一乞丐晕倒楼前，就将其救起。这人自称陈虎，与张义的儿子张孝友结拜为兄弟。谁料想，陈虎是位阴险恶毒，恩将仇报的恶霸。他先是独揽张家大权，后又将张孝友夫妇骗离开封。临行前，张员外让儿子将汗衫留下作个纪念。儿子递汗衫时，父亲突然一口将儿子的手咬破，并将汗衫撕成两半，一人留一半。并告诉儿子，儿子离家，父亲的心要比儿子的手还疼。途中，陈虎将张孝友灌醉，趁机将他推入河中，霸占了他已怀有身孕的妻子李玉娥。此时，张家遭大火，已经家徒四壁，张义和老伴只得以乞讨为生。李氏生下儿子之后，陈虎给他取名陈豹，并以杀死这娘俩为要挟，强迫母子二人和他在一起生活。李玉娥满含屈辱和希望活了下来。一晃儿十八年过去了。尽管受到陈虎的虐待，陈豹还是出落得一表人才，且武艺高强，在京城比武中，被皇帝点为武状元，派他做徐州的提察使。到京城赶考前，母亲就把张孝友留下的半件合汗衫带上，让他寻找亲人。上任后，当他到相国寺进香施舍时，遇见了张氏两位老人。通过汗衫相合，真相大白，张员外得见儿媳，又知道了儿子张孝友并没有死，被人救起后，已出家当了和尚。陈豹惩罚了陈虎。终于，善有善报，恶人也得到了应有的下场。《合汗衫》一剧，通过复杂的故事和生动的对话，反映出当时社会混乱、人民生命财产毫无保障的现实面貌。

王仲文的生卒年不详。《录鬼簿》列入"前辈已死名公才人，有乐府行于世者"。贾仲明吊词云："仲文踪迹往金华，才思相兼关、郑、马。"可见他在当时文名之盛。所作杂剧十种，现存《不认尸》一种。《太和正音谱》评其词"如剑气腾空"。

《不认尸》，又名《救孝子》，全名《救孝子烈母不认尸》。剧本讲述的是大兴府尹王翛然到开封府西军庄征兵，杨氏兄弟兴祖、谢祖二人争相从军。杨门寡母李氏让亲生儿子兴祖应征，而让亡妾所生谢祖免征。事为王翛然得知，甚感其贤而允所请，并示意要荐举兴祖。兴祖走后，其岳母来接女儿王春香回娘家拆洗衣服，李氏命谢祖送嫂回娘家。行至中途，叔嫂分别，春香独行，遇歹徒赛卢医拐带哑女至此。哑女因难产而死，赛即强劫春香而去，并将春香衣服穿在已死的哑女身上。王婆寻女儿不见，疑被谢祖所害，因而告官。官府因尸身腐烂，即据尸首衣服断定王婆所告是实。李氏深知谢祖不会做出此事，断不认尸即儿媳王春香，要求验尸。但官府还是以欺兄杀嫂之罪将杨谢祖屈打成招，下入死牢。王翛然至河南府重审此案。适逢兴祖做了金牌千户，返家探母途中救了春香，真相大白。王宣布将办案官吏罚杖一百，永不叙用；赛卢医斩首处死；杨兴祖加官晋升；春香封为贤德夫人，谢祖为孝子，李氏为贤母。剧本文字质朴，结构严谨，是元杂剧早期的作品。值得注意的是，作者通过对人物的精心刻画，充分揭示了当时社会秩序的混乱，恶人胆大妄为，官府草菅人命。

50. 《范张鸡黍》与《七里滩》
fàn zhāng jī shǔ yǔ qī lǐ tān

　　《范张鸡黍》和《七里滩》都是元代著名杂剧作家宫天挺的作品。宫天挺，字大用。河北大名人。生卒年不详。曾做学官，为钩台书院山长，被权豪中伤，离去，后虽事获辨明，亦不见用，卒于常州。他是在政治上受到打击因而终身不得志的文人。他与钟嗣成父有莫逆之交，情同手足。钟于《录鬼簿》中记载："余常得侍坐，见其吟咏。文章笔力，人莫能敌；乐章歌曲，特余事耳。"他所作的杂剧有六种，即《范张鸡黍》、《七里滩》、《凤凰楼》、《托公书》、《汲黯开仓》、《越王尝胆》。现存前两种。他擅长创作历史剧，剧中多寓托古讽今之意，故于发泄对现实不满的同时，往往流露着避世思想。《太和正音谱》评其词"如西风雕鹗"。

　　《范张鸡黍》，全名为《死生交范张鸡黍》，根据《后汉书·范式传》改编，我们现在使用的"素车白马"这一成语就出自此。剧本叙述的是后汉范式和张劭生死之交的故事。他们愤恨奸臣当道，不苟仕进，而以隐逸为高。范式少年时期游太学，与张劭成为至交好友。两人一同告归乡里，友人孔嵩、王韬来送行，约定两年后的今天到张家相会。两年时间一转就过去了。到了约定的日子，张劭请老母亲杀鸡煮黍，等待范式。范式果然不负老友信任，不辞千里如期赶赴张劭的"鸡黍会"。后来有一天，范式梦见了张劭鬼魂，鬼魂告诉他，让他好好照顾自己的老母和妻子。范式醒后，马上赶赴张家，千里送葬。等到了张家一看，张劭已经亡故，发丧的灵车已快走到了墓地。就在这时，灵车突然不动，直到范式素车白马而来，亲陪灵车，这样才下得墓穴。范式又为张劭守墓百日。后来太守仰慕范式的德行，推荐他为官。范式做官后，遇见孔嵩，从他那里得知王韬官职乃是将孔嵩万言书冒为己作而窃得，于是推举孔嵩，惩罚了王韬，伸张了正义。《范张鸡黍》歌颂了朋友之间重承诺、守信义、生死不渝的品质。作者并不仅限于宣扬一些道德规范，他在剧中增加了一个插科打诨的

人物——考官的女婿王韬，并对他窃文得官的卑劣行径进行了讽刺和抨击。

《七里滩》，全名为《严子陵垂钓七里滩》。剧本叙述了东汉光武帝刘秀少年时，为躲避王莽的搜捕，隐姓改名，在南阳和隐士严子陵结为好友。刘秀做了皇帝后，严子陵避让名利，垂钓滩边，闲淡过活。光武帝派人宣严子陵入朝为官，遭到了坚决的拒绝。刘秀写了一封亲笔信，派人以布衣朋友之邀请严子陵，严子陵只得赴会。入朝时，光武帝大摆銮驾相迎，次日又设盛宴接风，可严子陵只叙离情，不肯出来做官。当汉光武向严子陵夸耀帝王家的富贵时，严子陵奚落他说："只是矜夸些金殿宇，显耀些玉楼台，遮末是玉殿金阶，我住的草舍茅斋，比您不曾差夫役着万民盖。"把人民自己盖的草舍茅斋看得比帝王强迫人民修建的玉殿金阶还可贵。于是，严子陵在席上告别，仍回七里滩隐居。剧本以赞颂的笔触写严子陵绝意仕途、隐居乐道的处世态度，反映出元代部分知识分子希冀逃避现实的思想。作者一面夸写退隐之高，一面描写朝市之鄙，文字高爽清俊，风格亦较清雅恬淡。宫天挺在政治上遭受着种种迫害，所以他借着历史故事，来表示自己对政治的不满，发泄愤世嫉俗的思想感情，而向往着退隐的生活。故王国维在《元刊杂剧三十种》序录里说："大用曾为钓台书院山长，故作是剧也。"并评价该剧"雄劲遒丽，有健鹘摩空之致"。

《七里滩》在《古今杂剧》中未著作者名氏，《录鬼簿》宫天挺名下有《严子陵钓鱼台》一种，可能就是此剧，今人多以此为据，把它列为宫天挺现存的杂剧。但天一阁本《录鬼簿》张国宾名下，也著录《严子陵垂钓七里滩》一种，贾仲明补作张氏吊词，亦有"七里滩头辞主"语，所以，另有一说认为，《七里滩》为张国宾所作，究属何人所作，似尚未能确定。

宫天挺的风格接近马致远。他作品中所表现的失意文人的愤恨，韬光退隐的思想，以及引书用典的习气，在前期马致远的《任风子》、《岳阳楼》等神仙道化剧中已有明显的反映。前面引述的《范张鸡黍》第一折之[天下乐]中对现实的不平，正是他个人遭遇的反映。它和马致远的《荐

《福碑》中所表现的"如今这越聪明越受聪明苦，越痴呆越享了痴呆福，越糊突越有了糊突富"的愤懑情绪是一致的。

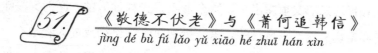

《敬德不伏老》与《萧何追韩信》
jìng dé bù fú lǎo yǔ xiāo hé zhuī hán xìn

杨梓和金仁杰都是元代后期的杂剧作家，分别以《不伏老》和《追韩信》而享誉剧坛。

杨梓是浙江海盐澉浦人，他集高官和文艺家于一身。杨梓的杂剧表现的都是忠义思想，其中最好的、最有影响的，是《功臣宴敬德不伏老》。该剧取材于《旧唐书·尉迟敬德传》，写的是尉迟敬德获罪被贬，后又立功复职的故事。尉迟敬德，名恭，以字行，隋末归唐，战功卓著，为唐朝开国元勋，封鄂国公，凌烟阁画像列第七。《不伏老》写唐太宗设功臣宴，皇叔李道宗无功而抢占上座，尉迟恭怒而打落其门牙，被削职为民，居于职田庄。以徐茂公为首的众公卿到十里长亭给敬德送行，秦叔宝因病未到。三年后，高丽国王见大唐病了叔宝，贬了敬德，便派大将铁肋金牙入侵，单搦尉迟出战。唐太宗命徐茂公宣尉迟挂印出征，尉迟已年七十岁，加之怨恨被贬事，遂诈疯不肯出。徐茂公命军士到尉迟恭家骚扰，尉迟怒而责打军士。徐茂公乘机揭穿其装病，并用激将法说尉迟年迈无用。尉迟被激而奋然出征，披挂上阵，生擒铁肋金牙。皇上加官赐赏。

《敬德不伏老》歌颂了尉迟敬德的英雄气概和忠心报国不伏老的精神，同时对"君负其臣"、皇族欺压功臣的现实进行批判，矛头直指封建皇帝。该剧还反映了元代文人的特有心态：一方面愤世嫉俗，有感于"想为官的如骑着虎"的宦途险恶、欲隐退全身，另一方面又渴望像尉迟敬德那样建功立业，这种矛盾心理很有代表性。剧本的最大成就，是成功地塑造了老将尉迟敬德的英雄形象。他倔强英武、粗豪爽直、争强好胜，既有反抗性，又有报国的赤胆忠心。皇叔居高自傲、无视功臣，尉迟老将也敢太岁头上动土——打落皇叔两颗门牙，聊示薄惩；皇帝偏袒皇叔，将尉迟削职为民，尉迟也不谢万岁不杀之恩，而是尖锐地指出："若留得个恶楚强秦，怎生便敢诛了韩信？"这是在逆境中反激的火花，耀人眼目。贬谪以后，他深感官场险恶，决心急流勇退。但在大敌当前和徐茂公的激发下，他那英雄本色和报国忠心又显露出来。这个形象是光辉动人的，同时又是丰富复杂、真实亲切、富有喜剧性的。第三折把两个性格相反的人物放在一起对照写来，让老敬德这个憨直、鲁莽的硬汉子在足智多谋的徐茂公面前装疯弄假，妙趣横生、兴味盎然。

《敬德不伏老》一剧的结构布局也很独特，一般元杂剧，高潮多在第三折或推迟到第四折，而本剧第一折即出现高潮，矛盾激化，达到顶点，令观众精神为之一振。这种布局方法在元杂剧中颇为少见。该剧语言质朴而又豪放，本色而又风趣，十分个性化。作品运用了大量排比句，气势豪放，符合尉迟恭的英雄本色。

和杨梓同一时期的另一个杂剧家金仁杰（？—1329年），字志甫，杭州人。与钟嗣成相交二十年，年龄略大于钟嗣成。天历元年（1328年）授建康崇宁务官，次年卒。金仁杰所作杂剧今知有《追韩信》、《东窗事犯》等七种，仅存前一种。另外，他还作有话本小说《东窗事犯》，尝试着用不同的文学体裁去表现同一素材的内容，体现着话本和戏剧互相交流的趋势，可惜这篇小说已失传了。

金仁杰所作杂剧全是历史题材戏。《萧何月下追韩信》是仅存的一种，有元刊本，仅载曲词和部分科白，并有缺页。因而只能见其大概。韩信是秦汉之际杰出的将领，剧本写他乞食、求仕、拜将、立功的故事。韩信未得志时，家贫穷，大雪天他在淮阴市上乞食，受人鄙视。恶少仗剑欺凌韩信，使他受胯下之辱。只有漂母哀怜他，以一饭相赠，韩信感恩不尽。韩信努力寻找施展才华、实现抱负的途径。初投楚霸王项羽，因不得志，改投汉王刘邦，也不被重用，遂一怒离汉而去。萧何闻知，连夜将他追回，再三推荐，刘邦始拜韩信为大将。樊哙不服，受到韩信责罚。韩信为刘邦分析楚、汉双方的形势，作出了最后击败项羽的决策。垓下之战，韩信率军大败楚兵。项羽乡人吕马童向刘邦报告项羽兵败，乌江自刎的情形。韩信因功受赏。剧本结局有些仓促草率。

　　该剧虽然写的是秦汉间的故事，但深深地烙上了元代社会的印记。主要表现在作者着力表现了韩信困厄的境遇、怀才不遇的苦闷和徬徨；另外也写他"烟波名利"两为难的思想，反映了元代许多知识分子徘徊在仕途与退隐之间的处境。这种矛盾的心理与杨梓的《敬德不伏老》杂剧是相同的。据历史记载，韩信是刘邦兴汉灭楚战争中的得力干将，刘邦称他为"人杰"，并说："连百万之军，战必胜，攻必取，吾不如韩信。"（《史记·高祖本纪》）但这样的英才也曾埋没流离，壮志难酬，投奔无门。因此他的遭遇足能引起元代失意文人的感慨与同情。作者着意刻画了韩信孤傲不群的性格和壮志难酬的悲愤，寄托着对当时黑暗政治的无比愤懑。

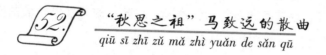

52. "秋思之祖"马致远的散曲

qiū sī zhī zǔ mǎ zhì yuǎn de sǎn qū

　　一个人的字与号，原本只是这个人的标记，而马致远（名不详）的字与号恰恰代表了他这个人的个性与追求。"致远"取宁静而致远的意思，号"东篱"，取陶渊明"采菊东篱下，悠然见南山"，则意在效法陶渊明的退隐情趣。他的生年要比白朴晚，并没有亲身经历过金末元初的大动乱，又何以会有这样的人生态度呢？这仍可追溯到他生活遭遇的不幸。元代社会是特别黑暗的，当时知识分子受到极为严重的压制和摧残，他们觉得前途渺茫，命运难测，在生活的重压下，许多人产生了避世、厌世的情绪，表面看来显得对生活十分旷达与超脱，实际上则是一种无可奈何心情的表现。在青年时代，马致远也曾追慕功名，但他的才能并没得到重用，残酷的现实使他对社会有了认识，对仕途感到绝望，于是在找不到生活出路的情况下，他和元代许多有才华的作家一样，把自己的艺术才能献给了戏曲创作事业，成为与关汉卿、白朴、郑光祖齐名的"元曲四大家"之一，在杂剧和散曲创作上焕发出奇异的光彩。

　　马致远所作杂剧有十五种，现存《汉宫秋》等七种，其中体现了他对历史上的是非观念的认识和对社会现实的批判，也明显反映出企图逃避现实的消极情绪。在他的散曲中，表现了与此相一致的思想倾向。

根据他在不同时期所作的散曲，可以看出马致远在各个不同时期的思想变化过程。在［黄钟·尾］中，他表达了对功名的追慕和渴望："且念鲰生自年幼，写诗曾献上龙楼。"而在［南吕·金字经］中则表现了仕途失意的慨叹："夜来西风里，九天雕鹗飞，困煞中原一布衣。悲！故人知不知，登楼意，恨无天上梯。"由对社会现实的认识，进而发展为对仕途之路的绝望，"布衣中，问英雄：'王图霸业成何用？'禾黍高低六代宫，楸梧远近千官冢，一场恶梦！"对社会现实的不满和绝望，引起他对历史上兴亡演变的事实的苦苦思索，从而有大量的在一定程度上触及到当时社会现实，与反映作者自己的生活和思想的杂剧问世。像《荐福碑》、《青衫泪》、《汉宫秋》等，都具有一定的社会意义。在著名的《秋思》套曲中，直接表露了对历史上的功过是非和现实社会的态度：

　　［双调·夜行船］百岁光阴一梦蝶，重回首往事堪嗟。今日春来，明朝花谢，急罚盏夜阑灯灭。

　　［乔木查］想秦宫汉阙，都做了衰草牛羊野。不恁么渔樵没话说。纵荒坟横断碑，不辨龙蛇。

　　［庆宣和］投至狐踪与兔穴，多少豪杰！鼎足虽坚半腰里折，魏耶？晋耶？

　　［落梅风］天教你富，莫太奢，不多时好天良夜。富家儿更做道你心似铁。争辜负了锦堂风月。

表面上看是说兴衰无常，世事难料，历史上的是非功过也只是过眼云烟，那些英雄豪杰的宫阙不也早已成了狐兔的窟穴了吗？因而还是对一切的是是非非都不闻不问的好。这其实正是由于对历史不平，对现实生活中的是非不分现象有了明确的认识后，而表现出的激愤情绪。通过他对失败的英雄项羽的赞赏："拔山力，举鼎威，暗鸣叱咤千人废"（《叹世》），"楚霸王火烧了秦宫室，盖世英雄气。"（《野兴》）以及在其他散曲中对张良、韩信、诸葛亮等人的肯定，而对曹操称之为"奸雄"这样一些事实，则恰恰证明了他的明确的是非观念与思想倾向。由于马致远对历史上的是非兴亡，人世间的恩怨荣辱日益看破，他逐渐产生了归隐山林的愿望。

秋树昏鸦图。"枯藤老树昏鸦，小桥流水人家，古道西风瘦马。夕阳西下，断肠人在天涯。"

经过大约二十年的大都生活，又经历了二十年的漂泊漫游，在五十多岁的时候，他决心退隐。许多散曲表现了他渴望退隐的情绪与隐居生活情景。在［南吕·四块玉］《恬退》中，他说："绿鬓衰，朱颜改。羞把尘容画麟台。故园风景依然在。三顷田，五亩宅，归去来。"［大石调］《青杏子》："世事饱谙多，二十年漂泊生涯，天公放我平生假，剪裁冰雪，追陪风月，管领莺花。"在［般涉条］《哨遍》中，他更明确地表示："半世逢场作戏，险些误了终焉计。白发劝东篱，西村最好幽栖。"显示出一种迫不及待的心情。另一首［南吕·四块玉］《恬退》中则为我们描述了他隐居的生活环境："绿水边，青山侧，二亩良田一区宅。闲身跳出红尘外。紫蟹肥，黄菊开，归去来。"一个山清水秀的江南乡村生活情景。

在长期的退隐生活中，表现在创作上，艺术更加成熟，而思想情绪则

163

更加消极。这一时期，他的杂剧以神仙道化剧为主，尽管仍然对社会的不合理现象有深刻的揭露，但明显反映了对修仙养道生活的歌颂，在现实中找不到出路的情况下，一种陷于绝望境地的表现。如《黄粱梦》、《陈抟高卧》等。但是他的激愤之情、悲凉的思绪，并没有消除，而始终在他的心头回荡，又使他的作品具有了豪放的气势。尤其是他咏叹秋日之感的散曲，更为他赢得了"秋思之祖"（元代周德清语）的美誉，为后人所称道。比如著名的［越调·天净沙］《秋思》：

枯藤老树昏鸦，小桥流水人家，古道西风瘦马。夕阳西下，断肠人在天涯。

短短五句，笔触简洁地勾画出一幅别具意境的秋日行旅图。这首小令表面看来只是客观地描述景物，却言简意赅，达到借景抒情而感人至深的艺术效果，具有极强的感染力。王国维称它"寥寥数语，深得唐人绝句妙境"。前三句，只用了十八个字，就描述了由近及远、再由远及近九种景物。枯藤、老树与树上栖息的昏鸦，构成一个异常浓重的苍凉意境，而这种意境又和接下来的小桥、流水、人家这种悠闲自在的乡村生活场景形成一种映衬，再加上后面远处的茫茫古道、萧瑟西风、一匹疲惫不堪的瘦马，从而产生了强烈的对比。烘托出人物自身在西下的夕阳中，满腹的忧烦与苦闷，无论人生旅途是一番怎样的情景，自己却只是一个断肠的过客，消极愤懑之情溢于言表。全篇前三句没有一个主语或谓语，只以名词巧妙地组合而成，后两句用简洁的语言，客观地描述了作者在特定环境中的复杂心情，一句"断肠人在天涯"作结，使人读后回味无穷。可谓一片秋思，余韵千古。

53. 采莲之歌：杨果的散曲
cǎi lián zhī gē：yáng guǒ de sǎn qū

同元代大多数散曲作家相比，杨果可以说是相当幸运的一个。他虽然也经历了金朝覆亡的动乱年代，但终生仕途可谓如意，故他的生平事迹见于史料上的记载也比较多一些，在《元史》一六四卷还有他的传记。杨果字正卿，号西庵，祈州蒲阴（今河北安国）人。生于金章宗承安二年（1197 年），卒于元世祖至元六年（1269 年）。幼年曾经历过一段孤苦流离的生活，有十多年时间都是在流浪中度过的。曾随人南渡到过宋，又从宋辗转迁徙到许昌，历尽坎坷，以教人读书为生，同时自己也努力学习以求上进。他性情聪慧敏捷，诗文都很好，尤其擅长乐府。在金哀宗正大元年（1224 年），杨果考中进士。后遇当时的大司农、参知政事李蹊行来到许昌，杨果就把自己所作的诗送给李蹊行看，结果李蹊行大为赞赏，并在回朝后极力推荐保举，杨果因而得以担任偃师（今属河南）县令。到任后因廉洁干练而深受人民拥戴。后改任蒲城、陕县的县令，都很有政绩。就在他即将再次被提升的时候，金朝被元所灭。然而不久，元朝官员杨奂到河南征收课税，即起用杨果为经历官。很快又有万户史天泽来经略河南，推举杨果为参议。当时元正值初创之际，一切都刚刚开始，而杨果所经办的事皆很称职。故于元世祖中统元年（1260 年）被提升为北京宣抚使。第二年朝中设立中书省，拜杨果为参知政事。至元六年（1269 年），已经七十三岁的杨果又出任怀孟路总管，守怀州。同年去世。他终身为官，但诗文词曲也都很有特色，著有《西庵集》。

据清代徐釚《词苑丛谈》第八卷记载，杨果与元好问交好。一次元好问到并州去，在路上遇到一个捕雁的人，刚刚捕到两只雁，其中的一只已经死了，另外的一只则挣脱了网飞到空中，在空中盘旋哀鸣了很久，也不肯离去，最后竟然一头撞在地上而死。元好问于是出钱把两只雁买下来，把他们埋在汾水边上，并垒好石块作为标记，起名为"雁丘"。为此，杨果还写了一首词作为纪念，这就是〔摸鱼儿〕："怅年年、雁飞汾水，秋风依旧兰渚。网罗惊破双栖梦，孤影乱翻波素。还碎羽。算古往今来，只有相思苦。朝朝暮暮。想塞北风沙，江南烟月，争忍自来去。　　埋恨处。依约并门旧路。一丘寂寞寒雨。世间多少风流事，天也有心相妒。休说与。还却怕、有情多被无情误。一杯会举。待细读悲歌，满倾清泪，为尔

酹黄土。"清新俊逸，婉约哀怨。这种风格在他的散曲中也有明显的体现。今存小令十一首，套数五套。散见于《阳春白雪》与《太平乐府》中。

由于杨果所处时代正是元代早期，这个时期的散曲刚从乐府民歌和两宋词演化而来，因而杨果的散曲明显带有浓厚的民歌和宋词色彩。内容多写男女情思与抒发兴亡之感，且文采华美，清新自然，故明代朱权《太和正音谱》评为"如花柳芳妍"，应该说很符合他的风格特征。我们以他的〔越调·小桃红〕曲为例，可见其主要特色。〔小桃红〕为越调中常见的一种曲牌，杨果共写有十一支〔小桃红〕曲，有八支见于《阳春白雪》，没有题名；见于《太平乐府》的三支，题作《采莲女》。下面是其中之一：

> 满城烟水月微茫，人倚兰舟唱。常忆相逢若耶上，隔三湘，
> 碧云望断空惆怅。美人笑道，莲花相似，情短藕丝长。

这是一首描写男女恋情的小令。诗人以江南水乡为背景，以采莲对歌的形式，抒发了一对青年男女互相爱慕的情怀。在江城一个烟水朦胧，月色微茫的夜晚，男主人公见到了一位倚舟低唱的美丽姑娘，这梦幻般的氛围实在是谈情说爱的一个富有诗情画意的场景。而这姑娘偏偏又是他从前在若耶溪上遇到过，以后始终念念不忘的人。他此时抑制不住自己的感情，向姑娘倾诉了自己的满腹相思，"隔三湘，碧云望断空惆怅"，无论时间相隔多么久远，不论空间距离多么漫长，没有音讯相通，但相思不断，始终临风望月，空怀一腔惆怅。听了他的表白，姑娘回以嫣然一笑，认为他的话很值得怀疑，"莲花相似，情短藕丝长"：我的容颜还如莲花一样美好，我的感情也像莲花一样纯洁，但是你对我的感情却不像藕丝那样长。否则为什么当年你离我而去，又长久地不给我消息呢？怀疑的口气中透出了娇嗔与埋怨，而这恰恰就是姑娘内心真挚爱情的明确表达。全篇语言委婉含蓄，结构巧妙，情调清新自然，与南朝乐府的《采莲曲》很有相似之处，可以看做是一首描写采莲女的采莲之歌。另一首〔越调·小桃红〕抒写了一位采莲女对远方爱人的相思之情：

　　采莲湖上棹船回，风约湘裙翠。一曲琵琶数行泪，望君归，芙蓉开尽无消息。晚凉多少，红鸳白鹭，何处不双飞。

　　傍晚凉风习习，一位满腹哀伤的采莲女，孤零零的一个人没精打采地掉转船头回家，翠绿的裙摆随风飘拂，徒增一份凄清与惆怅。为排泄心中的愁绪，拿起琵琶想弹奏一曲，却引出了更加伤心的泪水，是否产生了与琵琶女同样的思绪？这只有主人公自己最清楚了。再看眼前，鸟儿双宿双飞，而自己"望君归"，却花开花落，春去秋来，仍然独站船头空垂泪。这份相思，可谓情深意重，曲已终而余味儿无穷。充分体现了杨果散曲的艺术特色。表现男女恋情的主题，在杨果的散曲中极为多见，比如［仙吕·翠裙腰］等，都很有韵味儿，具有清新自然的特点。

　　尽管杨果一生仕途比较得意，但他毕竟有过由金入元的经历，而且原本为金朝的官员，是在入元五年后才又做了元朝的官，所以留存于心的故国之情是难以消除的。在浅吟低唱南朝旧曲《采莲曲》的时候，也自然地引起了他的故国之思、兴亡之感。在其另一首［越调·小桃红］曲中就表达了这种感情：

　　采莲人和采莲歌，柳外兰舟过。不管鸳鸯梦惊破，夜如何？有人独上江楼卧。伤心莫唱，南朝旧曲，司马泪痕多。

　　一群欢乐的采莲女，一边采莲一边唱着采莲歌划着小舟从垂柳下穿过，她们此唱彼和，兴致正浓，也不管是否惊动了正在水边栖息的鸳鸯。然而这生动、欢快的场面对一个满腹心事，独卧高楼却难以入睡的伤心人来说，只能徒增烦恼，更觉伤感。因为采莲女们唱的采莲歌就是南朝旧曲《采莲曲》，显然歌声引起了他的故国之思，不觉内心的伤痛难以自持，泪水沾湿了衣裳。当年白居易听琵琶曲而泪湿青衫，是出于同是天涯沦落人之感，而今作者因听歌声而伤情、流泪，显然是由于故国之情，二者所寄托的感情不同，但闻声生情的结果是一样的。由于这首散曲所表达的是一种极为深沉的家国之痛，因而表现手法比较隐晦含蓄，但取得的艺术效果

却是巨大的，更多地调动了读者的艺术想象力。

　　总的看来，杨果的散曲以清新自然为主要特色，而又不乏隐蔽含蓄，具有较高的艺术感染力。

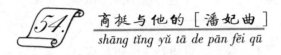

54. 商挺与他的 ［潘妃曲］
shāng tǐng yǔ tā de pān fēi qū

　　一支［潘妃曲］，唱出了一位出色的散曲家。在元代这一散曲名家辈出的时代，一位肩负军国重任的达官显贵也寄情于散曲，并能创作出极富艺术魅力以至经久传诵的名篇，这应该说是散曲艺术的一件幸事。从中既可以看出当时散曲创作的风气之盛，已经深入到各个阶层，当然也说明与作家所受的家庭影响有很大关系。商挺（1209—1288 年），字孟卿，一作梦卿，晚年自号左山老人。曹州济阴（今山东菏泽）人。由金入元后，曾历任参知政事、监察御史、枢密副使等职。《元史》一五九卷有他的传记。他出身于一个词曲世家，他的叔父商正叔就是一位著名的散曲家，且好词曲，擅长绘画，南宋初年艺人张五牛所作的《双渐小卿诸宫调》，就是经他改编的，这部诸宫调虽早已失传，但却十分有名，曾为当时的青楼名妓赵真真、杨玉娥所传唱，《水浒传》第五十一回《插翅虎枷打白秀英》中提到的白秀英所唱的《豫章城双渐赶苏卿》，就是指这一诸宫调。商挺的父亲商衡在金末殉难，但生前也很擅长散曲，而商家与金代文学宗匠元好问有通家之好，故商正叔与商衡都与元好问交往甚密，金亡后，商挺与元好问也有过诗文往来。在这样的家庭背景下，商挺所受到的影响与熏陶就可想而知了。

　　商挺能诗善画，亦工于书法，尤其擅长山水墨竹与隶书。史称他曾作诗一千多篇，可惜多已失传，留传下来的很少。所作散曲也仅有十九首小令收在《阳春白雪》与《雍熙乐府》等总集中得以保存下来。这十九首小令曲牌均为［潘妃曲］。从其曲意来看，其中有一些可能是重头的组曲。比如收在隋树森编的《全元散曲》中的起首四支［潘妃曲］，就是分别吟咏春夏秋冬四种景致，显然属于同调重头的一组。就内容上来看，除了描述自然景物以外，多为写男女恋情的作品。艺术上体现了早期曲的自然清新、朴实率真的当行本色，不避口语俗语，不加雕琢粉饰，富于民歌色彩。从下面的小令中，我们可以对他的散曲特色有所体会。〔潘妃曲〕之一：

> 带月披星担惊怕，久立纱窗下。等候他。蓦听得门外地皮儿踏，则道是冤家，原来风动荼蘼架。

这首小令生动地刻画了一位热恋中的少女形象，形象化地表现了她的心理活动。她与情人早已约定好夜晚相会，于是自己"带月披星"，偷偷地先来到纱窗下等待。一面还担心，既怕被人发现，又怕情人失约。就在她殷殷期待，心中焦灼不安的时候，忽然听到门外一阵响声，好像是人的脚步声，她不由得一阵心动，以为是情人来了。结果仔细一听，原来是风儿吹动荼蘼架发出的声响。简短几句，描述出主人公一瞬间的心理活动，从而把一个沉浸于爱情之中的多情、娇憨的少女形象活灵活现地表现出来了。语言通俗，又活泼跳跃，表现形象与心理活动栩栩如生，又一波三折，给人留下的印象相当深刻。另外两首小令则是以女子的口气，吟咏闺情的相思曲："闷酒将来刚刚咽，欲饮先浇奠。频祝愿，普天下心厮爱早团圆。谢神天，教俺也频频的勤相见。"显然写的是一个盼望早日与情人相见的女子，正在独坐喝闷酒，原想借酒浇愁，又觉酒并不能消去心中的愁，只会更增愁闷，还不如以酒祭天，祈求上天保佑天下的有情人都得团圆。由自己渴望与情人欢聚之心，推及到祝愿全天下的有情人，其实更表明了主人公自己的满腹深情，因而最后转回到自己的私愿上来，"教俺也频频的勤相见"，就显得坦率、自然，又有起伏变化。这里直接使用了民间俗语，比如"将来（取来）"、"心厮爱（两心相爱的人）"、"俺"等词语，从而使小曲充满了民歌情调，具有很强的艺术感染力。"一点青灯人千里。锦字凭谁寄？花落东君也憔悴。投至望君回。满尽多少关山泪。"这是一首闺怨曲。女主人公因夫君远去，自己独守孤灯，而产生年华虚度、美人迟暮的悲哀，又想到彼此远隔千山万水，音讯不通，就连寄情鸿雁也不可能，这份伤痛更是难以自持，恐怕眼泪也要流尽了。言简意深，纸短情更长，可见作者的艺术功底。

55. 杜仁杰与《庄家不识勾栏》
dù rén jié yǔ zhuāng jiā bù shí gōu lán

元朝是戏剧的黄金时代，作家、演员人才济济，戏剧本身也充分成熟和兴盛，但同一时期记录作家及其创作的材料却很少，直接描写戏剧演出情况的就更少了。而杜仁杰创作的［般涉调·耍孩儿］《庄家不识勾栏》以散曲的形式，以轻松幽默的笔调，写出了一个庄稼汉眼中的元杂剧表演情况，填补了这方面的空白。这样，就使这一作品不但具有文学价值，更重要的是有着珍贵的史料价值。

杜仁杰（1201？—1283？年）字仲梁，号止轩，字善夫，济南长清（今属山东）人。他为人清高，厌恶官场黑暗，在金正大年间，就开始隐居在内乡山中，以山为伴，以文为友，并经常与麻革、张澄等人以诗唱和。元世祖至元中，多次派人请他出来做官，他都不肯。他的儿子仕元为显宦，官至福建闽海道廉访使，杜仁杰父以子贵，死后赠作翰林承旨，谥号文穆。他的诗有《善夫先生集》，散曲仅存套数三套，小令一首。其中最著名的就是所作套数《庄家不识勾栏》。

下面，让我们跟随杜仁杰笔下的庄稼汉一起，到元代的勾栏（宋元时百戏杂剧的演出场所）去看一回戏剧。我们的主人公一开场，便喜气洋洋地要进城去，为什么呢？原来是今年"风调雨顺民安乐"，"桑蚕五谷十分收"，"差科"又有限，真是神明保佑，想起去年许下的愿，于是庄稼汉便离开村去城里"买些纸火"好回来祭奉神明。这几句曲词，为整个套数奠定了一个欢快的基调，并为庄稼汉看戏做了铺垫。进了城的庄稼汉，"正打街头过，见吊个花碌碌纸榜，不似那答儿闹穰穰人多"。到底是干什么的这么热闹？路过的庄稼汉凑上去，正准备看个究竟，就听见剧场把门人热情地喊"请请"、"迟来的满了无处停坐"。并且报出今天上演的剧目是院本《调风月》和杂剧《刘耍和》。还自我夸赞说"我们勾栏里的演出，可不是赶场的散乐班子可比的"。听他这么一说，庄稼汉心里活动起来，没见过勾栏的庄稼汉决定要见见世面，于是，他交了也许是准备买纸火的二百钱，买门票进了剧场。进了勾栏，只见坐的地方是个"木坡"，看戏的人们都是"层层叠叠团圆坐"。舞台很高，庄稼汉怎么看都是"钟楼模样"。这时候正戏还没开始，只见"几个妇女台儿上坐，又不是迎神赛社，不住的擂鼓筛锣"。在村里，只有在迎神出庙周游街巷时才不住地敲锣打鼓，今天又不是迎神赛社的日子，她们打那锣鼓干什么？真奇怪！接下来，演出正式开始，只见出来一伙人，中间那个一看就是个害人精，你看他的打扮：黑头巾、顶门上插一管笔（长发簪），满脸石灰（白底），更着些黑道抹，花布长袍。这几个人在台上唱了一小段，庄稼汉听了听"无差错"，而且"巧语花言记许多"，这一小段唱，当时叫做艳段，也就是矗。《梦粱录》中记载："杂剧中末泥为长，每一场四人或五人，先做寻常熟事一段，名曰艳段，次做正杂剧，通名两段。"在这里可以用来互证。接着，《调风月》上演，主要情节是：张太公和小二哥进城，见一美貌少妇站在帘下，张太公顿起邪念，想娶她做老婆，并要小二哥给他说合，结果受到小二哥的戏弄。其中最让庄稼汉高兴的是张太公被小二哥戏弄得"往前挪不敢往后挪，抬左脚不敢抬右脚"。张太公一着急，"把一个皮棒槌则一下打做两半个"。看戏的庄稼汉一看：坏了，出事了。"我则道脑袋天灵破，"以为演员的脑袋非打破了不可，这不得打官司吗？没想到，这时台上的张太公"鞅地大笑呵呵"，全剧在笑声中结束了。在全曲的结尾，作者写道："则被一泡尿，爆得我没奈何。刚揞刚忍更待看些儿个，枉被这驴颓笑杀我。"一直被尿"爆得我没奈何"的庄稼汉，本想忍着再看一会儿，被这一笑再也忍不住了，只好中途退场。结局出人意料，妙趣横生，更增添了全剧的喜剧效果。

全曲紧扣庄稼人"不识"二字，从庄稼人的生活阅历和欣赏角度出发，把庄稼人初次看戏的新奇、惊愕和少见多怪的心态，以及对戏剧的独

特理解，都写了出来。同时，也通过庄稼汉的眼睛，为我们描述了元杂剧演出的一些基本情况。比如元杂剧的观众"往下觑是人旋窝"，如此众多的观众，显然是属于市民阶层；描述了勾栏里的座位是"木坡"人们是"团圞坐"，舞台是"钟楼模样"；描述了元杂剧的演出顺序，以及剧中人的化妆等，这些在我们今天看来，都有极高的史料价值。

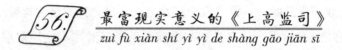

56. 最富现实意义的《上高监司》
zuì fù xiàn shí yì yì de shàng gāo jiān sī

由于元朝统治者是在马上得天下的，所以他们相信依靠武力依然能统治好天下。于是《元史·刑法志》中规定："凡以曲文妄议、讥评朝政者死罪。"有了这样一个高悬在头的利刃，文人们对贪官污吏的巧取豪夺，豪强恶霸的横行乡里，只能是"知荣知辱牢缄口，谁是谁非暗点头"，而不能在散曲中大胆体现。在这个野蛮统治文明的时代里，"七娼八妓，九儒十丐"的地位，使元代文人在大济苍生上显得那么的无奈。"达则兼济天下，穷则独善其身"，向来是中国文人的传统处世哲学，既然当时的社会状况使他们无法兼济天下，元代文人只好流连于歌楼妓馆，徜徉于山水寺庙之中，以男女情爱，隐逸山水为主要题材，抒发着个人的欢乐与愁怀。而一些具有社会责任感和同情心的作家，通常只能靠借古讽今来表达自己的思考与愤怒，借指桑骂槐来发泄自己心中的不满，比如张可久的[卖花声]《怀古》：

美人自刎乌江岸，战火曾烧赤壁山，将军空老玉门关。伤心
秦汉，生民涂炭，读书人一声长叹。

作者忧的是眼前的黎民，却只能化作对古人的一声长叹。这是元朝普遍现象，然而也有一些作品敢于直斥时弊，真实细致地反映人民的苦难，其中最著名的是刘时中的散套《上高监司》。

刘时中（1310?—1354后），南昌人，生平不详。从其[双调·新水

令]《代马诉冤》中"世无伯乐怨他谁"，"谁知我汗血功，谁想我垂缰义，谁想我千里才，谁识我千钧力"，可以看出刘时中是一个穷困潦倒，怀才不遇的文人。他工于散曲，现存套数三套。以《上高监司》在散曲作家中赢得了很高的地位。《上高监司》之所以受人瞩目，其一，是因为篇幅长。《上高监司》一共有两套，前套十五支曲子，后套三十四支曲子，是元散曲中篇幅最长的；其二，是因为它最具有现实意义：前套直接反映灾荒景象，后套写出了当时钞法的积弊，这样从正面反映现实问题，评议政治得失的作品在元散曲中可谓是空谷足音。

关于作品中所描写的高监司与那场旱情，在历史上是确有其人，确有其事。据史料记载：高监司，就是元文宗时杭州路总管高纳麟。元代天历二年（1329年）全国很多地方大旱，《元史》也有记载："江西龙兴，南康……诸路旱。"大旱以后，紧接着出现饥荒。高纳麟这一年任江西道廉访使，曾"出粟以赈民，全活甚众"。高第二年便调湖广行省参知政事。所以，作品的后半部分是颂扬高的德政，预祝他升迁再升迁。

《上高监司》首先描写了灾荒的由来："去年时正插秧，天反常"，连续干旱引起了饥荒，饥荒年成了贪官地主发财的好机会。他们趁火打劫，"殷实户"与"停塌户""谷中添秕屑，米内插粗糠"。走私贩子大肆进行黑市交易，克扣斤两，渔取暴利。为灾年赈济饥民而设的义仓，一向由税官掌管，他们平日就造假账，侵吞库粮。现在开仓更是玩弄伎俩，"富户都用钱买放"。社长、知房们捞足了油水，老百姓到头来只落得画饼充饥、两泪汪汪。在天灾人祸的逼迫下，人们饿得"一个个黄如经纸，一个个瘦似豺狼，填街卧巷"。走投无路的人们"偷宰了些阔角牛，盗砍了些大叶桑"，"贱卖了些家业田庄"，"乳哺儿没人要撇入长江"。接下来作品又对亲自赈济灾民的高监司进行了称颂和祝愿。

在"后套"中，作者揭露了元代变更钞法的种种积弊，抨击了滑吏奸商，贪污盗窃，行贿受贿，操纵市场，抬高物价，互相勾结，投机取巧，拐带诈骗，坐地分赃，奢侈腐化，挥霍浪费，横行乡里，欺压百姓的种种卑劣行径，揭露了元代社会的黑暗腐朽。作者揭露的对象是极广泛的。从官府系统来说，举凡贴库，库子、军百户、攒司、官人、四牌头，以至弓手门军，无不在其笔下原形毕露。从商人方面来说，举凡粜米的、卖肉的、做皮的、开沽的、卖油的、卖盐的、卖布的、卖鱼的、卖饭的、磨面的、以及驵侩徒、兴贩的、经纪人、暴发户，无不在其笔下丑态百出。从钞法变更来看，举凡印制、库存、押运、流通中的种种流弊，作者无不加以揭露。作者在揭露时，不少地方可谓慷慨陈词，一字一愤，具有强烈的感情色彩，确实是元曲中少见的佳作。

刘时中的两套《上高监司》，描绘出元朝社会的一幅灾年流民图和一幅社会百丑图。虽然其中也不乏对高监司的阿谀奉承和对农民起义的诅咒，但正如郑振铎所说："这里是一幅最真实的民生疾苦图。在元曲里充满了个人的愁叹，而这里却是为民众呼吁着；这不能不说是空谷足音了。"（《中国俗文学史》）曲作是把呈文写入唱曲，议论时事，讽喻现实，扩大了散曲的题材范围，是一种开创性的尝试。两套曲子都是以描述为主，以议论、抒情为辅，在描写事物特征上形象具体，语言质朴、通俗富有感情色彩。正是由于以上原因，刘时中被称做"曲中白居易"，而《上高监司》也被誉为"曲中新乐府"。

57. 文采风流：薛昂夫的散曲
wén cǎi fēng liú：xuē áng fū de sǎn qū

在元代文坛上，薛昂夫是一位颇负盛名的诗人，也是著名的散曲作家。他的作品流传下来的不是很多，但在当时却很有影响。清祖少雅《南曲九宫正始》收入吴亮中对他的评价："薛昂夫词句潇洒，自命千古一人。"

薛昂夫，字超吾，号九皋。回鹘人，汉姓马，因此也称马九皋、马超吾。薛昂夫家本是西域人，后来随着元代统治者入主中原而迁徙内地，居怀孟路。他的祖父曾任御史大夫，家住在龙兴（今江西省南昌市），他的父亲官至御史中丞。两人都被封为覃国公。薛昂夫出生于地位较高的官宦家庭，据考证，他大约生于元世祖至元八年（1271 年）前后，卒于元帝至正十年（1350 年）以后。薛昂夫虽然是来自于西域的少数民族，但他从小就对汉文化特别喜爱，学习了很多中国古代的典籍和诗词作品，还曾拜由南宋入元的著名词人刘辰翁为老师，学习写作诗歌。他写诗成名较早，三十一岁时就有诗集问世，与当时的著名诗人杨载、虞集、萨都剌等都有诗歌唱和。薛昂夫的诗集叫做《九皋诗集》。刘将孙为他的诗集作序说："九皋者，幽闲深远处也，而鹤则乐之。薛君昂夫以公侯胄子人门家第如此，肆萧然如书生，厉志于诗，名其集曰九皋。其志意过流俗远矣。"（《养吾斋集》卷十）元代著名的画家赵子昂曾为薛昂夫诗集写序，称赞他的诗"皆激越慷慨，流丽闲婉，或累世为儒者有所不及，斯亦奇矣!"王德渊在《薛昂夫诗集序》中也说："今观集中诗词。新严飘逸。如龙驹奋迅，有并驱八骏，一日千里之想。"可见他在元代诗坛上是很有名气的。可惜他的诗集早已散失，今天能够看到的只有《赠僧》诗一首。

薛昂夫在四十岁左右开始做官，起初为江西行中书省令史，只是一个没有品秩的低级办事员，后入京，由秘书监一直做到金典瑞院事、西南某路总管、太平路总管。元统年间为衢州路总管，官职很高，已经是三品大员了。长期的官场生涯，使薛昂夫对元朝社会的黑暗现实非常不满，同时也深深感受到统治阶级的腐败，厌倦了官场生活而留连山水。在晚年他辞官归隐，住在风景秀丽的杭州西湖附近。

散曲是薛昂夫流传至今的主要作品，在元明两代的多种曲选中，共保留下来他的小令六十五首，套曲三套，大都是他晚年的作品。

薛昂夫的散曲多是表现作者感叹人生、向往归隐生活的思想情趣。在元代散曲中，歌唱山林归隐成为一时风尚。危机四伏的社会矛盾，污浊险恶的政治环境，使许多文人士大夫产生了远离官场、寄情山水、隐身市井的生活道路。薛昂夫虽然不是处身于社会的底层，而且还做过高官，但他对这样的社会现实也是深有感触的。[中吕·山坡羊]《无题》表现出作者厌恶官场生涯的情怀：

　　大江东去，长安西去，为功名走尽天涯路。厌舟车，喜琴书。早星星鬓影瓜田暮，心待足时名便足。高，高处苦；低，低处苦。

　　为了功名而四处奔波，"走尽天涯路"，对作者来说，是极其痛苦的，还不如学那秦时的邵平，东门种瓜。更何况久在官场，说不定会给自己带来杀身之祸！对那些贪恋功名的人，他也发出责问："尽道便休官，林下何曾见，至今寂寞彭泽县。"（［正宫·塞鸿秋］）归隐的乐趣，在他的作品中多有描写，［中吕·阳春曲］六首叙写了作者诗酒优游的生活，［双调］《殿前欢》四首是作者家居时流连自然风光、陶冶情操、吟咏性情的生活写照。向往自然的心态、宽阔的胸襟、豪放的气质、洋溢的才气，让人一览无遗。其中《冬》的第三阕更是作者直抒胸臆的表白：

　　醉归来，袖春风下马笑盈腮。笙歌接到朱帘外，夜宴重开。十年前一秀才。
　　黄荠菜，打熬到文章伯。施展出江湖气概，抖擞出风月情怀。

　　薛昂夫对世俗的"蜗角功名"和"蝇头微利"极其鄙视，却以自己的才情文名自负。高兴之余，不禁高歌起来。在这组散曲中，薛昂夫还唱出了"四海诗名播，千载谁酬和？知他是东坡让我，我让东坡"的语句，直欲和北宋时期的大文豪苏东坡在文名上比一比高低，这可以说是他自命"千古一人"的自豪情绪的直接流露。作者抒发归隐情趣时，还把农庄生活当做自己的理想人生来憧憬描绘，他在套曲［端正好］《高隐》中用了几支曲子描写山村农家一年四时的恬静生活：种山田，栽桑麻，足衣食，家人团聚，亲友往来，"少忧愁省烦恼无灾祸，到头来无是无非快活煞我"。这样的一幅生活图景在元代社会虽然不会存在，但它反映了作者志在归隐、向往田园的情怀，因而有着积极的思想意义。

　　薛昂夫的散曲作品中，描写自然风光和表现作者留连山水的作品也很多。较为有名的是他写西湖风光的组曲［中吕·山坡羊］《西湖杂咏》。这一组散曲共有七首，从不同的时令和角度描写西湖的美丽景色，并将作者的形象也展露于其中，使我们看到了作者陶醉于山光水色之美的脱俗形象。请看其中春、夏、秋、冬四曲：

> 山光如淀，湖光如练，一步一个生绡面。扣逋仙，访坡仙，拣西施好处都游遍。管甚月明归路远。船，休放转；杯，休放浅。

> 晴云轻漾，薰风无浪，开樽避暑争相向。映湖光，逞新妆，笙歌鼎沸南湖荡。今夜且休回画舫。风，满座凉；莲，入梦香。

> 疏林红叶，芙蓉将谢，天然妆点秋屏列。断霞遮，夕阳斜，山腰闪出闲亭榭。分付画船且慢者。歌，休唱彻；诗，乘兴写。

> 同云暧靆，随车缟带。湖山化作瑶光界。且传杯，莫惊猜，是西施付粉呈新态。千载一时真快哉。梅，也绽开；鹤，也到来。

作者以清新疏朗的语言，抓住西湖四时的景物特点来描绘，并且将景物从人物的眼中透视出来，自然而然带上了作者的热爱自然、徜徉山水时的心理情绪，将美景与豪情一同写来，既清新如画，又情意盎然，使读者更能感受到西湖"淡妆浓抹总相宜"的不尽魅力。其他的散曲如［楚天遥带过清江引］《无题》、［双调·庆东原］《西皋亭适兴》等，还描绘出廓大高远的自然景物，如"一江春水流，万点杨花坠"、"江东日暮云，渭北春天树"等句，笔调活泼，语言生动，风格清新，表现出新的气象。

薛昂夫的咏史、怀古作品，也很有特色。作者非常熟悉汉民族文化和历史，在曲中纵论古今，抒发自己的人生观和历史见解。他在［中吕·朝天曲］《无题》中对历史上的明君、贤相、高士、隐者进行了酣畅淋漓的评论。"沛公"讥刺刘邦杀害功臣，"伍员"叹惜伍子胥的悲剧命运，"假王"批评韩信不能及早抽身，以至鸟尽弓藏，身死人手。作者冷眼看人生，热血评历史，在作品中显示出丰富的阅世眼光和豪爽开阔的胸怀。

作为出身于少数民族的散曲作家，薛昂夫确实是一位博学多才、潇洒风流的人物，他的不平凡经历和他在诗、曲创作方面取得的成就，使他在元代文坛上占据了较重要的地位。

 "碧海珊瑚"：杨朝英的散曲

bì hǎi shān hú：yáng cháo yīng de sǎn qū

在后期众多的散曲作家中，有"碧海珊瑚"之称的杨朝英以其独具特色的作品为时人所重。

杨朝英，号淡斋，青城人。在元代有两个地方叫做青城，一在今山东省上县；一在今四川青城县。一般认为他是山东青城人，但也有人认为他是四川青城人。

杨朝英的散曲今存小令二十七首，多以描摹恋情、歌咏隐逸为内容。

反映隐逸生活情趣的散曲有〔正宫·叨叨令〕《叹世》、〔双调·殿前欢〕《和阿里西瑛》五首、〔双调〕《水仙子·无题》七首等，这些作品表现了作者的隐逸生活方式和对功名利禄的态度，其中虽有着一定的消极思想，但更主要的是反映出作者对当时黑暗社会现实的一种反抗态度和不与统治阶级同流合污的可贵精神。如〔叨叨令〕二首：

> 想他腰金衣紫青云路，笑俺烧丹炼药修行处。俺笑他封妻荫
> 子叨天禄——不如我逍遥散诞茅庵住。倒大来快活也末哥！倒大
> 来快活也末哥！那里也龙韬虎略擎天柱！
> 昨日苍鹰黄犬齐飞放，今日单鞭赢马江南丧。他待学欺君冈
> 上曹丞相——不如俺葛巾漉酒陶元亮。倒大来快活也末哥！倒大
> 来快活也末哥！渔翁把盏樵夫唱。

诗人将达官贵人腰金衣紫的生活和自己的散诞茅屋相对照，否定前者，赞扬后者，表现出鲜明的价值取向。统治者享受着高官厚禄，骑在人民头上作威作福，到头来也会烟消云散，而如诗人自己的隐居者，闲散于

江湖，与渔夫樵子为伍，在心态上却是快活逍遥的。这两首小令以对比手法反映出诗人愤世嫉俗的思想情绪和豪爽旷达的生活态度。虽然也说到烧丹修行等行为，但这些是作为官场生涯的对立面而描写的，不足多怪。

［双调·殿前欢］《和阿里西瑛韵》［双调·水仙子］是具体描绘诗人隐逸生活的作品，请看其中的二首：

> 白云窝，天边乌兔似飞梭。安贫守己窝中坐，尽自磨陀。教顽童做过活，到大来无灾祸。园中瓜果，门外田禾。

——《和阿里西瑛韵》其四

> 杏花村里旧生涯，瘦竹疏梅处士家，深耕浅种收成罢。酒新篘筶，鱼旋打，有鸡豚竹笋藤花。客到家常饭，僧来谷雨茶，闲时节自炼丹砂。

——［水仙子］《自足》

诗人选择了安贫守己、自食其力，耕田种菜，课村童，养鸡豚，在劳动的乐趣中流露出闲适的情调。这二首小令写得豪爽洒脱，用语浅白流畅，有豪放派的情致，虽然不能与马致远、关汉卿、卢疏斋等人相提并论，却也自有其特色。

杨朝英歌咏恋情的作品有［中吕·阳春曲］、［越调·小桃红］《题写韵轩》和［双调·水仙子］《东湖所见》等。

> 当年相遇月明中，一见情缘重。谁想仙凡隔春梦。杳无踪，凌风跨虎归仙洞。今人不见，天孙标致，依旧笑东风。

——《题写韵轩》

> 东风深处有娇娃，杏脸桃腮鬓似鸦，见人羞行入花阴下，舌吟吟回顾咱，惹诗人纵步随他，见软地儿把金莲印，唐土儿将绣底儿踏，恨不得双手忙拿。

———《东湖所见》

前一首借仙女吴彩鸾和穷书生文萧相爱、跨虎成仙的故事抒发对所思念女子的深情，隐喻深婉，富于浪漫主义色彩，"天孙标致，依旧笑东风"更是得意之笔，写出女子在诗人心目中美丽脱俗的形象。后一首则刻画出一位美丽活泼、羞涩多情的少女形象。充满情趣，富于青春气息。这类形象在元曲中不多见，有着较高的审美价值。

杨朝英写景的作品不多，但也很有成就，如〔双调·清江引〕：

> 深秋最好是枫树叶，洒透猩猩血。风酿楚天秋，霜浸吴江月。明日落红多去也。

这首小令，奇思巧运，在前代无数骚人墨客的秋词之外更翻唱出新的曲调。作者在秋色中的众多景物里偏选择了鲜红的枫叶来描绘，把它作为万里秋色中绝佳的景物。这首小令的景物描写开阔高远，展现出一幅水墨泼洒的南国秋江霜月图。作品的语言运用极见功力，有炼字之妙。"酿"字写尽秋色之浓，"浸"字写秋意之深，把天上秋月和江边清霜融汇在一幅动人的画面之中，显现出凄清秋色的别样魅力。结尾之句，神思飞动，出人意表，又不愧"奇巧"之誉，全曲文辞典丽，风格清隽，确是杨朝英的散曲代表作。

杨朝英的散曲不像其他作家那样喜欢以俚语俗词入曲，而是伴随着元代散曲后期的雅化潮流，表现出语言典雅清丽的特征。与其他作家相比，他的小令更接近于词的风格，这也许是"碧海珊瑚"的涵义之所在。同时，杨朝英的散曲仍保持着元曲通俗质朴本色和清隽豪爽的特征，从而表现出多样化的风格。

59. 善写闺情：刘庭信的散曲

shàn xiě guī qíng：liú tíng xìn de sǎn qū

元代散曲作家中，曾瑞和刘庭信是以专门描写闺中女性相思相恋情怀而知名的作家。他们的曲作，各有所长，这里主要介绍一下刘庭信的散曲创作。

刘庭信，原名廷玉，益都人，生卒年不详。因为他排行第五，长得身长而黑，当时人称他"黑刘五舍"。他的族兄刘廷翰曾任南台御史，后出为嘉兴路总管、浙东廉访、湖藩大参。刘庭信卒于武昌。从有关典籍记载来看，刘庭信知识渊博，非常善于写作散曲。风晨月夕之下，唯以填词为事。他为人聪慧，豪爽磊落，喜欢谈笑。创作散曲的时候，才思敏捷，出口成章。他对民间俗语和街巷市俚之谈非常熟悉，能够很随意地采用，写入到散曲里，往往能说出别人所不能说出的话，因而深受当时人的喜爱，人们很愿意歌唱他创作的散曲。刘庭信住在武昌的时候，经常和当时的武昌元帅兰楚芳唱和，人们常把他们比做唐代的元稹、白居易。他的作品今存小令三十九首，套曲七首。

刘庭信的散曲作品，以描写闺情、闺怨为主要内容，他常常以独守闺中的女性为主人公，刻画她们在与情人分别后的相思、孤独、寂寞的情怀。把封建社会妇女的痛苦心情，结合特定的环境气氛，表达得淋漓尽致，在散曲作家中独树一帜。他的言情小令，如〔正宫·塞鸿秋〕《悔悟》、《走苏卿》和〔中吕·朝天子〕《赴约》等在当时脍炙人口，盛传一时。

苏卿写下金山恨，双生得个风流信。亚仙不是夫人分，元和到受十年困。冯魁到底村，双渐从来嫩，思量唯有王魁俊。

——《悔悟》

泥金小简，白玉连环。牵情惹恨两三番，好光阴等闲。景阑珊绣帘风软杨花散，泪阑干绿窗雨洒梨花绽，锦斓斑香闺春老杏花残。奈薄情未还。

——〔正宫·醉太平〕《忆旧》

前一首小令借当时流行的杂剧故事里面的人物情节表现女主人公的相

181

思之情。那位女子极端愁苦之下，难免产生悔恨之情，以抱怨的口吻，抒发对丈夫的刻骨思念。后一首小令先是借物抒怀，由离人的书信、赠物引出相思烦恼，再以春光渐逝、泪尽花残的景物来烘托人物的痛苦心情，意蕴深婉，余味悠长。

刘庭信特别善写闺情，能以细腻的笔触写出闺中女子的种种情思，深受当时曲家的赞赏。他的套数［双调］《新水令·枕痕一线印香腮》一出，广为传诵，和者甚众，但没有人能够超出他的原作。据《雍熙乐府》记载，他的"枕痕一线印香腮"之句，不断有人模仿，竟有十四种之多。他的套曲［南吕·一枝花］《春日送别》写一位女子送丈夫离家应举时的矛盾痛苦心情：

丝丝杨柳风，点点梨花雨。雨随花瓣落，风趁柳条疏。春事成虚，无奈春归去。春归何太速？试问东君，谁肯与莺花作主？

［梁州第七］锦机摇残红扑簌，翠屏开嫩绿模糊。茸茸芳草长亭路。乱纷纷花飞园圃，冷清清春老郊墟，恨绵绵伤春感叹，泪涟涟对景踟蹰，不由人不感叹嗟吁！三般儿巧笔堪图：你看那蜂与蝶趁趁逐逐，花共柳攒攒簇簇，燕和莺唤唤呼呼。鹧鸪、杜宇，替离人细把柔肠诉："行不得，归不去。"鸟语由来岂是虚？感叹嗟吁！

［骂玉郎］叫一声才郎身去心休去，不由我愁似织，泪如珠。樽前无计留君住，魂飞在离恨天，身落在寂寞所，情递在相思铺。

［感皇恩］呀，则愁你途路崎岖，鞍马劳碌。柳啊都做了断肠枝，酒啊难道是忘忧物，人啊怎做的护身符。早知你抛撇奴应举，我不合惯纵的你读书。伤情处，我命薄，你心毒。

［采茶歌］觑不的献勤的仆，势情的奴，声声催道误了程途。一个大厮八忙牵金勒马，一个悄声儿回转画轮车。

［尾声］"江湖中须要寻一个新船儿渡，宿卧处多将些厚褥儿

铺，起时节迟些儿起，住时节早些儿住。茶饭上无人将你顾觑，睡卧处无人将你盖覆，你是必早寻一个着实店房儿宿。"

这首套曲细致入微地刻画了女子内心的情感起伏。她既想留丈夫在自己身边，但又怕耽误了丈夫的前程；既有对丈夫的体贴关怀，也有对他和对自己的埋怨。她怕丈夫在外变心，反复叮嘱他"身去心休去"。但眼前的离别滋味使她无法忍受，于是又抱怨丈夫心"太毒"，后悔当初不该让他苦心攻读。最后还殷勤地嘱咐丈夫在外的衣食住行，表现她对丈夫旅途生活的关心。这种忧愁辗转、爱恨交错的心情，读来感人至深。这首套曲前半多用比兴，以景衬情；后半多用赋法，直诉离情，情景交融。几支曲子在抒情上连贯有变化，真实地描绘出女子的内心情感。刘庭信的另一支套曲［南吕·一枝花］《秋景怨别》与前一首《春日送别》在抒情的情节上有联系，可以当做闺中怀人的姊妹篇来读。《春日送别》写的是临别之时女主人公的凄凉忧伤心情，而《秋景怨别》接写女主人公在丈夫离家之后刻骨相思、忧愁成病的情景。它的尾曲尤为世人激赏：

　　［尾声］惊回残梦添凄楚，无奈秋声最狠毒。风声忧，雨声怒，角声哀，鼓声助。一声听，一声数；一声愁，一声苦。投至的风声宁，雨声住；角声绝，鼓声足。又被这一声钟撞我一口长吁，则我这泪点儿更多如窗外雨。

　　作者以不断传来的秋风苦雨和暮鼓晨钟的声音来刻画主人公凄楚欲绝的情怀，可以体会到女主人公哀婉忧伤，不能自持的形象。《录鬼簿续编》对这支曲辞评价极高，说它"音节激楚，文情酸辛。如此协律惬心，虽苏、李之作，犹不能写此，安得薄为小道哉！"描写闺情、怀人的作品，从唐诗、宋词以来蔚为大观，佳作迭出，在元曲中这类题材的作品也不在少数。而刘庭信的摹写闺情之作，却能在前人基础上力图新变，言人所未能言，表现出自己的特色，不愧是一位善写闺情的散曲作家。

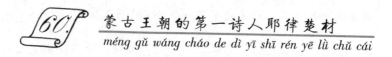
60. 蒙古王朝的第一诗人耶律楚材
méng gǔ wáng cháo de dì yī shī rén yē lǜ chǔ cái

耶律楚材是辽东丹王耶律倍八世孙，父亲耶律履仕于金朝，官一直做到尚书右丞。《左传》中有"楚虽有材，晋实用之"之语，耶律履取其意为儿子命名，预言儿子必成大器，为异国所用。这预言果真实现了，耶律楚材金材元用，成为元代初年著名的政治革新家、蒙古王朝的第一位著名诗人。

耶律楚材身材很高，胡须甚美，声音洪亮。少年时代就博览群书，天文、地理、律历、术数、佛老、医道、占卜，无所不通。十七岁中进士，受到金章宗的赏识，做了开州同知。

公元 1214 年，金宣宗迁都开封，耶律楚材被任命为左右司员外郎，留守燕京（今北京）。元太祖成吉思汗平定燕京之后，闻听楚材大名，立即召见。耶律楚材从此投靠成吉思汗，被成吉思汗留在自己身边。成吉思汗曾指着耶律楚材对元太宗窝阔台说："此人，天赐我家。尔后军国庶政，当悉委之。"窝阔台也曾对耶律楚材说："非卿，则中原无今日。朕之所以高枕者，卿之力也。"足见耶律楚材地位之重要，非同一般。

据说耶律楚材善预卜吉凶，成吉思汗每次出征，必令他占卜。1224 年，成吉思汗到达东印度，驻扎在铁门关，有一头一只角的兽，形状像鹿，长着马的尾巴，绿颜色，能像人一样地说话。这头怪兽对成吉思汗的侍卫说："你们的君王应该尽早回去。"成吉思汗问耶律楚材，耶律楚材回答说："这是一只祥瑞之兽，名字叫角端，能说各种话，喜好生厌恶杀。这是上天降下符命告诉陛下……愿陛下顺承天心，以保全民众的生命。"成吉思汗当天就班师回还了。这故事虽然充满神奇、迷信，但利用预卜吉凶来巧妙地阻止统治者杀人，无疑是值得称道的。

耶律楚材确实在忠心耿耿地为蒙古统治者服务。他把儒家之道称为"万世常行之道"，他的服务是以儒治国，他设计了种种以儒治国的方略，这对蒙古初年的政治，显然具有革新的重大意义。这种革新明晰地体现在耶律楚材对待民众的态度之中。按照蒙古"旧制"，凡攻城，敌人以武力相抵抗拒绝投降，城破之后，就要大肆杀戮。在金朝都城开封将被攻破的时候，大将速不台遣使来报告，由于金人顽强抵抗，城破之后，应该大肆杀戮。当时为逃避战乱，居住在开封的有一百四十七万人之多。一百多万人的生命危在旦夕。耶律楚材听说后骑快马入宫向窝阔台进言，阻止了一场血腥的大屠杀。元太宗侍臣脱欢奏请查验全国未婚女子，诏令下达后，耶律楚材搁置不执行。窝阔台十分恼怒，耶律楚材进言说："过去挑选的美女二十八人，足以够进用。现在又要选拔，我担心骚扰百姓。"窝阔台考虑了很长时间，终于取消了这件"扰民"的荒唐事。

契丹儒士耶律楚材在劝说元初统治者接受中原文化、放弃极端的屠戮政策方面，起到了很大作用。

耶律楚材以"治天下匠"自任，顺应历史潮流，积极革新元蒙政治，辅佐太祖成吉思汗、太宗窝阔台，1231 年任中书令，位极宰相。他敢于直谏，在帝王面前据理力争，即使龙颜大怒，也在所不顾，表现了刚直不阿的良好品质。为了减少百姓的赋税负担，他可以当着帝王的面，"极力辩谏，至声色俱厉，言与涕俱"。窝阔台曾听信宦官的谗诉，把耶律楚材抓了起来，但他很快就后悔了，下令释放耶律楚材。但耶律楚材不肯解下捆绑自己的绳索。他对窝阔台说，一会有罪抓我，一会无罪放我，如此"轻易反复，如戏小儿。国有大事，何以行焉！"直逼得窝阔台当众认错："朕虽为帝，宁无过举耶？"敢于如此激烈地抨击皇帝，确实是需要足够的胆识和勇气的。窝阔台死后乃马真氏掌权，重用奸邪之人，政务混乱。耶律楚材虽权力被剥夺，但仍然置生死于度外，面折廷争，言人所难言。他曾当着乃马真氏的面大声质问："老臣事太祖、太宗三十余年，无负于国，皇后亦岂能无罪杀臣也！"其坚贞不畏强暴之性格于此可见一斑。

耶律楚材用汉族文明征服蒙古野蛮，推行了一系列有利于恢复中原文明经济和发展的政策措施，对建立蒙古王朝的政治、经济和文化制度，做出了重要贡献，为后来忽必烈依靠汉人，推行汉法，建立大一统的元朝奠定了基础。耶律楚材不仅是元朝初年有作为的政治革新家，在文学创作上也显示了卓越的才能。他随成吉思汗出征西域十余年，行程六万余里，写了不少反映军旅生活，描写西域风光的作品。《过阴山和人韵》这首七言古诗是作者随成吉思汗过阴山时，为和全真教祖师丘处机诗而作，用白描手法写阴山之雄壮，笔力刚健。《阴山》诗中"插天绝壁喷晴月，擎海层峦吸翠霞"，写阴山高峻，吞吐日月云霞的壮丽景色，用字精练生动，功力深厚。耶律楚材的词写得也不错。他的〔鹧鸪天〕《题七真洞》，陈廷焯评为"语亦雄秀，是宋元人七律之佳者"。

耶律楚材与元好问同生于公元 1190 年，前者卒于 1244 年，后者卒于 1257 年。金亡后，元好问不仕元蒙，隐居于故乡秀容，耶律楚材则归附蒙古，积极投身于蒙古政治的建设之中。就诗歌创作的成就来说，耶律楚材不及元好问。元好问为金代遗民诗人，而耶律楚材则被尊为元诗的开创者，这也可谓是时势造英雄吧！

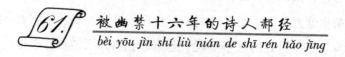

61. 被幽禁十六年的诗人郝经
bèi yōu jìn shí liù nián de shī rén hǎo jīng

郝经出生于公元 1223 年，字伯常，山西晋城县人，金朝灭亡后，移居到北京。他的祖父郝天挺是元好问的老师，郝经又曾是元好问的学生。元好问常常对他说："你长得像你爷爷，才能度量不同寻常，好好干吧！"郝经也确实不同寻常。他忠心耿耿地为忽必烈出谋划策，是忽必烈的重要谋士，是元初颇具影响的北方文士代表人物之一。

1252 年郝经被元世祖召入王府中，多次随蒙古军南下征宋，所进奏议，深得世祖赏识，曾被任命为江淮荆湖南北等路宣抚副使，率领归德地区的军队战斗。1260 年，元世祖忽必烈继承皇位，郝经被任命为翰林侍读学士，佩带金虎符，充任国家的信使，出使南宋。当时中国还处于南北两个政权对峙的分裂状态，有人以出使南宋太危险来劝阻他，他回答说："南北构难，兵连祸结久矣。圣主（忽必烈）一视同仁，通两国之好，虽以微躯蹈不测，苟能弭兵靖乱，活百万生灵于锋镝之下，吾学为有用矣。"郝经全然不顾个人安危，出使南宋，无疑是勇敢的豪杰之举。然而，"不测"之事还是发生了。郝经到了南宋后，就被奸臣贾似道拘囚于江苏省仪征县，时间长达十六年之久。1275 年，在元朝强大的军事压力下，南宋不得不"礼送"郝经回归。这时的郝经已重病在身。一路上，他受到了父老乡亲的热烈欢迎，"所过父老瞻望流涕"。就在这一年秋七月，郝经病逝，享年五十三岁。郝经的好友刘因曾有怀念他的诗说："漠北苏卿重回首。"借汉代苏武以喻郝经的坚贞不屈，真是再合适不过了。元史本传说郝经"为人尚气节"，这评价自然也包含着对郝经囚拘十六年坚贞表现的褒奖。

十六年的幽禁生活，在郝经的诗歌创作中打下了深深的烙印。郝经作为元朝的使臣，被扣留在长江边，年复一年，日复一日，与家人生生离别，孤馆无眠，凋尽朱颜，头发半白，万端思绪都涌上心头，一寸肝肠不知要裂成几截，那份对元朝故国、对家乡亲人的思念之情，都化作悲凉幽咽之音，从他的笔端流出。《后听角行》、《甲子秋怀》、《秋兴》等就是这样的作品。"那堪夜夜闻角声，怨曲悲凉更幽咽"，"枯肠欲断谁濡沫，击柝声中夜煮茶"，表现了囚徒那种愁思欲绝的心境。"会顺散发沧溟上，鞭击鱼龙舞碧涛"，刻画了诗人渴望获得自由的精神风貌。这些诗抒情意味浓厚，令人动容。顾嗣立《元诗选》评论说：郝经"真州诸作，尤极凄婉"，颇为中肯。郝经家境贫寒，饱受战乱之苦，胸中藏有"经国安民"

之道，热望国家的统一，得到了忽必烈的信任和重用，又曾跟随世祖征战，这些经历又使他与那些纯粹文人型的诗人不同——除了特定环境下产生的"凄婉"之作外，更有元史本传所说的"奇崛"之声。如他的《北风》、《灵泉行》，好用奇语，豪宕间自有一种英气，从中可以看出李贺、韩愈的影响。他在《白沟行》诗中说："石郎作帝从珂败，便割燕云十六州。世宗恰得关南死，点检陈桥作天子。汉儿不复见中原，当日祸基元在此。"石郎，石敬瑭也。他本是五代唐明宗李嗣源的女婿。李嗣源死后，儿子李从厚与养子李从珂互争帝位，从珂杀从厚自立。年已四十五岁的石敬瑭尊契丹主三十四岁的耶律德光为父，自称臣儿，求得契丹发援兵攻灭李从珂，立为晋国，割让燕云十六州给契丹。五代周世宗柴荣死后，本是周世宗殿前都检点的赵匡胤在陈桥驿黄袍加身，做了皇帝。宋太祖赵匡胤施行的是放弃燕云十六州的懦弱政策，这是宋王朝衰败的"祸基"。郝经在诗中纵横议论，咏叹宋败之因，寄寓了深沉的历史感，全诗写得苍劲恣肆。长诗《沙陀行》歌颂北人作战的勇猛："人人据鞍皆王良，直入饮血啮头颅。查牙生人润枯肠，所向空阔都无敌。"崇拜武力，赞美勇武，感情充沛。随军征战的生活，使郝经目睹了兵祸造成的荒凉景象，战争带来的生灵涂炭的结果，这在他的《随州》、《云梦》、《渡江书所见》、《居庸行》、《化城行》、《入燕行》等诗中都有所反映。

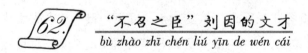

62. "不召之臣"刘因的文才
bù zhào zhī chén liú yīn de wén cái

　　刘因出生于公元 1249 年，其时蒙古王朝已统治了北中国。据传说，刘因将要出生的那天夜里，他父亲梦见一位神人骑着一匹马，载着一小儿来到他面前，说"好好养活他"。梦醒之后，刘因出生了，于是起名叫"骃"。骃，是一种浅黑带白色的马。字梦骥。骥者，骏马也。后改名因；改字梦吉，吉利之梦也。

　　刘因的父亲盼子心切，四十二岁时喜得儿子，做了那么美的梦，希望他像骏马一样驰骋天下，这虽是对刘因这位名人的一种神秘化，但刘因自幼天资聪慧，颖悟过人，有似于今天的神童，确也是事实。他自幼就受到了很好的教育，及至长成，"经学贯通，文词浩瀚"，说他驰骋学林，当之无愧；但论起仕途来，却又是别一番光景。刘因是一个极富个性的人，"深居简出，性不苟合，不妄接人"。所居今河北容城，离京师很近，众多的公卿使者，闻刘因大名，常来拜见，而刘因则"多避不与相见"。1282年太子真金下诏，征刘因入朝，提拔他为承德郎、右赞善大夫，做太子的僚属，教授近侍子弟。可刘因干了不长时间，就因继母有病，辞职归家。1291 年 9 月 21 日，刘因接到了忽必烈征召他做集贤学士、嘉议大夫的诏命。这个职位属于"三品清要之官"，刘因以一介平民，得此恩宠，实乃不易之事。无奈，此时的刘因身体极坏，已到了不能"扶病而行"的地步。

　　刘因是不幸的，早年失去父母，两个姐姐相继亡故。更令他忧伤的是，四十岁后喜得一子，却又不幸夭折。这打击太沉重了，使他本来就不好的身体，更加难以支撑。9 月 28 日，刘因拖着沉重的病体，写下了著名的《上政府书》（一名《上宰相书》），"以疾固辞"皇帝之召。刘因这封信细腻曲折地叙述了自己的病状，对"恩命连至"而自己却无法应召，不能报答"国家养育生成之德"，表示了深深的歉意，写得声情并茂，情真意切，哀婉动人，极富感染力和说服力。忽必烈得知刘因的情况后，非常惋惜地说："古有所谓不召之臣，其斯人之徒欤！""不召之臣"语出《孟子·公孙丑》下："故将大有为之君，必有所不召之臣。""不召之臣"喻贤能、耿介、有操守的人。忽必烈说刘因是"不召之臣"，这是对刘因的赞赏之词。

　　蒙古入主中原后，忽必烈政权积极推行汉法，刘秉中、郝经、许衡等都为之立下了汗马功劳，阴差阳错，刘因没能辅佐君王发挥自己的作用，1293 年 4 月 16 日，他带着"待病退自备气力以行"的梦想，病死家中，那年他才四十五岁。

　　刘因一生大体与忽必烈统治同步。青年时代的刘因曾抱有积极入世的态度，拥护元朝对全国的统一。1267 年忽必烈发动了大规模的南下灭宋战争。这一年十九岁的刘因写下了《渡江赋》，歌颂了这场战争的正义和必胜，认为元蒙"直而壮"，南宋"曲而老"，"我中国将合"，乃"应天顺人"之事，反映了希望统一，厌恶分裂的中华民族的心理感情。整篇赋满怀激情，慷慨激昂，写得形象生动，酣畅淋漓，气势磅礴，从一个侧面展示了青年刘因的文学才华。

　　1283 年继母去世，刘因居丧守孝。此后的十来年间，刘因一直过着清贫孤寂的教书、隐居生活，滋生了一种越来越浓的隐逸情绪。"雷溪真隐"之号，就是这种情绪的反映。他仰慕诸葛亮"静以修身"之语，称所居曰"静修"。在七绝《孙尚书家山水卷》中说"到处云山欲结庵"、"画山须画静修龛"。刘因诸如此类的许多诗作中，都流露了这种隐逸情调。他羡慕、赞美隐士生活，尤其欣赏陶渊明。写了七十六首"和陶诗"，在表露矛盾的人生态度的同时，显示了一种高洁的情操、志趣。中年以后，刘因的思想风貌已同先前不完全一样了。

　　刘因"世为儒家"，一生潜心于理学，对前代理学大师的理论作出了独到的选择阐释，将理学思想继承发扬，传播于北方，为理学史写下了重要的一页。他一生勤于著述，传世的《四库全书》本《静修文集》收有散文一百一十五篇，诗八百七十五首、词三十三首，赋三篇。刘因虽是名重一时的理学家，虽然他的诗中也留有宋代以理入诗的痕迹，但他的诗却少有道学迂腐气。他论诗首尊《诗经》。他说："作诗不能《三百篇》则曹、刘、陶、谢，不能曹、刘、陶、谢则李、杜、韩，不能李、杜、韩则欧、苏、黄。"对晚唐诗则抨击不遗余力，此文接下写道："而乃效晚唐之萎茶，学温、李之尖新，拟卢仝之怪诞，非所以为诗也。"于金代，刘因最仰慕的是元好问，受到其尚壮美、重豪放诗风的很大影响。顾嗣立评刘因诗说："静修诗才超卓，多豪迈不羁之气。"（《元诗选》）这从刘因关于白沟的两首诗中约略可以看出。

　　白沟河在今河北省境内，是北宋与辽的界河，诗人路过白沟河，作有《白沟》诗：

宝符藏山自可攻，儿孙谁是出群雄？幽燕不照中天月，丰沛空歌海内风。赵普元无四方志，澶渊堪笑百年功。白沟移向江淮去，止罪宣和恐未公。

诗人对历史采取了一种批判的态度，通过高屋建瓴的议论，表达了对北宋王朝的批评谴责之意。北宋亡国怎能只谴责宋徽宗呢？北宋建国之初的政策，就早已埋下了亡国的祸根。这种新奇公允的看法，不同凡响，富有哲理，表现出一种深邃的历史目光。刘因的另一首《渡白沟》诗，写作者深秋时节"匹马冲寒渡白沟"的情形，极富形象，其中也隐含着对历史的一种反思。这两首诗写得境界开阔，具有一种沉郁豪迈之气。他的《夏日》、《山家》等诗，又以写景见长，画面灵动明丽，清新活泼，富有生活情趣。刘因以他诗歌创作的实绩，在元初北方诗坛上脱颖而出，为打破当时诗坛的平庸局面做出了可贵的贡献。

刘因的词曾受到后人的赞赏。况周颐说他"最服膺"刘因的词。王半塘评刘因词"朴厚深醇中，有真趣洋溢，是性情语，无道学气"。他的〔玉漏迟〕《泛舟东溪》云：

故园平似掌。人生何必，武陵溪上。三尺蓑衣，遮断红尘千丈。不学东山高卧，也不似、鹿门长往。君试望，远山颦处，白云无恙。

自唱。一曲渔歌，觉无复当年，缺壶悲壮。老境羲皇，换尽平生豪爽。天设四时佳兴，要留待、幽人清赏。花又放。满意一篙春浪。

抒发人生感慨，于朴素中露出豪放气息，风格略近苏轼、辛弃疾。

刘因的散文也有佳作。《辋川图记》是刘因观看唐代王维名画《辋川图》后写的一篇文章。但文章不是就画论画，而是由记画引发，宕开笔锋，大谈"人之大节"问题，纵论画艺与人品之关系，这就打破了画记一体的惯常格局。文中说王维是"背主事贼"之辈，又说"人之大节一亏，

百事涂地"，这些倡论风节的议论，出自"不召之臣"刘因之口，恐怕并非偶然。整篇记叙议结合，借题发挥，转折摇曳，别具一格。

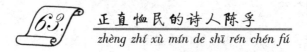

63. 正直恤民的诗人陈孚
zhèng zhí xù mín de shī rén chén fú

元代的诗歌在诗歌发展史上有着特殊的位置。如果和唐宋以至清代的诗歌相比，它好像是高山之中的幽谷，但它也不乏成就卓然的诗人，颇具才华的学者和诗人陈孚便是其中的一位。陈孚（1240—1303年），字刚中，号笏斋，台州临海（在今浙江省）人，著有《观光稿》、《交州稿》和《玉堂稿》。元世祖至元年间，陈孚在河南上蔡书院讲学，任山长。至元二十九年，被推荐为翰林国史院编修官和礼部郎中。此间曾出使安南。皇帝很器重他的才干，一度想给他加官晋职。但一些朝廷显贵因他是南人（宋朝统治地区），又忌妒他的才华，就极力排挤他。后来，他就到地方做官，曾任建德路总管府治中、台州路总管府治中等职。无论身居何职，陈孚都能正直恤民。他为人正直，为官清正，身为百姓的父母官，他体恤民情，竭力推行善政，其功德为世人所称道。陈孚把一生都献给了他心目中占据至高地位的贫苦百姓，最终因救济灾民而积劳成疾，于1303年死于家中。死后他被追封为临海郡公，谥号文惠。他的《博浪沙》诗就表现出了他对百姓生活及命运的深切关注。诗中这样写道：

一击车中胆气豪，祖龙社稷已惊摇。

如何十二金人外，犹有民间铁未消？

《史记·留侯世家》中有张良"悉以家财求客刺秦王，为韩报仇。……得力士……良与客狙击秦始皇帝博浪沙中"的记载。这个取材于《史记》中张良派人刺杀秦始皇的故事，诗人多用以写复仇，而在这首诗中，诗人却另立新意，既表达了诗人反对秦始皇镇压人民的反抗的主题，同时也是陈孚关心百姓疾苦的思想感情的流露，意义颇深。

作为诗人，陈孚的天才过人，而且有着侠士般刚毅的性格及放荡不羁的性情。他的诗文，任意即成，不事雕琢，而笔力雄健。陶玉禾称他的诗："刚中长古，骨格遒劲，才气横逸，无凑句趁尾诸弱笔，可以独张一军。"（顾嗣立编《元诗选》）如他的山水诗《居庸叠翠》：

> 断崖万仞如削铁，鸟飞不度台石裂。
>
> 嵯岈枯木无碧柯，六月太阴飘急雪。
>
> 寒沙茫茫出关道，骆驼夜吼黄云老。
>
> 征鸿一声起长空，风吹草低山月小。

古来号称天险的居庸关，两山夹峙，巨涧中流，陈孚把燕京八景之一的"居庸叠翠"入诗，突出了居庸关一带迥异中原的苍茫壮丽的景色。这首诗气势雄伟，笔调刚劲苍凉，体现了元诗"雄健有刚中"的特色。难怪陶玉禾称他的诗"于元诗中气骨最高"。顾嗣立也曾转引皇甫口的话说："其忠义之气，遇事触物，沛然发见，良非雕镂刻画、有意为文者可比也。"

陈孚的山水诗气度悠闲，意境幽然，是其诗歌风格突出的一面，《潇湘八景》之一的《江天暮雪》就是极好的例证：

> 长空卷玉花，汀州白浩浩。
>
> 雁影不复见，千崖暮如晓。
>
> 渔翁寒欲归，不记巴陵道。
>
> 坐睡船自流，云深一蓑小。

这首诗描写晚间江上的雪景，在茫茫大雪中，突出地写一个坐睡船中，任意漂流的渔翁，隐然见出诗人高怀绝世的人格风貌。意境之优美，音调之婉转，颇有柳宗元《江雪》诗的幽然意境，而又不像柳诗那样有孤傲寂凉的味道。他的《潇湘八景》中的另一首《洞庭秋月》诗也可以佐之：

月明水无痕，冷光泫清露。

微风一披拂，金影散无数。

天地青茫茫，白者独有鹭。

鹭去月不摇，一镜湛如故。

这首诗描绘秋夜洞庭湖的静谧景象，微风轻拂，白鹭轻飞，打破了湖面月影的平静。这样的描写静中有动，充满情趣，诗的意境清新优美，使洞庭秋月更增添了几分温馨与安宁。

陈孚以历史为题材的诗，以古寓今，寄托遥深，富有新意。如《凤凰山》：

浮屠百尺竿亭亭，落日鸦啼也蔓青。

故国尽销龙虎气，荒山空带凤凰形。

金根辇路迎禅驾，玉树歌台语梵铃。

唯有钱塘江上月，年年随雁过寒汀。

凤凰山因由左瞰大江，形如凤凰欲飞而得名。山岩曲折，山顶平广，宋朝曾在山上建行宫，操练兵卒。此诗描写凤凰山的萧瑟景色，表面是在感慨宋室的灭亡，而暗中却深寓作者的伤时之意，"骨格清峻，语意含蓄"。胡应麟将此诗称为元人七律中的佳作："全篇整丽，首尾匀和。"

陈孚的诗善于化用前人的诗句和典故，极其精巧，如《居庸叠翠》诗有"骆驼夜吼黄云老"句，就是化自王维《送平淡然判官》诗："黄云断春色，画角起边愁。"而"风吹草低山月小"句则由《敕勒歌》"天苍苍，野茫茫，风吹草低见牛羊"及苏轼《后赤壁赋》"山高月小，水落石出"而来。另外，《凤凰山》中"故国尽销龙虎气"句，则来源于《史记·项羽本纪》范增对项羽说的话"吾令人望其（刘邦）气，皆为龙虎，成五彩，此天子气也，忽击勿失！"

陈孚的《开平即事》虽是一首歌咏帝都风光气象的诗，并无新意，但全诗一气呵成，布排稳妥，且"雕影远盘青海月，雁声斜送黑山秋"句用词考究，对仗工整，堪称古诗中的上乘之作。《永州》诗：

> 烧痕惨淡带昏鸦，数尽寒梅未见花。
>
> 回雁峰南三百里，捕蛇说里数千家。
>
> 澄江绕郭闻渔唱，怪石堆庭见吏衙。
>
> 昔日愚溪何自苦，永州犹未是天涯。

在结构章法上和李白的《越中览古》颇为相似。诗人先是描写永州蛮荒的景物，而至诗的末尾两句则笔锋突转，和前面的描写形成鲜明的对比，可见诗人作诗的功力。

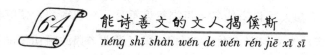

64. 能诗善文的文人揭傒斯

néng shī shàn wén de wén rén jiē xī sī

《南史·曹景宗传》说，曹景宗性情浮躁好动，总也不能沉静下来，乘车外出时常常要拉开帷幔。亲信劝谏他，他很不高兴，对亲信说，我以前在乡里，骑马驰猎，好不快活。现在来扬州做贵人，动转不得。途中打开车幔，下人就说不行。让我闲放在车中，就像过门才三天的新娘子那样，悒悒使人气尽。后来就用"三日新妇"比喻行动拘束、不自由。过了七八百年，又有一位元代才子也被称为"三日新妇"，他就是元后期著名诗人揭傒斯。说起"三日新妇"的来历，还有一段文坛趣事。当时被称为"元诗四大家"的有虞集、杨载、范梈和揭傒斯，当有人问虞集如何评价四大家的诗时，虞就用"三日新妇"喻揭诗、用"唐临晋帖"喻范诗，用"百战健儿"喻杨诗，而用"汉廷老吏"喻自己的诗。揭傒斯不满虞集对自己的评语，就在一天夜里去质问虞集。见面后一提起这事，虞说："确实有这样的话，可并不是我虞集一人说的，而是整个中州人都这样说呀。而且不但是整个中州的人这样说，这也是天下人的通论哪。"揭很不高兴，竟深夜告辞回去。虞挽留不住。过了一段时间，揭傒斯寄诗给虞集，其中"奎章分署隔窗纱，学士诗成每自夸"二句，点明彼此风格不同并有责备虞为诗自夸之意。虞收到诗后，对门人说："揭公这首诗写得很好，只是才力已经枯竭。"于是在原诗后面批道："今日新妇老了。"虞集稍后寄诗与揭："故人不肯宿山家，夜半驱车踏月华。寄语旁人休大笑，诗成端的向谁夸？"没多久，揭应征入京病死任上。其实，虞集以"三日新妇"喻揭傒斯诗的妩媚娇秀是很恰当的。

揭傒斯（1274—1344 年），字曼硕，龙兴富州（今江西丰城）人。他的父亲揭来成是南宋乡贡进士，也是他的诗文启蒙老师。在父亲的指教下，揭从小便嗜书如命，经史百家无所不涉，很快便在当地小有名气。古人讲究学问的互相切磋、交流，学以致用，即杜甫所说"读万卷书，行万里路"。大德年间，揭傒斯开始到湘汉一带游学，正巧遇上当时在湖南做官的赵淇。这位以"知人"自豪的名士见揭气度不凡，文思敏捷，便吃惊地说道："将来一定成为文坛名士啊！"曾相继担任湖北道肃政廉访使的程钜夫和卢挚，也是很有名气的大学问家，他们都很器重揭傒斯。卢挚非常赏识揭的文笔，便向朝廷推荐任用。负责管理国史馆的李孟见到揭撰写的《功臣传》，禁不住抚卷赞叹道："这才称得上是史笔，其他人只能算是抄书匠了！"揭傒斯的名声也更大了。皇庆年间，揭傒斯随程钜夫进京，程做主将自己的堂妹嫁给了他，当时人因此尊称揭为"程公佳客"，一时传为佳话。此后，揭傒斯始任国史馆编修官，前后三次入翰林，官至侍讲学士。天历二年（1329 年），元朝开设奎章阁，首任授经郎中就有揭傒斯。

在元诗四大家中，揭傒斯的诗文较有特色。其文章伦理意识明显，如《浮云道院记》、《胡氏园趣序记》等，以清淡的笔墨反映了文人的闲适情趣。揭傒斯还写了不少题记、碑文。元泰定四年（1327 年），他用游记形式写成《陟亭记》，旨在表彰宋末元初的乡贤处士阮霖。文章先用寥寥数语交代出发现陟亭的经过，突出陟亭环境的幽僻隔世，以此烘托阮霖的人品和才能，为下文作铺垫，然后用简洁的文字过渡，客观地介绍阮霖的为人。之后又撇情入景，描写山川的秀丽壮美，点明怀先人之情，暗伏建陟亭的缘由，从而达到赞誉阮霖高洁品质、才能可与山川同美的目的。最后正话反说，发出感慨，寥寥几语便戛然而止。全文构思巧妙，严整简当，融叙事、抒情、说理为一体，深于讽托，显示出作者高超的写作技巧。其诗歌内容较另外三大家的诗作远为丰富，其中不少为忧国忧民之作，如《杨柳青谣》、《题芦雁》、《临川女》、《祖生诗》等，都继承了中唐诗歌的现实主义精神，在一定程度上揭露了现实生活中的矛盾和不合理现象，对劳动人民和不幸者寄予同情。《杨柳青谣》民歌风味十足，抒写了对民生疾苦的关切，并对朝政有尖锐指责。《题芦雁》则将矛头直指元朝统治者的民族歧视政策：

　　　　寒就江南暖，饥就江南饱。

　　　　莫道江南恶，须道江南好。

　　《至正直记》称其讥刺"色目北人来江南者，贫可富，无可有，而犹毁辱骂南方不绝"。尽管从元初到元中叶，元代歧视南人的观念已有所改变，不少君主还大兴儒学，任用汉人做高官，但烙在汉人、南人心中的伤痛怕是永远无法抚平的。因此，身为南士，性格又很耿直的揭傒斯借题发挥，以示强烈抗争，就很自然了。揭傒斯写过许多山水诗，如其代表作《夏五月武昌舟中触目》，描写初夏时在长江中见到的优美景色，全诗音律婉转而又有变化，用语考究，俨然一幅水上风景画。《衡山县晓渡》写拂晓时在江中坐船所见景色，景物描写细致有动感。有坐落江边的小城，有步履轻轻的行人，有轻快的飞鸟，婉转的江流，与渡船相迎的青山及迎面扑来的似星星雨滴的云气。所有这些透出了作者对江上景色的眷恋。《四库全书总目》称这类诗"清丽婉转，别饶风韵"。揭傒斯也有些气势豪放，颇似李白诗风的诗作，如《春日杂言》之五。

　　在各体诗中，揭傒斯最擅长的是五言古诗。早在大德七年他与卢挚相见时，呈给卢的三首诗便全是五古。与他同时代的杨载说揭诗善于"五言短古"，"五言短古，众贤皆不知来处……次则豫章三日新妇晓得"；欧阳玄也说揭"作诗长于古乐府、选体、律诗、长句，伟然有盛唐风"，这里的"选体"即指五古。

　　揭傒斯不但能诗擅文，而且很有见识。他曾上疏朝廷请求制止官吏滥用

职权向百姓收取淘金税。在任奎章阁授经郎期间，曾向文宗呈上《太平政要策》，力陈治国主张。当丞相脱脱问及治天下哪件事为先时，他回答说首先便是储备人才，"平时国家培养他们，在政务繁扰时使用他们，就不会有失去人才和政务废弛的忧患了"。其见识由此可见一斑。至正三年夏天，揭傒斯参与编修宋、辽、金三史，并任总裁官。过了一年，辽史修成。为尽早完成金史，揭不顾年迈，干脆住在国史馆，宵衣旰食。终因劳累过度，又受了风寒，卧病七天后辞世，享年七十一岁。朝廷为表彰其业绩，追封豫章郡公，谥号文安。传世著作有《揭文安公全集》十四卷，补遗一卷。

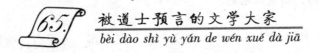

65. 被道士预言的文学大家
bèi dào shì yù yán de wén xué dà jiā

　　大凡在历史上有一定知名度的人，往往被后人附会出与之相关的这样或那样的神异故事，以彰显其名，欧阳玄就曾有过这样的经历。欧阳玄亦作欧阳元（1274—1358年），字原功，号圭斋，又号平心老人，为宋代欧阳修之后。祖籍庐陵（今属江西），因其曾祖父、祖父都曾在湖南为官，并举家迁居浏阳，所以欧阳玄当为浏阳人。大概因为他是大名鼎鼎的欧阳修的后人，其母李氏特别注意对他的培养教育，亲授《孝经》、《论语》及小学。欧阳玄八岁时，便能熟练地背诵出所学书的内容。十岁时，跟从乡里老先生张贯之学习作文，一天竟能写数千字，且很有文采。相传，当时有一位道士来到张家，径直走到欧阳玄面前，注视良久，然后对张老先生说："看这个孩子神气凝远，目光射人，今后定当以文章称雄于世，是国家的有用之才呀！"道士说完便离去了，等到张老先生追出去想要再和他交谈时，道士早已无影无踪了。怪异的事还不止如此，又隔了不久，主管教育的官员巡视到浏阳县，欧阳玄以乡里诸生的身份诣见，官员命他赋梅花诗，他马上就写了十首，等到晚上回家时，已增至百首。见到此情的人都大惊失色，认为欧阳玄不是常人。此后，欧阳玄声名鹊起，广为人知。欧阳玄十四岁时，向宋代遗老学习词章作法，表现极为突出。到他十六岁时，在文坛上的名气更大了。欧阳玄曾受教于虞集之父虞汲，虞汲眼见欧阳玄文章的突飞猛进而感到吃惊，赶紧叮咛虞集："他日定当与你并驾齐驱。"二十岁后，欧阳玄不再抛头露面，开始闭门治经史，"经史百家，靡不研究，伊、洛诸儒，尤为淹贯"。当时任岭北湖南道廉访使的卢挚很器重他，竭力举荐，但他婉言拒绝了卢的推荐。延祐六年，元政府恢复科举取士制度，欧阳玄因攻读《尚书》被推荐，第二年，赐同进士出身，授岳州路江州同知，并调任芜湖县尹。当时芜湖县有许多积案未决，欧阳玄下车伊始，详察各案实情，使众案一一得到妥善处理。他还在县里大行教化，使县里百姓安居乐业，以至到处为害的飞蝗竟不入芜湖县境。

欧阳玄是著名的文章家，危素《圭斋先生欧阳公行状》称，"凡宗庙朝廷雄文大册，播告四方，国所用制诰，多出公手"。虽然官方文告能使欧阳玄名噪一时，但是真正体现其文章家风格的倒是他的那些警策而平易的散文。一方面，他为自己与欧阳修同族而自豪，称"吾江右文章名四方也久矣，以吾六一公倡为古也"，并以"羽翼吾欧阳公之学"和族兄相勉，极力推崇欧阳修"舒徐和易"的文风；另一方面，他也不主张一切照搬前人，而主张"规矩蔑一定之用，文章怀无穷之巧"，既要学习前人文章，又要有自己独特的风格。就其《圭斋集》中各篇看，其议论开头几句突发警策之语，然后渐趋平易，如《逊斋记》开首即发问："有一言而可终身行之者乎？圣门高弟固尝有如是问矣"。其弟子宋濂称其"为文章雄而辞赡，如黑云回头，雷电恍惚，雨苞飒然交下，可怖可愕。及其云散雨止，长空万里，一碧如洗。可谓奇伟不凡者矣"。此论仅就欧阳玄散文开头的笔法来说，再恰当不过了。欧阳玄的学术思想是平实的，其自赞就清楚地表明了他个人的特点："不古不怪，不清不奇。置之竹篱茅舍，似无不可；贡之玉堂金马，亦无不宜。噫！百年三万六千日与吾相对，吾亦不知其为谁？"语中不乏自负，但也可敬可爱。与其关系密切的揭傒斯在《欧阳先生集序》中说他"为文丰蔚而不繁，精密而不晦者。有典有则，可讽可诵。无南方啁哳之音，无朔土暴悍之气"，这个评论是比较符合其文章实际情况的。

欧阳玄还写过一些很有情趣的小诗，如《为所性侄题小景》其一，诗中写归舟的帆已落下，可是还没有靠岸，而行客因酒渴喉急，一见林间酒店标志，便紧催舟人撑篙。其急不可耐之状毕现。又如《京城杂咏》其一：

京城走马听晨钟，我亦宵征仆兴慵。

却忆江南春睡美，小楼敧枕听村春。

因京城的钟声而引起在故乡卧听捣春声，同在早晨，同是仆人睡意正浓、慵懒倦怠。从这平常的事象中，透出浓重的思乡情绪。

除了诗之外，欧阳玄还写过一组《渔家傲》词，共十二首。欧阳玄是纪典修文的高手，但从其词作的数量及质量看，显然不是倚声填词的专家。他在这组词前的小序中写到了填词的时间和动机：时间是至顺壬申二月，即1332年，动机是仰慕先人欧阳修《渔家傲》词而仿作之。小序还自诩记物博洽，可资未至京师而欲考其风物者所用。这就难免使其词作因乏情而凝滞呆板。不过，其中第八首［八月都城新过雁］除外，全词辞清意永，感情深厚，有较强的艺术感染力。

欧阳玄还是书法大家，不过这方面的成就是逼出来的。欧阳玄原本不擅书法，但是到朝廷后，起草典制、书写铭赞及题咏等，使他不得不多所用力，即如他自己所说："余拙于书，病余愈拙，近日求余文者多求余书；不得已力书以塞其请，然实非余之素志也。"他学苏轼，用侧锋，取斜势，率而拙，刚正庄严，非当时一般人可比，这大概与其"性度雍容，含弘缜密、处己俭约"的性格有关。《书史会要》称"玄行草略似苏文忠（轼），而刚劲流畅，风度不凡"。由不擅书到"海内名山大川、释老之宫、王公贵人墓隧之碑，得玄文辞以为荣"，这算得上欧阳玄的又一奇事了。

欧阳玄去世于至正十七年，朝廷追封楚国公，谥号文。有《圭斋文集》传世。

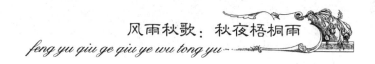

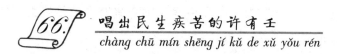

唱出民生疾苦的许有壬

chàng chū mín shēng jí kǔ de xǔ yǒu rén

　　许有壬（1287—1364 年）字可用，祖籍颍州，后迁汤阴（今河南境内）。有壬小时候，聪颖过人，读书一目五行，且过目不忘。有一次，他同别人一起学习时，阅读衡州的《净居院碑》。这篇碑文较长，有近一千个字，他读过一遍后，就毫无遗漏地背诵出来，令人叹服。大德十年，他二十岁时，当时任翰林侍读学士的畅师文，推荐他进入翰林，但没有成功。延祐二年，他考中进士，赵孟𫖯赵世延对他都颇为赏识。从此，他开始步入仕途，且平步青云。他是元代诗人中靠科举入仕的第一人，历任七朝，为官五十年，官至集贤殿大学士，中书左丞，声名可谓显赫。

　　许有壬中进士后，被任为辽州知事。这时边境上常有战斗，别的州县听任百姓逃避，有些孩童都被扔弃在路上惨不忍睹。有壬则不许百姓逃避，他自己亲自率领弓箭手，坚闭城门抵抗，大大地保护了百姓的利益。泰定初年，许有壬已升为中书左司员外郎，这时正赶上京都郊区闹饥荒，百姓食不果腹，流离失所。许有壬请求朝廷救济百姓，有的官员反对，说："子言固善，其如亏国何！"许有壬反驳说："不然。民，本也；不亏民，顾弃亏国邪！"最后许有壬把这事又告诉丞相，政府发放粮食四十万斛救济百姓，救活了许多人。在许有壬的思想中，一直贯穿着一种民本思想。

　　许有壬的仕途虽然一帆风顺，但也有几次被迫归隐。一是中书平章政事上疏，要求废除进士考试，许有壬力谏不听，称疾告归，皇帝强用之，才复仕。二是至元初年，有人蓄意谋反，许有壬受到元人猜忌，被迫归隐老家。他出去游山玩水，在湘汉间度过了一些日子，写下了不少诗词，直到至元六年，他才重被任用。三是许有壬的父亲在长沙做官时，曾开设义学，培养学生，死后，他的学生为纪念他，为他设立了东冈书院，朝廷也认可，并委派官吏，使之成为育才之地。但监察御史和许有壬有矛盾，上疏反对该书院，并诬陷许有壬，许有壬同他的弟弟许有孚、许有仪都不得不告退。这样的经历，一方面反映了许有壬本身具有中国传统文人的气质，另一方面，也增强了许有壬诗中的身世之感。

随着年龄的增长，他的声望也越来越大，他任太子左谕德时，太子对他非常尊重。有一次，他到宫内拜见太子，太子正在玩一只猛禽，见到他，立刻停下来，让左右人离去，陪他说话。许有壬做官，历来为人所称许。《元史》中评价说："……遇国家大事，无不尽言，皆一根至理，而曲尽人情。当权臣恣睢之时，稍忤意，辄诛窜随之，有壬绝不为巧避计，事有不便，明辨力诤，不知死生利害，君子多之。"

许有壬晚年，朝廷赐他大量钱财，且让他享受终身俸禄。他出钱购买了一处大宅院，是康氏旧宅，里面桃李杏花，次第开放，环境优美雅致，最有特色的是，里面建有很多池塘，湖光天色，悦人心性，许有壬称之为圭塘别墅。他连同他弟弟的朋友宾客，留恋其间，在园中饮酒赋诗，多以园中的池塘为题，此唱彼和，相互酬答。有一天，许有壬和他的弟弟许可行在园中饮酒，许有壬写了《次和可行赴圭塘》一诗："卜筑何如履道坊，千红万绿浸银塘。要回衰境为全盛，却使闲人号最忙。活水清围容膝屋，新筼高处及肩墙。烟霞遮断尘埃路，才觉山林白昼长。"这是许有壬这类诗中较好的一首，其他人也都有唱酬。后来，他的弟弟许有孚，把他的一部分诗结集成册，名之曰《圭塘小稿》，就以"圭塘"来命名。

许有壬的诗作，是他宦游生涯的记录，也是他民本思想的反映。顾嗣立在《元诗选》中说他："凡志有所不得施，言有所不得行，忧愁感愤，一寓之于酬唱。"在他的诗集中，这类酬唱的诗占有很大的比例。许有壬刚中进士时，寓居京师，和洛阳的高元用住一个房间，正赶上天气非常寒冷，他们两人就挤在一起睡。许有壬在《寄高元用》的诗中有"两鬓烟云朝共曩，一窗风雪夜共衾。为君拈起当时语，应见相思万里心"的句子。他们成为好朋友，两人常以书信联系，有较深的友谊。许有壬的诗作中，还有一些抒发了他的身世荣枯之感，反映了他向往田园生活的思想，他购置圭塘别墅，本身就是一种实践。但代表许有壬诗歌成就的，反映他的创作水平的，还是他写的反映民生疾苦的作品，如《哀弃儿》：

> 霜雪载途风裂肌，有儿鹑结行且啼。
>
> 问儿何事乃尔悲，父母弃之前欲追。
>
> 木皮食尽岁又饥，夫妇行乞甘流离。
>
> 负儿远道力已疲，势难俱生灼可推。
>
> 与其衋尾莫追随，不如忍割从所之。
>
> 今夕旷野儿安归，明朝道殣非儿谁。
>
> 父兮母兮岂不慈，天伦遽殣绝天实为。
>
> 十年执政虽咸腓，发廪有议常坚持。
>
> 昔闻而知今见之，仓皇援手无所施。
>
> 儿行不顾寒日西，哭声已远犹依稀。

这实在是一幅令人伤感辛酸的图画。

另一首《书所见》中，他写道："田园卖尽及儿孙，少壮流移老病存。"对百姓的流离失所，许有壬表现出了深切的同情。这对于一位高官显贵来说，实在是难能可贵。许有壬的一些诗，还描写了一些农村的景象，歌咏一些动物、植物。如他的《马酒》、《秋羊》、《黄羊》、《芦菔》、《白菜》、《沙菌》、《地椒》、《韭花》、《寻梅》等等，富有生活的气息。这在元代其他诗人中是罕见的。他的诗不仅内容丰富，而且有的诗在艺术上也属上乘。如《荻渚早行》："水国宜晚秋，羁愁感岁华。清霜醉枫叶，淡月隐芦花。涨落高低路，川尹远近沙。炊烟清不断，山崦有人家。"

除了诗作外，现存许有壬词还有一百六十多首。在元代，许有壬是一位多产的作家。他的有些词作写得有情韵，富雅致。如〔满庭芳〕《偕詧士安马明初登荀和叔广思楼》："沙路无泥，柳风如水，嫩凉偏入吟鞍。广思楼上，雨后看西山。回首炎氛千丈，便长啸，跳出尘寰。青天外，斜阳澹澹，倦鸟正飞还。　　郊原秋色里，望穷霄壤，倚遍栏杆。问神仙何处，独占高楼。楼下悠悠洹水，为底事，不暂休闲。吾衰矣，休将旧手，遮日上长安。"

许有壬有较多的散文作品，写得简洁流畅。

欧阳玄为他的诗文集作序，认为他的诗文雄浑宏隽，涌如层澜，迫而求之，则渊靓深实。这种评价是很高的。

许有壬死后，谥号"文忠"。

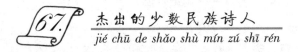

67. 杰出的少数民族诗人
jié chū de shǎo shù mín zú shī rén

元代杂剧、散曲以及小说的长足发展，成为中国文学史上引人注目的现象。相形之下，诗词的创作未免显得有些黯然。在这样一个诗词创作寂寞的时代里，却出现了一位少数民族诗人，他的汉语诗词令元代诗坛耳目一新，这个人就是萨都刺。

萨都刺（1274？—1345？年），字天锡，号直斋。清代人说他是蒙古人，陈垣在《元西域人华化考》一书中考证，他是回族人。萨都刺的祖父和父亲作为色目勋将镇守云、代两郡，定居于雁门（今山西代县）。萨都刺出生于雁门，在这里受到了汉文化的熏陶和教育。因此，萨都刺自称雁门人或代郡人，他的诗集题为《雁门集》，共十四卷。

萨都刺一生坎坷。在《雁门集》中有《灯草》一诗，诗中说："天涯何处无青青，王孙去后蘼芜深。"这诗虽是为赵孟頫所作，但也正好说明了萨都刺的身世。萨都刺少时生活比较优裕，到了青年时代，家境已经式微，过着贫寒卑微的生活。直到他五十五岁时才考中三甲进士，步向仕途。以后担任过一些中下级官职。1350年，他因弹劾权贵而贬职，时年已近八十，随即退休。萨都刺初踏仕途时，虽然年过半百，但还雄心勃勃，他写诗说："承恩朝罢频回首，午漏花深紫殿高。"对朝廷的一片眷恋之情溢于言表。经历了宦海的沉浮之后，他非常失望，"南台月照男儿面，不照男儿心与肝。"昏庸腐败的朝廷不知道他的一片赤诚，只好独自伤怀。如今，他只能有一种选择："一尊春酒青山暮，三径寒香紫菊秋。"于是，归隐山林，在大自然中安度晚年。

萨都剌一生吟诗不停，把诗歌创作看做是自己的第二生命。"何如与子谈诗夜，雪冻空林落旧柯"（《休上人见访》），"有时得句无人知，风雨寒窗夜读书"（《高邮至邵伯》）。他一生都在苦苦探索诗歌艺术。前人论萨都剌的艺术风格，往往以"流丽清婉"、"风流俊逸"来概括。虞集称萨都剌的诗"最长于情，流丽清婉"。清人顾嗣立称之为"清而不佻，丽而不缛"。的确，清新的格调，是萨都剌有意追求的目标，他在《度岭奥至崇安命棹建溪》中说："会登天柱峰，一览宇宙大。少吐胸中豪，神游八荒外。题诗赠山灵，清气留胜概。"

萨都剌的诗，"不以才学为诗"，"不以议论为诗"，且又不以用典为能事，努力追求一种清新自然的诗风。这也是他在元代文学史上具有独特地位的一个重要原因。萨都剌一生游历甚广，许多记游写景诗令人喜爱。如《过赞美庵》：

> 夕阳欲下行人少，落叶萧萧路不分。
> 修竹万竿秋影乱，山风吹作满山云。

这种轻快流丽、情感舒张的格调，与元代"四大家"尤其是虞集为代表的典雅工稳的艺术风格有很大区别。再如《清明游鹤林寺》：

> 青青杨柳啼乳鸦，满山乱开红白花。
> 小桥流水过古寺，竹篱茅舍通人家。
> 潮声卷浪落松顶，骑鹤少年酒初醒。
> 计将何物赏清明，且伴山僧煮新茗。

这是萨都剌青年时期的诗作，全诗在内容上，寻山访水同慕道参禅、怀古叹时相结合，在艺术上，诗句清秀隽永，意境深远，俨然一幅"有声图画"。他的《江城玩雪》写得也很有神韵：

> 雪色纷纷客倚栏，长江风急吼天关。
> 千重铁瓮成银瓮，一夜金山换玉山。

　　舟子迷归寒浦外，衲僧疑在白云间。

　　晓来霁日高林照，好景依然悦我颜。

　　诗人为我们描绘了一幅江城雪景，在蒙蒙茫茫的玉山白云之间，出现禅僧的身影，诗中有画，画中有诗，自然的美景同诗人追求禅机道心的清静相交融，使全诗平添了许多空灵之气。

　　萨都剌是一位具有正义感的诗人，他不只是为个人的命运写作，对人民苦难的生活寄予了深切的同情，用自己的诗为人民鸣不平。他的《鬻女谣》很有代表性：

　　扬州袅袅红楼女，玉筝银筝响风雨。

　　绣衣貂帽白面郎，七宝雕笼呼翠羽。

　　冷官傲兀苏与黄，提笔鼓唇趋文场。

　　平生睥睨纨绔习，不入歌舞春风乡。

　　道逢鬻女弃如土，惨淡悲风起天宇。

　　荒村白日逢野狐，破屋黄昏闻啸鬼。

　　闭门爱惜冰雪肤，春风绣出花六株。

　　人夸颜色重金璧，今日饥饿啼长途。

　　悲啼泪尽黄河干，县官县官何尔颜。

　　金带紫衣郡太守，醉饱不问民食艰。

　　传闻关陕尤可忧，旱荒不独东南州。

　　枯鱼吐沫泽雁叫，嗷嗷待食何时休。

　　汉宫有女出天然，青鸟飞下神书传。

　　芙蓉帐暖春云晓，玉楼梳洗银鱼悬。

　　承恩又上紫云车，那知鬻女长欷歔。

　　愿逢昭代民富腴，儿童拍手歌康衢。

　　这是萨都剌具有较强思想内容和战斗力的著名诗篇。诗人用他独有的笔触描绘了一幅元代社会生活图。这里有路旁被拍卖的妇女，啼哭哀号；

有经过"鬻女"身旁的红楼女、白面郎和冷官，冷漠一瞥。看到这里，诗人按捺不住内心的愤怒。笔锋转向统治者，"县官县官何尔颜"，你有何面目面对这悲惨的现实？诗人并没有只停留在这里，而是深入一层，"传闻关陕尤可忧"，天下苍生莫不如此悲苦，无人来问问这道旁的"鬻女"。贫富悬殊，官府对人民急征暴敛，人民生活不可终日。读了萨都剌的这首诗，可以想见元代统治者残酷暴虐到何等程度！

萨都剌对诗歌艺术有着不懈的追求，历史上流传着关于他的"一字师"的故事。相传，萨都剌写了一首七律《送欣上人笑隐住龙翔寺》，颔联原是"地湿厌闻天竺雨，月明来听景阳钟。"虞集见了说："诗写得很好，可是有一个字不稳。闻与听在字义上相同，为什么不把'闻'改作'看'呢？唐人就有'林下老僧来看雨'的句子。"萨都剌听了，极为叹服，从此称虞集为"一字师"。

萨都剌不仅诗名远播后世，他的词作也非常有特点。他十分擅长用词的形式抒发怀古之幽情，他的怀古词，气势磅礴，雄浑壮阔。赵兰序其集云："其词雄浑清雅，兴寄高远。"吴梅《词学通论》中对萨都剌的怀古词也评价颇高，他说："天锡词不多作，而长调有苏辛遗响。大抵元词之始，实受遗山之感化。子昂以故国王孙留意词翰，涵养既深，英才辈出。云石海涯以绮丽清新之派，振起于前，而天锡继之，元词以此时为盛矣。"

怀古必有所登临浏览，由山水之胜激发感今怀古之情。萨都剌也是如此，他把描写山水之胜境与抒发怀古幽情巧妙地结合在一起。在这方面，他是较好地继承我国古代怀古诗传统的一位词人。他的主要作品有，〔满江红〕《金陵怀古》、〔念奴娇〕《彭城怀古》、〔百字令〕《登石头城》、〔酹江月〕《姑苏怀古》和〔木兰花慢〕《彭城怀古》等，每篇都可称为佳品，都是击叹千古，披沥襟怀之作。尤其是他的〔满江红〕《金陵怀古》，造意遣词，气象高远，具有王安石的〔桂枝香〕《金陵怀古》的神韵：

　　六代繁华，春去也、更无消息。空怅望、山川形胜，已非畴昔。王榭堂前双燕子，乌衣巷口曾相识。听夜深、寂寞打孤城，春潮急。 思往事，愁如织。怀故国，空陈迹。但荒烟衰草，乱鸦斜日。玉树歌残秋圳冷，胭脂井坏寒螀泣。到如今、唯有蒋山青，春淮碧。

这首词豪迈而带感慨，抒写了一个吊古伤今、襟怀磊落的诗人的感受。在水光山色的描摹中寄托了青山常在，绿水长流，富贵如过眼烟云的思想。叹惜而略带感伤，抒情而又写景，情景交融，物我统一。细读这首词，句句似在抒情，可句句又在写景，加上用前人诗句、典故切合时地，并能使之溶化，在艺术上达到了较高的境界。

萨都剌的〔百字令〕《登石头城》则更有东坡遗风，全词如下：

石头城上，望天低吴楚，眼空无物。指点六朝形胜地，唯有青山如壁。蔽日旌旗，连云墙橹，白骨纷如雪。一江南北，消磨多少豪杰。

寂寞避暑离宫，东风辇路，芳草年年发。落日无人松径里，鬼火高低明灭。歌舞尊前，繁华镜里，暗换青青发。伤心千古，秦淮一片明月。

这是萨都剌晚年的作品。读着这首词，在我们的眼前，仿佛出现一位鹤发童颜的老人，他挺身屹立在石头城上，望着滚滚东逝的江水。叹无情岁月有多少，消磨尽英雄豪杰多少好时光。萨都剌一生，怀才不遇，郁郁不得其志，贫穷潦倒的生活，使他谋生艰难，归隐无山，做官无聊，求仙则又缥缈，"江左风流在，长怀晋谢安。爱山那厌世，畏事却嫌官"。只能是寄托在"伤心千古，秦淮一片明月"了。

萨都剌的〔木兰花慢〕《彭城怀古》读来同样让人荡气回肠，心胸开阔。

古徐州形胜，消磨尽，几英雄。想铁甲重瞳，乌骓汗血，玉帐连空。楚歌八千兵散，料梦魂，应不到江东。空有黄河如带，乱山回合云龙。

汉家陵阙起秋风，禾黍满关中。更戏马台荒，画眉人远，燕子楼空。人生百年寄耳，且开怀，一饮尽千钟。回首荒城斜日，倚阑目送飞鸿。

全词写景抒情，征引史事，用典贴切，用字准确。读之，使人不禁追念起项羽、刘裕、张建封等一批历史人物。

68. 铁笛道人：复古诗人杨维桢

tiě dí dào rén：fù gǔ shī rén yáng wéi zhēn

在元代诗坛上，杨维桢是一位众体兼擅、成就卓著而又集赞誉与诋毁于一身的诗人。无论是在他的生前或身后，人们对他的为人和创作的评价都不一致。如果我们联系他的生平经历来分析他的创作生涯，就会看到，杨维桢在元代文坛上确实是一个特异的存在。

杨维桢（1296—1370 年），字廉夫，号铁崖，一号铁笛道人，会稽（今浙江绍兴）人。杨维桢出身于官宦之家。在他降生前一天，他的母亲梦见月中金钱入怀，这被看做是一个吉祥的征兆。杨维桢聪明过人，小时候就能每天背诵书籍数千言。后来他的父亲杨宏在铁崖山中修了一座楼，

杨维桢画像

在楼上放置了几千卷的书籍，撤去梯子，让杨维桢在楼上读书。杨维桢这样一连读了五年。为了纪念这一读书生涯，他又自号为铁崖。他写的文章很有见地，一些儒生们都说他的文章气势咄咄逼人。泰定

四年，杨维桢三十二岁时考中进士，署天台县尹。他因为惩治当地狡猾的官吏而被免官，后来改任钱清场盐司令。当时的盐赋很重，民众不堪忍受。杨维桢不计利害，为民请命，使民众的赋税得以减少，但却引起了上司对他的不满，并直接影响到他后来的升迁。他为官清正廉洁，尽职尽责，却因为办事认真过于急躁而不被上司喜欢。后来他的父亲母亲相继去世，他在家中服丧。丁艰之后，他又受到了十年的冷落，没有得到新的委任。当时元朝开始修金、辽、宋三史，杨维桢打算参加这项工作，就写了一篇《正统辩》的文章给皇帝，想引起注意，以便打开一条出路。他果然受到了当时的修史总管欧阳玄的注意，欧阳玄推荐他参加修史的工作，却被上司拒绝。以后他又被分配到杭州做"四务提举"，虽然官职低微，庶务忙碌，但他还是那样尽心竭力，为民众做了不少好事。但他的努力并没有结果，上司不看重他的才能，以后又把他派去建德路总管府做推官，专门审理案件。不久又派他做江西等处的儒学提举。这使得杨维桢非常失望，并成为他最后退出官场的重要原因之一。他终于明白，以他的气质和性格，决不会受到上司的看重。再有才干，再努力地表现也不行。因此对于江西儒学提举这一职务，他没有接受，从此便走上了归隐之路。他先是在富春山躲避兵乱，后来又迁到钱塘居住。张士诚占领平江后召他，他往而不留。后因事违忤坐镇杭州的江浙行省左丞达识帖睦迩，又迁到松江。杨维桢为官期间，一直是在其位而谋其政，希望通过自己的努力，对国家政事有所补益。在辞官以后，杨维桢的生活道路和生活方式发生很大的变化，由过去的忧国忧民的官员变成了一个风流文人。他从五十多岁以后，过了二十多年的风流岁月，为自己留下了耽好声色、放荡无行的恶名。明清文人笔记中有许多关于他好写艳诗、喜欢歌妓的记载。他晚年住在松江时有四位姬妾，都擅长声乐，每天乘船泛舟湖上，豪门巨室争相迎致。他还喜欢和歌妓们交往，为她们作曲。凡是请他宴饮和出游，一定要有歌妓舞姬到场，以提高他的兴致。明洪武二年，朱元璋召他修礼乐书，杨维桢来到南京，为朱元璋订立了编写的规章。朱元璋以他是前朝有名的文人，要留他在朝中为官，杨维桢说："岂有八十老妇人，就木不远而再理嫁者耶！"于是作《老客妇谣》诗以明志，诗中说："少年嫁夫甚分明，夫死犹存旧箕帚。南山阿妹北山姨，劝我再嫁我力辞。"意谓自己曾为元臣，不再出仕新朝。明洪武三年，杨维桢七十五岁时去世。他一生所著的诗文甚多，今传有《东维子集》、《铁崖古乐府》、《复古诗集》、《铁崖文集》。据宋濂所作墓志载，杨维桢诗文与其他著作共有五百余卷，和今存著作相比较，他的作品散失很多。

杨维桢是元代后期较有才华的诗人，他的作品雄奇怪丽、气象万千。当时有的人赞扬他的诗作是"铲除一代之陋"；而反对者则攻击他是"文妖"。这说明杨维桢的诗歌主张和创作实践都呈现出较为复杂的情况。

杨维桢论诗强调"人品"，认为"评诗之品无异人品也"，正如人有面目骨骼、情性神气一样，诗的美丑高下也是如此。他认为从《诗经》、楚辞以降，经过《古诗十九首》、陶渊明，一直到唐代的杜甫、李白和李贺，都是好的作品，而齐梁、晚唐、宋末的诗歌创作风气都是不好的。学习古人，应该向那些好的作家和作品学习。在晚宋江西诗派、江湖派诗风成为强弩之末以后，元代诗人都趋向于晚唐诗风，杨维桢的学古观点有匡正时弊的作用。

在主张学古的同时，他也反对亦步亦趋地拟古，他认为不能只凭师学，而要任自己的"资"，"诗得于师，固不若得于资之为优也。诗者，人之情性也，人各有情性，则人务有诗也，得于师者，其得为吾自家诗哉！"学习古人而参之以自己的变化，运用较少束缚的体裁来更好地抒写作者的性情，才是他学古的目的。

在诗歌体制上，杨维桢排斥律诗而提倡古乐府，他认为，诗歌发展到唐代出现的律体，影响到了诗歌的表现力，"诗至律，诗家之一厄也"，他欣赏唐代崔颢、杜甫的有些诗歌，也是因为它们"虽律而有不为律缚者"，甚至说："律诗不古，不作可也。"（《铁雅先生拗律序》）他的学生释安编元人律诗选时，选了他的十余首"矶硬排傲"的"放律"诗，他说："是宜所取，雅合余所讲者"（以上均见《蕉窗律诗选》）他自己写的近体诗"不令人传"。在他今天传世的诗集中，也很少能看到他的律诗作品。

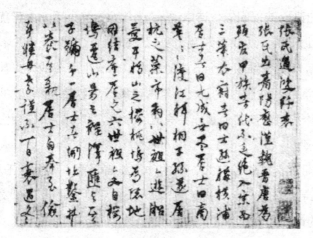

杨维桢墨迹

杨维桢诗歌中最著名的是古乐府，此外竹枝词、宫词和香奁诗也很著名。杨维桢的朋友张雨对他的古乐府给予很高的评价，他说："三百篇而下，不失比兴之旨，唯古乐府为近。今代善用吴才老韵书，以古语驾御之，李季和、杨廉夫遂称作者。廉夫又纵横其间，以汉、魏，而出入于少陵、二李（李白、李贺）之间，故其所作古乐府辞，隐然有旷世金石声，人之望而畏者，又时出龙鬼蛇神以眩荡一世之耳目，斯亦奇矣。"（《铁崖先生古乐府序》）杨维桢喜欢用古韵古语来写作乐府诗歌，多数作品是自拟新题，很少沿用乐府旧题。他的乐府诗，在体制上很接近古诗。他的诗歌常常以历史题材为内容，在歌咏历史人物和事件的时候，表现出自己的新意，寄托思想情感。有些作品还积极地反映了当时的社会现实，如他的《盐商行》和《海乡竹枝词》写海边盐民遭受官府、盐商剥削压榨的痛苦生活，表现出同情民众疾苦的思想感情。

在诗歌风格上，杨维桢耽嗜瑰奇，沉沦绮藻。宋濂评价他的诗时说："其于诗尤号名家，震荡凌厉，浸浸将逼盛唐，骤阅之神出鬼没，不可察其端倪，其亦文中之雄者乎？"杨维桢的诗风神奇雄阔，诗歌意象瑰伟奇丽，这是作者学习李白、李贺浪漫主义创作风格的结果。他的大部分乐府和古诗，都在走着李白、李贺的诗路，四库馆臣说："今观所传诸集，诗歌、乐府出入于卢仝、李贺之间，奇奇怪怪，溢为牛鬼蛇神者，诚所不免。"虽然他在诗的意境、形象上很接近二李，但诗歌表达的思想情感方面还是不能与李白、李贺的同类作品相提并论的，并且有些诗歌还难免流

于形式上的仿造。

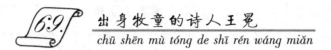

69. 出身牧童的诗人王冕

chū shēn mù tóng de shī rén wáng miǎn

在元朝末年，曾出现了一位清逸高洁、狂放不羁具有遗世独立的隐士风度的人物，这就是出身牧童的著名诗人、画家王冕。王冕（1287—1359年）字元章，号煮石山农、饭牛翁、会稽外史、梅花屋主等，绍兴诸暨（今属浙江）人。王冕出身于贫苦农家，自幼家境贫寒，很小父亲就让他上山放牛，没有钱供他上学读书。但是小王冕却有着很强的求知欲望，他非常喜欢读书，常常把牛扔在山上，自己偷偷地跑到村塾去听别人念书，听后就默记在心。这样，他渐渐学会能自己读书了，对读书也就更感兴趣了，总是想方设法借来书读。白天他要放牛，晚上为节省灯油，他就到寺庙里借长明灯自学，常常彻夜不眠，因而进步很快。当时有一位叫韩性的学者，对他的好学精神十分欣赏，专门招收他做自己的学生，使他得到很好的教育和培养。长大后，王冕满腹经纶，才华横溢，而且志向远大，希望能够为经世济民做一番大事。但是屡次应进士试而不中，从此决意不再应仕，并把自己写的文章全都烧掉了。他恃才负气，常头戴高帽，身披绿蓑衣，脚穿长齿木屐，击木剑，在乡市上边走边放声高歌，当时人们都视之为狂生。因进取不成，转而变得愤世嫉俗，鄙视功名利禄，加之自己穷苦的生活经历，使他对人民的疾苦有深切的同情，所以他的许多诗歌表现了批判现实的内容。敢于揭露社会的弊端，谴责权贵的腐化和骄奢。比如《伤亭户》一诗，描绘了一幅穷苦人凄惨的生活图景：一家盐民，家中没有一粒米，大小儿子都饿死了，而盐官还上门逼税，拿不出就用鞭子一顿毒打。第二天则是"天明风启门，僵尸挂荒屋"，深刻揭露了当时阶级压迫的社会现实。

王冕的同乡王艮在担任江浙行省检校官时，一次王艮见他穿着已露出脚趾的破鞋，就送给他一双新鞋，并劝他出任官吏之职，他笑而不言，弃其鞋而去。后来著作郎李光地又想举荐他做手下官吏，他竟破口骂道："吾有田可耕，有书可读，肯朝夕抱案立庭下，备奴使哉？"只在绍兴学府教了一年书，以后就辞职开始四处漫游。他曾游历了杭州、苏州、江西、湖南等地，足迹遍及南方的名山大川；也曾沿运河乘船北上，先后到过南京、扬州等地，后又到过大都、洛阳和关中。在游历过程中，每当遇到与自己志气相投的人，就相与谈古论今，呼酒共饮。提起古代英雄豪杰可歌可泣的动人事迹时，即慷慨悲吟，议论风发，一展狂士风采。

在旅居大都期间，他见到了曾任过绍兴路总管的泰不华。泰不华想推荐他入翰林院任馆职，他表示拒绝，说："公诚愚人哉！不满十年，此间狐兔游矣，何以禄仕为？"他已预感到元朝政权已经处于风雨飘摇之中了。并在寓所的墙壁上画了一幅梅花图，上面题了两句诗："疏梅个个团冰雪，羌笛吹它不下来。"有人认为他是在讥讽朝政，上报朝廷，要逮捕他，他闻讯逃回家乡。南归后不久，王冕即到距绍兴不远的会稽九里山开始了他后半生的隐居生活。他在自己住所的周围栽种了上千株梅花，给自己住的小草屋起名为梅花屋，自号梅花屋主。

在隐居生活中，他已渐近老年，身体多病，只能靠卖画为生。尽管生活清苦，但狂傲之气不减。著名诗人宋濂说，他就曾亲眼看到王冕在大雪天赤着脚登上潜岳峰，且四顾狂呼："遍天地间皆白玉合成，使人心胆澄澈，便欲仙去。"他在许多诗中以梅自喻，是梅花傲霜斗雪的坚强个性和玉洁冰清的品质，与他不甘随俗浮沉、追求清高的思想发生了共鸣。他自己说"平生爱梅颇成癖"，可为名副其实。他一生以种梅、画梅、咏梅为乐，在他的《竹斋诗集》里，咏梅和题画梅的作品多达一百四十多首，差不多占全部作品的五分之一。他写梅花，实际是在写自己，在愁苦孤寂的隐居生活中，仍然追求坚贞、高洁的理想人格和高尚情操。而他在一组咏白梅的诗中则借歌咏白梅的冰清玉洁，展示了自己不畏风雪严寒的狂傲个性和人格风采：

冰雪林中着此身，不同桃李混芳尘。

忽然一夜清香发，散作乾坤万里春。

瘦铁一枝横照水，疏花点点耐清寒。
雪晴月白孤山下，几度清香拄杖看。

　　王冕不但以其质朴自然的诗作流芳后世，他的画梅也为后世称颂。他以墨笔写梅，随意挥洒，还常在画上题诗，以抒情言志。他的咏梅诗多数就是题写在图画上的。在一首《题画梅》诗里，诗人借题梅更直接地抒发了自己的志向、情怀："我生山野无能为，学剑学书空放荡。老来晦迹岩穴居，梦寐未形安可模？"透露出孤高狂傲之气。他的传世名画《墨梅图》，更完美地体现了他假图以见志的特点。画面上，一枝梅花从右侧横空斜出，花朵以淡墨轻染，极为清新自然，并与峭拔的枝干形成浓淡对比，以突出梅花的孤傲高洁。在画的左上方，诗人题诗一首："我家洗砚池头树，朵朵花开淡墨痕。不要人夸好颜色，只留清气满乾坤。"不仅道出了该画的主旨，而且与梅树的枝杈互相对映，成开合之势，给人以匀称凝重之感。然而令人遗憾的是，当这幅名画传到清乾隆年间的时候，一向喜欢附庸风雅的乾隆皇帝一时兴至，竟在诗与画之间添上了几行御笔，致使画面过于拥挤，失去了疏朗之气，破坏了该画的原有风格。

　　这位出身牧童的孤高傲世的诗人、画家，以体现其独特个性的诗作与画梅作品而引人注目。明、清两代有很多文人为他作传。他的形象还出现在吴敬梓的《儒林外史》中，备受人们的喜爱。

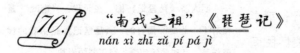

70. "南戏之祖"《琵琶记》
nán xì zhī zǔ pí pá jì

　　南戏是宋元及明初流行于南方的戏曲艺术。也称南曲戏文，又名温州杂剧、永嘉杂剧。它的曲调由宋词、唱赚和民间小曲综合发展形成，在表演艺术上以民间歌舞戏为基础，间受宋杂剧的影响，流行于我国东南沿海一带。

南戏的体制特点是比较自由灵活，采用分场式，少则十余出，多则五六十出，较北杂剧规模宏大。开剧有"副末开场"或"家门大意"，由副末介绍剧情梗概和创作意图。据徐渭《南词叙录》记载，南戏角色分"生"、"旦"、"外"、"贴"、"丑"、"净"、"末"。登场角色都可歌唱，不限定一人主唱，还可二人互唱，数人合唱。音乐采用南曲系统，具有鲜明的江南特色。入明以后，南戏得到进一步完善发展，并分化出四大"声腔"，后人则习惯称之为"明传奇"，主要指弋阳诸腔和昆山腔的剧本，以有别于北杂剧。

南戏本来是民间文艺的产物，演出的剧本也都是师徒相传的，只是刻印时一些文人对它们进行了加工和修饰。从总体上看，这些作品都以通俗本色见长，无卖弄文墨之弊。《琵琶记》的出现，是上层文人染指传奇以后留下来的一部重要的作品。

《琵琶记》的作者高明（约1305—1380年），字则诚，号菜根道人，浙江瑞安人。元至正五年（1345年）进士。历任处州录事、福建行省都事等职。他为官时，能关怀民间疾苦，颇受百姓爱戴。入明后

明人演《琵琶记》图。在元代，"南戏"是相对于"北曲"而言的，《琵琶记》是南戏的代表作品，其对明清传奇也有深刻的影响。

隐居不仕，专力于词曲。所作《和赵承旨题岳王墓韵》较有名，全诗歌颂了抗金英雄岳飞父子，文辞质朴，感情真挚。一些小诗亦有清新可读之篇。著有诗文集《柔克斋集》。

元朝末年，高明在历经十余年宦海浮沉后，秩满告归，绝意仕进。他

避难于鄞县栎社，沉溺于词曲创作之中，用三年时间写成《琵琶记》。在这期间，他常闭门谢客，起居坐卧仅在一个小楼上，一边哼唱曲词，一边用脚打节拍，以至于把打节拍处的楼板都磨穿了。每当夜阑更深之际，他常独自按拍歌舞，桌上两支蜡烛的光影摇曳交辉。他所借住的小楼也因此被人们称为"瑞光楼"。

《琵琶记》是对早期南戏《赵贞女蔡二郎》的改编，讲述的是赵五娘和蔡伯喈的故事。蔡伯喈就是蔡邕，东汉末著名文人，《后汉书》中有他的传记，说他在母亲生病的三年期间，衣不解带地尽心侍候，是个大孝子；可在宋以后民间流传的说唱艺术中，他却成了一个遭人唾骂的不孝之人。陆游在《小舟游近村舍舟步归》中说："斜阳古柳赵家庄，负鼓盲翁正作场。死后是非谁管得，满村听说蔡中郎。"对于这种颠倒是非之事，感慨颇多。高明在《琵琶记》中对蔡伯喈一类由寒门入仕的儒生，就是抱着一种同情和理解的态度。在《琵琶记》第一出的"副末开场"中，高明就用一首〔水调歌头〕表明了自己的创作意图，说蔡伯喈是一位"全忠全孝"之人：

> 秋灯明翠幕，夜案览芸编。今来古往，其间故事几多般。少甚佳人才子，也有神仙幽怪，琐碎不堪观。正是不关风化体，纵好也徒然。
>
> 论传奇，乐人易，动人难。知音君子，这般另作眼儿看。休论插科打诨，也不寻宫数调，只看子孝共妻贤。正是骅骝方独步，万马敢争先。

剧中，作者首先写蔡伯喈本来不打算求取功名，只想一心一意在父母身边尽孝，"甘守清贫力行孝道"。他说："论功名非吾意儿。"可父母和亲朋好友非让他到京城去应试不可，其父蔡公以"不为禄仕，所以为不孝"给蔡伯喈施加压力。在迫不得已的情况下，蔡伯喈极不心甘情愿地踏上了科举之路，他的人生道路上个人悲剧和家庭悲剧也就从此开场了。由于长年在外游历求仕，不能侍奉父母，蔡公临死前骂他是不孝之徒。在周围亲朋眼里，他对父母生不能养，死不能葬，更觉得是大逆不道。他本人身居官位而入赘相府，让饥寒交迫的贤妻在家独守空房，心里十分难过，违心地做自己不愿做的事，还要背负骂名，这是何等痛苦和尴尬的人生。

作者为了替蔡伯喈开脱罪责，还精心设计了"三不从"的情节：在蔡伯喈赴考之前，他的家庭生活美满和谐。皇帝"出榜招贤"时，他不愿赶考，父亲不从；当他中举后不愿娶牛小姐为妻，牛丞相不从；当他上表辞官，皇帝老子不从。辞考不从、辞婚不从、辞官不从，使蔡伯喈无法照顾家庭、侍奉父母，结果父母在饥荒中死去。在封建时代正统观念中，忠、孝原是统一的，但作者却注意到两者之间的矛盾，尤其是政治权力的绝对要求对家庭伦理的破坏，这反映了知识阶层在维护家庭和服务于政权之间常常会出现的两难选择。如剧中圣旨所说："孝道虽大，终于事君；王事多艰，岂遑报父。"由于蔡伯喈的软弱和奴性，由于他身上存在着"名缰利锁，先自将人摧挫"的弱点，竟能在夹缝中求生存，成为"全忠全孝"的榜样。他虽说要辞官回家养亲，可只是口头上说说而已，行动上仍屈从于圣旨，不可谓不忠。他的父母虽在儿子走后饿死家中，但因支持儿子出来做官事君，死后得到封赠，符合封建统治者所说的"大孝"。这就是高明称他为"全忠全孝"的原因。

但《琵琶记》里的这一个蔡伯喈形象的典型意义，并不全在于他是否忠孝，还在于同时反映了以蔡公、皇帝、牛丞相为代表的现世权力对蔡伯喈个人意志的压迫。他虽然被塑造成一个孝心无限、谨守古训的形象，但他也有对新婚妻子的爱恋，对田园生活的向往，这些都因为与君亲之命相冲突而不能满足。他在一段唱词中说：

> 我穿着紫罗衫倒拘束我不自在，我穿的皂朝靴怎敢胡去揣？
> 我口里吃几口荒张张要办事的忙茶饭，手里拿着个战钦钦怕犯法
> 的愁酒杯。

他的矛盾性格、精神痛苦以及他对求取功名的忏悔，于此可见。这不

仅反映出当时读书人身上存在的软弱和动摇，也反映出士人被科举制度扭曲了的双重人格。

赵五娘是《琵琶记》中着力刻画的人物。蔡伯喈赴考之前，她就意识到自己将来处境的艰难，说："我的埋怨怎尽言？我的一身难上难。"可她最终还是答应让丈夫放心赴考，自己在家一定好好侍奉公婆。当她得知蔡伯喈入赘相府后，仍把赡养公婆作为自己应尽的义务。她宁可自己挨饿受屈，也不让公婆感到不安。饥寒交迫中，她弄来吃的让公婆吃。她默默忍受一切不幸和苦难。在她身上有着中国劳动妇女吃苦耐劳、淳朴善良的优秀品质，反映出敬老尊老情操。

《琵琶记》插图"糟粮自厌"。描绘的是赵五娘正在偷吃粮秕的情形。

《琵琶记》代表了南戏在进入明清"传奇"阶段之前发展的顶峰，有较高的艺术成就。结构上两条线索交叉进行，一条是蔡伯喈步步陷入功名的罗网，满心愁苦地应酬于一片荣华富贵的气氛中；一条是赵五娘含辛茹苦，拼命挣扎在贫困艰难的境地，许多场面交错出现，相互映衬，使人留下难忘的强烈感受。作品的曲词也写得十分出色。作者抒发感情，委曲必尽；描写物态，跃然纸上，能根据人物的不同的身份和处境，写出不同格调的曲词来。如牛小姐的唱词，文雅华丽，赵五娘的唱词，凄婉质朴。在"糟糠自厌"一出中，赵五娘独唱的四支"孝顺歌"，历来被认为是作者的神来之笔。曲词从赵五娘吃糠难以咽下的痛苦写起：

呕得我肝肠痛，珠泪垂，喉咙尚兀自牢嗄住。糠！遭砻被舂杵，筛你簸扬你，吃尽控持。悄似奴家身狼狈，千辛万苦皆经历。苦人吃着苦味，两苦相逢，可知道欲吞不去。

曲子写赵五娘触物生情，从吃糠之苦，联想到糠的苦，以及自己同糠一样受尽颠簸的命运，又从糠和米想到自己和丈夫的分离，引起对丈夫的思念和埋怨。被遗弃的糟糠之妻吃糠，一肚子的苦水借糠倾诉出来，具有震撼人心的艺术力量。李贽评点此曲时说："一字千哭，一字万哭，可怜！可怜！"

总之，经过高明这位著名文士的加入，南戏从民间俚俗的艺术形式，发展到成熟阶段，这在戏曲发展史上有着重要的意义和作用，对后来南戏诸腔的发展有深远影响，所以又称《琵琶记》为"南戏之祖"。

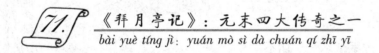

71. 《拜月亭记》：元末四大传奇之一
bài yuè tíng jì：yuán mò sì dà chuán qí zhī yī

元末明初的南戏，过去有所谓"四大本"，就是指《荆钗记》、《刘知远白兔记》、《拜月亭记》和《杀狗记》，通常简称"荆、刘、拜、杀"四大传奇，在中国戏剧史上影响很大，甚至在明清时代，一个戏班能否上演这几部戏，就标志着这个戏班演出水平的高低，可见当时重视的程度。其中《拜月亭记》相传是元末著名的杂剧、散曲作家施惠根据关汉卿的杂剧《闺怨佳人拜月亭》改编而成。现在原剧本已经不存，仅有明代万历年间世德堂刊印的《新刊重订出相附释标注（拜）月亭记》比较接近作品原貌。从中可以了解到剧情故事的梗概。

在金朝末年，蒙古大军南下，攻克了金朝都城——中都（今北京），金王室迁都汴梁。兵部尚书王镇正出使在外，王夫人带着女儿瑞兰仓皇逃跑避难。不幸兵荒马乱中，瑞兰与母亲失散，得遇秀才蒋世隆，二人于是结伴同行。在患难中，两人互相关照产生了爱情，并在招商店中结成夫妻。不料蒋世隆又病倒在店中，偏巧王镇出使归来，在店中歇宿，因而见到了女儿瑞兰。他不满瑞兰和蒋世隆的婚事，以门不当户不对为由，强行把瑞兰带走，抛下了穷困潦倒的蒋世隆，致使恩爱夫妻被迫分离。王尚书带着瑞兰回家后，又找到了瑞兰的母亲王夫人，和她与瑞兰失散后收养的义女瑞莲。瑞兰日夜牵挂病中的丈夫，因而整天心烦意乱，愁眉不展。她刚刚认识的妹妹瑞莲不了解实情，与她开玩笑，说："姐姐是在想姐夫呢！"没想到瑞兰竟板起脸来，说："咱们找爹爹评评理，这样乱说话，大概是你这小鬼头动了春心吧？"这么一来，瑞莲吓得连忙向姐姐求饶。瑞兰虽然用这种强辩的方法把真情瞒过了，但却因被妹妹说中了心事而更加痛苦。于是当晚上夜深人静的时候，她以为瑞莲已经睡着了，就独自到院中焚香拜月，低声祷祝，

《拜月亭记》插图"兄妹逃军"。《拜月亭记》相传为施惠所作，是根据关汉卿的同名杂剧改编的。它以蒙古族入侵金国的战争离乱为背景，写了穷秀才蒋世隆与尚书之女王瑞兰的曲折爱情故事。

愿病中的丈夫早日痊愈，也好使自己夫妻尽早团圆。正当她焚香默念、倾诉怨怀的时候，躲在旁边偷听的瑞莲走出来拉住她的衣襟，也吓唬她说要同她一起去见父亲。瑞兰终于被撞破了心事，没办法，就向瑞莲讲出实情。可是她也没想到，当瑞莲听到"蒋世隆"的名字和籍贯时，竟然呜呜痛哭起来，弄得瑞兰一时疑惑不解，马上想到她莫非是蒋世隆的旧妻妾？那份担心和难过就更不用说了。最后还是瑞莲解释说，蒋世隆是她的亲哥哥，他们兄妹二人也是逃难时在乱军中失散的。这一下就把两个人的关系拉得更近了，瑞兰十分欣喜地说："这真是太好了！从今后我们两个人比以前应更加亲热。我

不但是你的姐姐还是你的嫂嫂，你既是我的妹妹又是我的姑姑啦。"剧中表现这段情节极富有艺术感染力。前面瑞兰的哀诉是一个悲剧的气氛，而此时则是一个喜剧的场面，从而达到悲喜交集的戏剧效果。最后全篇以蒋世隆得中状元，终于夫妻、兄妹得以团聚收场。一场由战乱引起的流离失所的人间悲剧，以大团圆的喜剧结束。

全剧以蒋世隆和王瑞兰的爱情婚姻波折为主线，通过一系列误会巧合等戏剧结构手法，巧设关目，使剧情曲折变化，起伏跌宕，在思想与艺术上都取得了较高成就。作品突破了"才子佳人一见钟情"，继而"后花园私订终身"的俗套，着力表现在金元之交的战乱背景下，蒋、王二人生死与共，在患难中结下的坚贞、纯洁的爱情，因而增强了剧作的现实性和艺术真实性。进而深刻批判了封建门第观念与不合理的婚姻制度。其中对人物性格的把握也非常自然贴切，符合人物的身份。所以这部剧一向被认为是写得比较成功的作品。在明代，何良俊、徐复祚等人甚至认为已经超过了高明的《琵琶记》，评价很高。从中可见作者的创作水平与艺术功底。

然而关于作者施惠的生平，史料记载不多，根据钟嗣成《录鬼簿》等有关资料介绍，可以对他有一个大概的了解。施惠字君美，杭州人，生卒年不详。祖传以造琴为业，故平生居吴山城隍庙前，从事经商活动。闲时好填词作曲，曾与人合作杂剧《鹔鹴裘》，他写其中的第二折。剧本也已失传。除《拜月亭记》外，今尚存散曲《南吕一枝花》一套，收在《北宫词纪》中。

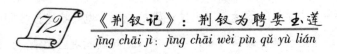

72. 《荆钗记》：荆钗为聘娶玉莲
jīng chāi jì: jīng chāi wèi pìn qǔ yù lián

元代南戏除了《琵琶记》外，还有些较著名的剧作。其中元后期出现的《荆钗记》、《刘知远白兔记》、《拜月亭记》和《杀狗记》，被称为"四大传奇"，简称荆、刘、拜、杀。这些剧本都是经过文士们加工过的，已经不是原来师徒相传时的模样了。现存的元代南戏剧本多数为明代刻本，明显带有明人修改的痕迹，"四大传奇"也不例外。如《荆钗记》在明初就有朱权的昆山腔传奇改编本，《拜月亭记》在明代被改名为《幽闺记》等。但根据一些较为接近古本的改编本，亦可以看出元代南戏在题材内容和艺术表现方面的特点。

荆、刘、拜、杀四剧，主要以爱情婚姻和家庭伦理为故事内容，有宣扬道德教化的创作倾向。如王十朋在早期民间戏文中并非"义夫"，而《荆钗记》则有意将他描绘成"忠孝节义"俱全的人物。刘知远弃家投军后，被岳节度使招为女婿而步步高升，实有负于糟糠之妻，可剧作家仍要把他写成一个有情有义的人。

《荆钗记》一般多认为是元人柯丹邱所作，明吕天成《曲品》、清黄文《曲海总目》、焦循《剧说》等，都认为《荆钗记》的作者是柯丹邱。王国维曾有过不同的看法，认为《荆钗记》为宁献王所作。其实王国维并未见过所谓的"丹邱先生"的旧本，只是一种猜想。经近人考证，作者为柯丹邱还是可信的。柯丹邱的生平不详，但从题款中，可知他应当是苏州人，曾参加过当时的民间组织"敬先书会"。

《荆钗记》今存多种版本，其中以嘉靖温泉子编集，梦仙子校正《原本王状元荆钗记》较近古本。

《荆钗记》叙述了穷书生王十朋和大财主孙汝权分别以一支荆钗和一对金钗作为聘礼，向钱玉莲求婚，钱玉莲因王十朋是"才学之士"，留下了他的荆钗。成婚后，王十朋赴京赶考喜中状元，因拒绝万俟丞相的逼婚，被调往烟瘴之地潮阳任职。他的家书被孙汝权截去，改为"休书"，继续纠缠玉莲不止。钱玉莲不认为"休书"是真的，坚决拒绝继母要她改嫁孙汝权的威逼，投江自尽，被人救起，后跟随恩人远去他乡。王十朋闻知爱妻自杀，盟誓终身不娶。玉莲误听十朋病亡噩耗，也执意不再嫁。数年之后，于吉安重逢，夫妻荆钗为缘，最终得以团圆。作品通过王十朋中状元后不忘旧妻的故事，歌颂了他"糟糠之妻不下堂，贫贱之交不可忘"的做人信念和道德品质。在未中举前，王十朋是个有才学的寒儒，家境清贫；可貌美心善的淑女钱玉莲偏看上他，情愿以富嫁贫。这使王十朋非常

明刊《屠赤水批评荆钗记》。图中拄杖老者为钱玉莲父，持扇作跋扈状者为拨弄是非的小人孙汝权。

感动，终身难忘。他中状元后拒绝逼婚，调任后毫无反悔之意，闻知妻子被逼投江，立志不肯再娶。有人以"不孝有三，无后为大"相劝，他表示"宁违圣经"而不忍忘记贫贱夫妻的情义。他因此而被誉为"义夫"。

与"义夫"相匹配的是"节妇"钱玉莲。她择偶看重德才而不是钱财，当城中阔少孙汝权送来金凤钗作议婚聘礼、而王十朋家只出得起木荆钗时，她选择了木荆钗。但她的后母贪图钱财而逼她嫁给孙汝权，她誓死不从。孙汝权串通她的家人，将王十朋中举后寄回来的家书偷改为"休书"，她也决不相信。她自言"烈女不更二夫"，被逼无奈，只好投水自尽。幸好被一官人救起，收为义女，带往福建任所。数载后，王十朋升任吉安，夫妻俩偶然意外相逢，悲喜交集。

《荆钗记》的开场"家门"声明了此剧是为了表彰"义夫节妇"而作，要使"义夫节妇千古传扬"。它的目的是提倡夫妇间的相互忠诚和信任。在这个意义上，王十朋被塑造为与早期南戏中富贵易妻的蔡伯喈、王魁、张协等人物相对立的形象，从与之相反的角度表达了相同的家庭伦理观念。同时，剧中也蕴含了一些令人耳目一新的、具有进步意义的社会生活理想。作品中把"义夫"和"节妇"作为相互对应的一对概念，表明了妻子的"节"是以丈夫的"义"为基础的，丈夫的"义"又是以妻子的"节"作为报偿的，这已突破了传统的道德理念所赋予的正规内容。剧中人物追求坚贞不渝的爱情的举动，在一些方面已突破了传统道德的规范，如王十朋宁愿无后也不愿再娶，钱玉莲不听从父母之命。这种对爱情的忠诚，并不一定符合封建道德伦理的要求，但却使人物的言行焕发出了光彩。

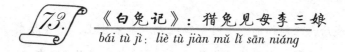

73. 《白兔记》：猎兔见母李三娘
bái tù jì: liè tù jiàn mǔ lǐ sān niáng

《刘知远白兔记》是"永嘉书会才人"在《五代史平话》和《刘知远诸宫调》等的基础上编撰而成的。现存的几种明代加工本情节稍有差异。刘知远是五代时期后汉的开国皇帝，作为一个穷军汉出身而登上皇帝宝座的人，他的许多遭遇都为老百姓所喜闻乐道。民间一直流传有他和李三娘的故事。《刘知远白兔记》的核心内容，就是写他的"发迹变泰"以及他和李三娘悲欢离合的故事：刘知远未发达时穷困潦倒，后来被李文奎收留作为佣人，李文奎见刘知远勤奋有为，有帝王之相，于是就把女儿许配给刘知远。李文奎去世后，李三娘的兄嫂对刘知远百般刁难、凌辱，刘知远不堪忍受，愤而离家从军，在戎马生涯中建功立业。李三娘在家受尽欺侮，在磨房中生下儿子咬脐郎，并托人送到刘知远处。咬脐郎长大成人后，由于追猎一只白兔，与生母重逢，终于喜得团圆。由咬脐郎猎白兔而得剧名为《白兔记》。

"贫者休要相轻弃，否极终有泰来时"，是《刘知远白兔记》所要表达的思想。剧中的矛盾冲突，主要围绕着李三娘与兄嫂李洪一夫妇的家庭矛盾展开。李三娘因父母双亡和丈夫贫穷，受到兄嫂挖空心思的迫害。兄嫂视入赘李家的流浪汉刘知远为眼中钉，先是强迫他写休书，后又逼他弃家投军。丈夫被逼走后，兄嫂又逼李三娘改嫁，三娘不从，就受到非人的折磨，"日间挑水三百担，夜间推磨到天明"，还要经常挨兄嫂的打骂。她在磨房生孩子时无人照料，只得自己用嘴咬断孩子的脐带，然后托人将这咬脐郎给刘知远送去。十六年后，已变泰发迹的刘知远做到九州安抚使的大官，咬脐郎也长大，因出猎追赶白兔遇见生母，质朴、善良、坚贞不屈的李三娘，终于能与夫、子团圆。刘知远为报答三娘，特意将李洪一夫妇加以发落。

《白兔记》是元、明之际的民间作品。此剧故事的来源甚古，金代时就有《刘知远诸宫调》。全戏共三十二出，开篇有词曰：

> 五代残唐，汉刘知远，生时紫雾红光。李家庄上，招赘做东床。二舅不容完聚，生巧计拆散鸳行。三娘受苦，产下咬脐郎。
>
> 知远投军，卒发迹到边疆。得遇绣英岳氏，愿配与鸾凰。一十六岁，咬脐生长，因出猎认识亲娘。知远加官进职，九州安抚，衣锦还乡。

一首〔满庭芳〕，将整个故事交代得一清二楚。从这首开始曲中也可以看出，《白兔记》是以质朴无华见长的。剧中唱词并无雕琢之嫌。比如，李三娘受难中的一些唱词，很是动情：

第十六出：《强逼》：

[庆青春]：(旦上) 冷清清，闷怀戚戚伤情。好梦难成，明月穿窗，偏照奴独守孤另。

[集贤宾]：当初指望谐老年，和你厮守百年。谁想我哥哥心改变，把骨肉顿成抛闪。凝眼望穿，空自把栏干倚遍。儿夫去远，悄没个音书加转。常思念，何日里再得团圆。

[揽群羊]：嫂嫂话难听，激得我心儿闷。一马一鞍，再嫁傍人论。夫去投军，认敢为媒证？那有休书，认敢来询问？你如何交奴再嫁人？

第十九出：《挨磨》：

　　[锁南枝]：星月朗，傍四更，窗前犬吠鸡又鸣。哥嫂太无情，罚奴磨麦到天明。想刘郎去也，可不辜负年少人。磨房中冷清清，风儿吹得冷冰冰。

　　[锁南枝]：叫天不应地不闻，腹中遍身疼怎忍。料想分娩在今宵，没个人来问。望祖宗阴显应，保母子两身轻。

　　前三首曲子是兄嫂逼迫李三娘改嫁时所唱的，后两首曲子是李三娘磨房产子时所唱。从这些明白如话的唱词中，反映出李三娘内心的苦痛和思念之苦。情感之丰富，内容之充实，比起有些文人们的雕章琢句来的文章更有魅力和感染力，更能使大家因理解而感动。

　　《白兔记》由于是民间的集体创作，所以反映出极强烈的平民意识。剧中写李洪一夫妇的贪婪狠毒，以种种古怪刁钻的方法折磨李三娘，欺凌刘知远，表现了平民们普遍的爱憎分明的鲜明立场。

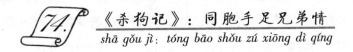

74. 《杀狗记》：同胞手足兄弟情

shā gǒu jì: tóng bāo shǒu zú xiōng dì qíng

　　《杀狗记》是宋元四大南戏之一，一般认为是明初人徐仲由根据元代萧德祥的《杨氏女杀狗劝夫》杂剧改编，又经过冯梦龙的加工润色而成的。故事中出现的审案官员开封府尹王修然，历史上实有其人，他是金代著名的清官。故"杀狗劝夫"故事可能是金代流传的民间传说。全剧三十六出，描写的是封建地主家庭的矛盾纠纷。孙华、孙荣兄弟受人挑拨失和，孙华之妻杨月真用杀狗代尸之计，揭露了挑拨者，使兄弟二人重归于好。兄弟之间有亲密的血缘关系，他们同样受恩于父母，同胞共乳，亲如手足，应该和睦友爱，互相帮助，同甘共苦，这是古今都应遵守的起码的道德。但在封建伦理道德中，除了要求兄友弟恭之外，还规定长子对父亲的财产、官职有直接承袭之权，幼子次之，弟事兄如父，为弟的要无条件地顺从兄长（即弟悌），遂造成许多不平等和兄弟纠纷。我们从《杀狗记》

一剧可以认识到封建道德的不合理，了解封建社会的生活面貌。故事情节如下：

开封府有孙华、孙荣兄弟二人，父母早亡，留下巨资家业。孙华恃长倚强，把持家私，不务正业，整天在外面吃喝玩乐。孙荣十八岁了，他酷喜读书，不问家事，对兄嫂非常恭敬顺从，但兄长孙华却嫌他执拗、欠圆通、不晓世事。后来孙华与两个市井小人柳龙卿、胡子传结义为兄弟，三人朝欢暮乐，醉酒狂歌，亲密无比。柳、胡二人常说："我们三人结义，真个赛过刘关张。大哥有事，都是我弟兄两个担当，火里火里去，水里水里去。大哥若是打杀了人，也是我们弟兄两个替你偿命。"孙华对这两个谄谀之徒深信不疑，而把孙荣看做仇人冤家一般，经常打骂。孙荣虽痛苦难忍，却不敢埋怨。孙华妻杨月真善良贤惠，见他兄弟失和，忧心忡忡，常见机规劝，但孙华片言难进，一意孤行。柳、胡二人恐怕孙华被杨氏劝转，与弟和好而疏远他俩，就对孙华说："大哥，孙二要毒死你，以便独占家私。你若不赶走他，恐遭他毒手。"孙华信以为真，叫来孙荣，怒斥道："你整天读书，百事不管，坐吃山空，如何得了？赶快到外州经营求利，休赖在家里！"孙荣身无分文，被哥哥赶出家门。孙华为感谢两位义弟的"救命"之恩，又请他俩上酒店吃喝玩乐一番，大醉而归。妻杨氏和侍妾迎春劝他快把孙荣找回来，兄弟和好，孙华不但不听，反把她们打骂一顿。

孙荣被逐出家门，无处安身，只好到客店住下，因欠房钱，没几天就被逐出来，且被剥去了衣服。孙荣绝望之下要投河自尽，被一个姓孙的老汉劝住，孙老汉指点孙荣到城南破瓦窑中安身。寒冬腊月风雪交加，孙荣又冻又饿，只好沿街乞讨。路过一个酒馆，孙荣被酒保唤住，说里边有个富人要赏他一口剩饭，进到里边，见哥哥正与两个义弟喝酒，孙荣吓得赶快逃走了。孙华本想发善施舍叫花子，没想到遇到孙荣，自感受了羞辱，骂了几句，醉醺醺地走出酒馆。胡、柳二人假意搀孙华，见他醉眠在雪地上，便偷了他刚花八锭银子买的羊脂玉环和剩余的二锭银子，扬长而去。孙荣乞讨回来，被雪中之物绊了一跤，回身一看，见是哥哥醉卧雪中，昏睡不醒，就不顾饥寒，迎风踏雪，挣扎着把哥哥背到家。杨月真和迎春非常感激，留孙荣吃饭。孙荣刚吃几口，孙华就醒了，他见孙荣就打骂，还赖孙荣偷了他银子和羊脂环，孙荣辩解不清，赶紧回窑。家仆吴忠瞒着孙华来看孙荣，安慰道："二官人，不要愁闷，人若孝悌天心顺。"一天，柳、胡二人来到破窑内，挑唆孙荣告他哥哥孙华独断家私，遭到孙荣拒绝，二人想两头挑唆、两边劝解以讨谢仪的诡计未能得逞。

孙荣被兄逐出半载，快到清明节了。杨月真事先派安童到庄园嘱王老实如此这般。王老实为孙家管了三代庄库，年高九十三岁。他趁孙华来农庄上坟时，劝孙华与弟和好，孙华恼羞成怒地说："没想到这个老仆竟不懂规矩，敢教训主子！准是孙二教唆的，等我回去收拾那小畜生！"孙华到家，就派吴忠去暗杀孙荣，吴忠口中答应，心想一定要教小主人快逃生。

孙华又去找两个义弟喝酒去了，柳、胡说："大哥，你有天大的事，我们两个替你承当！"三人大醉而散。孙华到家时，前门已关，只得绕到后门。孙华刚要推门，突然被什么东西绊倒了，爬起来一看，是具血淋淋的死尸，孙华吓得魂飞魄散，跑进屋与妻商议对策。杨氏说："快去找你两个义弟帮着移尸灭迹，免吃官司！"孙华找到二人，二人都推托有病，不肯帮忙。杨月真与孙华赶忙赴窑中找孙荣，孙荣念及手足之情，不顾前嫌，慨然应诺。孙荣代兄把尸首背到野外连夜埋掉，孙华深受感动，兄弟和好。柳、胡二人抓住孙华把柄，向他敲诈钱财，未遂，便到官府告发孙华杀人移尸，孙荣出庭，承担了杀人之罪以保护哥哥，孙华更为感动。最后月真到场揭出谜底。原来，月真为使丈夫辨明亲疏，买来一条狗杀死；扮作人尸，放在后门口，遂导致了这场官司。经官掘尸检验，真相大白。柳、胡二人因见利忘义，诬告不实而受杖刑、发边充军，孙家因满门贤孝而受朝廷旌表，孙华做了中牟县尹，孙荣做了陈留县尹，杨月真金冠霞帔，封贤德夫人。

《杀狗记》的主要思想是宣扬"亲睦为本""孝友为先""妻贤夫祸少"等封建道德信条，说教气息比较浓厚。作者极力赞扬的孙荣和杨月真，是屈服于封建家长淫威之下的可怜虫。孙荣事兄如事父，对兄长逆来顺受，被逐出家门，住在破窑中挨饿受冻，吃尽苦头，还说"打杀我终无怨恨，割不断手足之亲"，乞讨时都怕让熟人遇见，"辱没了哥哥脸面"。而当兄长遇到官司时，他替兄埋尸，为兄担罪，真是个悌弟的典型。因他"被逐不怒，见义必为，克尽事兄之道"，受到了皇帝嘉奖，做了县尹。杨月真的贤德，表现为对丈夫不敢违抗，只能规劝，不厌其烦地讲"妻子易得，兄弟难得"的道理。她认为"背夫之命散夫之财""于礼不可"，故不敢周济小叔子，最后以杀狗代尸之法劝夫，使孙华悔悟。作品还强调"亲者到底只是亲"、"结义的到底只是假"，以维护和巩固封建宗法制度、血缘家庭。作品还借吴忠、王老实两个义仆宣扬了"贵贱有序"的道德观念。大段的说教令人生厌。在四大南戏中，《杀狗记》的思想性最差。

尽管《杀狗记》极力美化封建秩序，进行封建道德教化，但我们依然可以看出封建道德的片面性、虚伪性。孙荣可谓是克尽弟道了，但孙华对他没有一点友爱之情，甚至要谋杀他。统治者要求别人绝对遵守封建道德规范，而自身却不受它的约束。因此孙华为了争夺家私，就撕破了仁义道德的假面目，对亲兄弟也冷酷无情，凶残暴虐，丧失人性。孙华自我标榜的"性禀刚贞，胸怀仁义"全是幌子。其次，我们还可以看到封建家族制度的专横和黑暗。在宗法制家庭里，家长有生杀予夺之权，其他成员没有独立的人格和自主权利。人们在礼教的侵蚀、束缚下，丧失了独立的意志，孙荣的遭遇就给人们这样的启示：如果心甘情愿地匍匐于礼教之下，只能自食恶果。第三，从《王婆逐客》、《孙荣奠墓》、《乔人算账》等出中，还反映出"世情看冷暖，人面逐高低"的世态炎凉。如安童所唱《梧桐树》说："世事只如此，只重衣衫，那重人贤惠！如今只重钱和势，你怎贫寒识甚高低？"再如胡、柳二乔人偷了孙华的钱财后幻想做财主的丑态，以及"如今的人有了银子就无状起来"的诨语，都是画龙点睛之笔。

《杀狗记》的语言质朴无华，"我有黄金千万两，不因亲者却有亲"、"结交须胜己，似我不如无"，"河狭水急，人急计生"等话既俚俗又警辟。全剧故事也很曲折完整，像《窑中受困》与《孙华家宴》的贫富对比，孙荣乞讨却在酒馆与孙华相遇等情节都富有戏剧性，表明"厨中有剩饭，路上有饥人"的社会黑暗程度。另外，反面人物柳龙卿、胡子传的形象栩栩如生，有这两个乔人穿插全剧，使这部说教味很浓重的剧作也不乏生动的场面和令人忍俊不禁的趣语。

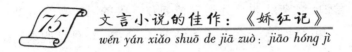

75. 文言小说的佳作：《娇红记》

wén yán xiǎo shuō de jiā zuò：jiāo hóng jì

元朝时，白话小说（即话本）较兴盛，文言小说则呈衰微之势，传世名作极少，而《娇红记》却是一篇文言小说的佳构。它又名《娇红传》，作者宋远，字梅洞。该篇直承唐代言情小说的优秀传统，下启明代《剪灯新话》等文言小说，足能为元代文言小说增光添彩。

《娇红记》以两万字的鸿篇为申纯、王娇娘这对恋人唱了一曲回肠荡气、凄艳悱恻的爱情挽歌。宋宣和年间，成都书生申纯天资聪颖，俊逸风流，但初次科考落第，因此抑郁寡欢。家居月余，便到舅家做客。表妹娇娘天然莹秀，色夺画中之人，申纯一见倾心，几不自持。从此，申纯功名心顿释，日夜思慕娇娘，希望有机会向她倾诉衷肠。但娇娘庄重谨慎，不苟言笑，且好猜疑。申纯每以情试之，她或以不相关的话岔开，或严肃若不可侵犯状。娇娘对申纯时亲时疏，若即若离，申纯猜不出她是否有情。一次，娇娘独自在小阁中画眉，申纯便要求她把画眉所用灯花分给自己一半以写家信，娇娘痛快地答应了，并亲手掰开灯花。申纯笑道："我要把灯花留着，作为你有情意的凭证。"娇娘立刻变了颜色，说："妾无他意，君何戏我？"申纯怕别人听见，赶快走开了。此后申纯内情更炽，以至夜不成寐。娇娘被申纯的痴情所感动，她对申纯表示："我岂敢故作郑重以要君呢？只怕情爱有始无终，后患无穷。将来之事君若能承担责任，妾将相从到底，果不济，妾当以死谢君。"申纯听了娇娘的表白，无异于受到了鞭策。一次，娇娘约申纯夜至熙春堂下花丛中幽会，不料当晚下了大暴雨，无法赴约，申纯怅恨不已。次日晨，娇娘低声对申纯说："自古好事多磨，然妾既许君矣，当另想办法。"不几日两人互相剪发设誓，虽然两情极为慕恋，然终无合聚之机。一天，申纯家来信让他回去。申纯到家无大事，很快又来舅家。一天晚上，娇娘寻便到申纯室，说："向日熙春堂之约并不合适，易被人发现。今晚我以计支走婢女，兄乘夜至妾室，妾开窗以待。"申纯犹豫地说："此计固然很好，但也太危险了！"娇娘变色曰："事已至此，君怕什么？人世间还有钟情如我二人的吗？事败当以死继之。"申纯说："如这样，我也没什么遗憾了。"是夜，申纯仗胆来到娇娘室，娇娘又惊又喜，二人欣然共入罗帐，成就男女之事，两情欢娱无比。天将亮，娇娘让申纯归舍，嘱今后在人前相遇，言行要谨慎，不要让人看破。从此申纯每夜必至娇娘室停宿，一个多月后，就被舅舅侍女飞红、湘娥发觉了。娇娘厚赂她们，情事被瞒下来，父母毫无所知。

一天，申家来信遣仆催申纯归家，申纯只好回去。申纯央求父母到舅家求婚，并私下让媒人给娇娘捎去一封情书。媒人向舅说明申家求婚美意，舅以内亲成婚违犯朝廷法令为由，坚拒不从。媒人把情书私付娇娘，娇娘作二绝句让媒人捎给申纯，哽咽着说："离合缘契乃天之所为，转告三哥无事宜来，勿以姻事不成为念。"申纯因亲事未成而愁苦不堪，每诵娇娘的诗即流泪，遂感伤成疾。父母求巫作法为申纯消灾，巫医得了申纯私赂，就扬言申纯中邪了，必须到远方避难，申纯父母就让纯再去舅家。申纯在舅家一住数月，与娇娘情意更深厚了。舅之侍女飞红亦有姿色才情，但因舅母善妒，故未曾获宠，遂转而迷恋申纯，两人常相戏谑玩耍。娇娘疑申、红有私，就借机怨诟飞红，飞红也寻机揭发申、娇之隐私。一天，申纯极力表白与飞红无私情，娇娘疑猜稍解，便拉申纯到后园发誓设盟。飞红乘机赚夫人游园。夫人遥见申、娇并行，左右无人，便唤娇娘，申纯狼狈返室，惆怅不已。申纯无颜留住舅家，即告归。

申纯在父母逼令下，与兄申纶共同温习书史，预备明年赴科考。但因思念娇娘而心难安顿。七月中旬，舅赴眉州通判之职，道经申家，留宿三天，申纯得见娇娘，但无隙深谈，遂依依而别。八月秋试，申纯与兄俱在高选。次年春，兄弟双双及第，授官，纯授洋州司户。舅来信祝贺，并邀兄弟在赴任前去做客，申纯独至舅家。舅母让申纯住在距客厅很远的僻静处，防止他与娇娘接触，申纯为避嫌，言行很谨慎。娇娘为了与申纯来往，就屈身讨好、厚赂飞红，娇、红消除隔阂，飞红极力为申、娇会面寻找机会。她们发现申纯两个多月以来有意疏远娇娘，且精神倦怠。后经窥视，才知申纯被一化为娇娘容貌的女鬼祟住。舅母遂命申纯搬到内宅居住。申、娇秘密来往两月余，欢爱如往昔。不幸舅母病逝，娇娘很悲痛，无心顾申纯，加以舅家事杂，申纯乘间告归。飞红专宠于舅后，遂婉转为申、娇设媒。舅从飞红之言，请申纯帮他料理家务。申纯到后不几天，舅赴外任，申、娇来往全无阻碍，像夫妻一样生活。不久，舅悔当初拒绝申家求婚之事，主动求与申家结姻，申父允之，遂定亲。申、娇喜不自胜。

岂料好景不长。成都显贵帅大人之幼子极好色，他从与申纯相好过的妓女丁怜怜那里得知娇娘为绝色佳人，就让父亲派人去求婚。舅开始时拒绝这门亲事，但在帅家威逼利诱下，就把娇娘改许与帅公子。申、娇知缘分已尽，更珍重目前的情爱，然内心都极悲哀。娇娘忧郁成疾，两月起不来床，帅家又下聘催速成婚，舅对申纯也加以防范，申纯便决定归家。他无可奈何地对娇娘说："勉事新君，你我从此永别了。"娇娘怒曰："兄丈夫也，堂堂五尺之躯，乃不能谋一妇人。事已至此，更委之他人，君何忍心！妾身不可再辱，永属于兄！"言讫痛哭，申纯去留未决。正在这时，申父有病，来信催申纯回家，遂与舅辞别。时娇娘潜出，立父身后，与纯四目相视，不禁泣泪满面，怕父见怪，就忍住哭声回内室，父命她与纯告别，她也没出来。

申纯走后，娇娘病重，飞红捎信让申纯前来见娇娘最后一面。二人背着家长相聚两日，于舟中泣别。为反抗帅家婚事，娇娘先假托感疾佯狂，后引刀自尽，都未成。后绝食而死。申纯闻讣音，亦绝食而尽。舅痛悔自己两违亲事，害杀申、娇，遂命飞红主持把娇娘灵柩发往成都，申家把申、娇合葬于濯锦江边，所谓"谷则异室，死则同穴"也。次年清明节，王父亲至坟所祭女，当时只见一对鸳鸯上下飞翔，捕之不得，逐之不去。祭毕，双鸟亦不见了。后人遂名此坟为"鸳鸯冢"。

　　《娇红记》同《莺莺传》、《霍小玉传》一样，是以悲剧而告终的。所别者，男女主人公彼此钟情，双双被封建势力吞噬。王通判在申纯以布衣身份向娇娘求婚时，他以内亲成婚犯条法为由加以拒绝；申纯及第授官后，他却主动与申家定亲；在帅府的威逼利诱之下，他又毁弃与申家之婚约，把娇娘转许帅公子。从王通判身上突出地表现了封建礼教、家长制、婚姻制的罪恶。因此，申、娇的爱情悲剧也是时代的悲剧，他们饱尝了爱情的甜蜜和苦痛。申纯身上固然有狎妓，戏婢，盗绣履之缺陷，但他毕竟不同于始乱终弃、忘恩负义的张生、李益。自从与娇娘相爱，便全身心坠入情网。他坚守与娇娘的盟誓，至死无悔无怨。在娇娘殉情后，他将父母之恩，已取得的功名富贵全置之度外，毅然以死回报情人，其至诚令人感动。与申纯比，娇娘在恋爱过程中更为大胆和痴情。她对申纯进行了反复试探与考验，然后果断地订情，以身相许。在重重阻挠面前，不却步，不回头，直至以死反抗父命和帅府逼迫，使生命放出最后的闪光。当然，申、娇性格也存在弱点。他们追求的是全新的爱情，但却寄希望于父母之命，媒妁之言。而当王父初拒申家求婚、再毁已订之婚约时，他们既不敢把已爱到生死难舍的实情明告父母，又不敢公开反抗。只能归怨于天命，以自毁自尽来了局，从而保证那份可怜而又可贵的情感的完整与自由。因此可见主人公的盲目、糊涂与软弱，他们的个性与尊严还没有完全觉醒。正如蜜蜂拼全力于一蛰，申娇双双殉情既凄惨又刚烈，让人哀婉，又令人惊叹。